中国书籍文学馆·小说林

咖啡长廊

杨树军 著

中国书籍出版社
China Book Press

图书在版编目（CIP）数据

咖啡长廊 / 杨树军著 . —北京：中国书籍出版社，2018.1
ISBN 978-7-5068-6665-1

Ⅰ . ①咖… Ⅱ . ①杨… Ⅲ . ①长篇小说—中国—当代 Ⅳ . ① I247.5

中国版本图书馆 CIP 数据核字（2018）第 022403 号

咖啡长廊

杨树军　著

图书策划	牛　超　崔付建
责任编辑	吴化强
责任印制	孙马飞　马　芝
出版发行	中国书籍出版社
地　　址	北京市丰台区三路居路 97 号（邮编：100073）
电　　话	（010）52257143（总编室）　（010）52257140（发行部）
电子邮箱	eo@chinabp.com.cn
经　　销	全国新华书店
印　　刷	三河市华东印刷有限公司
开　　本	650 毫米 ×940 毫米　1/16
字　　数	200 千字
印　　张	16
版　　次	2018 年 7 月第 1 版　2018 年 7 月第 1 次印刷
书　　号	ISBN 978-7-5068-6665-1
定　　价	36.00 元

版权所有　翻印必究

目录

第一章　叶如玉的春天 / 001

第二章　顾军明的夏天 / 057

第三章　杨梓修的秋天 / 126

第四章　王海燕的冬天 / 188

第一章　叶如玉的春天

01

　　这是一个春天的早晨。

　　一辆破旧的桑塔纳轿车在秦东门大街的路边缓缓地停了下来，接着，一位三十岁左右的男人将他那肥胖的身体从汽车里移出来。走到一家店门前，他先是看看已经摆放整齐的两排花篮，又扬起头来看着"罗马假日咖啡"几个大字，脸上掠过一丝笑容，然后下意识地整了整一头长发，推门进去。

　　他，就是这家咖啡店的老板杨梓修。

其实，杨梓修并没有想把开业典礼搞得轰轰烈烈，只邀请了二十几位好友来参加一个简短的仪式。虽说简办，但还是要重视一下的。他的女朋友叶如玉今天也早早跑过来帮忙了。她一会儿到厨房看酒会的点心准备的怎么样了，一会儿到吧台看自酿的红酒是否到位，还要到门外看看鞭炮摆放的位置是否安全适宜。对杨梓修先前的安排不断地进行调整，她的声音在店堂内不绝于耳，俨然一副老板娘的形象。此时，店长马维香在给每个服务员交代着具体的分工和注意事项。

杨梓修走进吧台亲自动手煮了两杯纯品咖啡，递给叶如玉一杯。她接过咖啡朝吧台边上一放，说，哪有功夫喝你的热咖啡，放这冷冷。杨梓修笑了笑，也没作答，然后端着自己的那杯咖啡走到大三角钢琴那儿，打开琴盖，弹了一段《梦中的婚礼》。顿时，咖啡店内充满了喜庆的气氛。

十一点半，被邀请的客人开始陆续进店。

"喜欢您来罗马假日！"服务员的问候语不停地传来。这时，杨梓修也被叶如玉安排站到门口迎接来宾。鞭炮声想起，来宾们聚到大厅中央，杨梓修端着一杯自酿的红葡萄酒站在放钢琴的台子上致欢迎词。

他说："我就三句话：第一，今天小店开业，感谢各位来捧场；第二，希望大家从今往后把罗马假日当成自己的第二个办公室、第二个家，常来坐坐；第三，请大家今天吃好，喝好！"

话虽然简短，但还是获得一片掌声。叶如玉本来还觉得杨梓修话太少，显得不够热情，但是看到眼前的场面一点都不冷，也就没了脾气。

代表来宾致贺词的是杨梓修的中学老师张爱民，他现在是一家保险公司的老总。他的发言张口就来。到底是靠说话吃饭的人，内容、语气、条理性都很到位，还是那么富有感染力。当年，就是因为听了他的一番话，使杨梓修高中没读完就辍学闯荡江湖了。现在看来，杨梓修不知是应该感谢他还是怨恨他。

来宾们在大厅里开始自由活动，喝酒，吃点心，交谈。叶如玉端着酒杯面带微笑地站在杨梓修的身后，和他一起接受一个个来宾的祝贺。过了一会儿，叶如玉很不自然地指着拐角处说："那位是我们公司的蒋总，听说这里开业，也过来捧场。"看杨梓修的脸沉了一下，她赶忙接着小声说，"我没有特意邀请他，是他强行要来的，我知道你不愿意把开业典礼搞大。不过，他出的礼金是8800元，是今天礼单上最多的一位。你还是过去打个招呼吧？"

以前，杨梓修听叶如玉说过这个蒋总。因为蒋总经常带叶如玉出去参加饭局，所以杨梓修对他的印象并不好。一眼望去，发现是一个矮胖秃顶的小老头，笑容中透出商人的狡诈和虚伪。但在今天的这种场合，杨梓修还是很勉强地走了过去。

杨梓修说："谢谢蒋总来捧场，还出了那么多礼金。"

蒋总得意地说："小意思，小意思。"

杨梓修正不知道接下来还要说点什么的时候，就听身后有人喊"如玉"。叶如玉一转身，看见是姐姐叶如花和一个西装革履的男人已经站到了身后。

叶如花说："我们来迟了，刚到。我给你们介绍一下，这位是顾总。他今天出的礼金是99900元，你俩还不快感谢感谢人家？"

杨梓修向叶如花和顾总点点头表示谢意。杨梓修以前见过叶如花，但是这个顾总还是第一次见面，不知他和叶如花是什么关系。

叶如玉有点尴尬地回望了蒋总一眼，坐在沙发上的蒋总显然有点不自在了，提高嗓门说道："叶如玉，你去把我的礼金上再加一万。"

听到这个富有挑战性的声音，顾总立即做出回应："我的礼金再加三万，如果有人比我出得高，我还继续加。"

蒋总从沙发上慢慢地站起身来,眼睛狠狠地盯着顾总。顾总也直视着他。场面上一时僵持住了。这时,就听叶如玉突然哈哈大笑起来,说:"哎呀呀,到底都是秦东门的大老板,见面的方式都与众不同。还是我来正式介绍一下吧:蒋波蒋总,富煌花园楼盘的开发商;顾军明顾总,瀚海投资担保公司的老板。"

听完叶如玉的介绍,蒋总马上露出笑容,一边伸出手来一边说:"哦,是瀚海的顾总,久闻大名,幸会幸会。"

顾总也礼节性地伸出手来,勉强露出笑容。他一边和蒋总握手一边说:"不敢不敢。听说过蒋总生意做得很大。"

僵局被叶如玉轻松化解了。叶如花的脸上也露出了笑容,她说:"今天是咖啡店开业典礼,大家都很忙,以后有机会见个面好好聊聊。我们还有事,先走一步了。"说完,叶如花拉着顾总就要离开。叶如玉给杨梓修使了个眼色,杨梓修也就匆匆跟过去送叶如花和那个顾总。叶如玉陪着蒋总坐了下来。

刚才这突然的一幕,杨梓修心里感觉很不舒服。两个老板在这里斗富,实在是和咖啡店所营造的氛围不符。本来,好端端的一个开业典礼,杨梓修的心情全被这两个大老板搅坏了。看到叶如玉和蒋总坐在那里有说有笑,杨梓修心里更不是滋味。他把马店长叫到跟前交代几句,然后就悄然出了咖啡店的大门,开车离去。

02

秦东门是一座古城,人们没有喝早茶的习惯。南方人经常是早上在咖啡店或者茶社里,一边喝茶一边就把工作谈了,到了晚上,就是寻思着约几个好友喝二两酒,然后去泡澡到半夜。杨梓修在外多年,他知道南方人的生活习惯是早上皮包水晚上水包皮,这大概算是中国特色的慢生活吧。

咖啡店在中午也没有多少客人，主要是白领阶层居多，吃份牛排或煲仔饭。还有就是家长带孩子来咖啡店的，可能是学校离家远了点，来店里吃完饭就送孩子去上学了。下午会陆陆续续上客，休闲型的较多，看书、发呆、晒太阳。晚餐是个高峰期，一般是大小老板有目的地请客吃饭，人均消费也比较高。晚上九点过后，在外喝过酒的人也会一拨一拨到咖啡店来打牌聊天。周六和周日，三口之家来咖啡店的就比较多了，他们是为了改善生活，换换口味，陪孩子一起吃个西餐，牛排、匹萨点的较多。还有就是同学朋友小聚一下，吃饭打牌，一呆就是四五个小时。

店里的日常工作由马店长负责。杨梓修的电话号码是不给客人的，即使客人说是他的朋友，服务员也不会把老板的电话告诉客人，这是杨梓修交代过的。一般来说，如果真是杨梓修的好朋友，那人会有他的号码。再说，来咖啡店消费，真正的好朋友是不会打电话给他的，因为那样会有想免单的嫌疑。杨梓修说过，咖啡店的老板就该有这么一点清高，不需要像大酒店的老板那样对每一位客人都点头哈腰递名片，不管认识不认识的还要过去敬杯酒。这也是他当初决定开咖啡店的原因之一。还有个原因是杨梓修喜欢旅游，开咖啡店能有大把的时间出去游山玩水，只是自己的体重是个问题。他的最高体重达到过240斤，可能是因为前段时间忙着装修咖啡店，体重降到了220斤。这还不够，他给自己定的目标是180斤以内，这样的体重正好配他一米八三的身高。他一直想着要好好减减肥，现在咖啡店开业了，他还去健身房办了张卡。

这天晚上，杨梓修刚进咖啡店，马店长就跑过来对他说，叶如玉的姐姐在狮子座包间，她一来就问过你在不在。杨梓修没有理会马店长说的话，他随手拿起一本书，走到大厅的一个角落里坐下来。不一会，叶如玉打来电话，说她姐在店里，让他过去打个招呼。放下电话，杨梓修虽然很不情愿，但还是站起身来。

杨梓修敲门进了狮子座，看见屋里就叶如花和顾总两个人。杨梓修先问了声"晚上好"。只见，顾总仍然半躺在沙发上，用透视的眼神打量着杨梓修，好半天才开口说话："你还真够胖的。"说着，他自己先笑起来，"开业那天我就想问问你，你怎么想起用'罗马假日'做店名？"

这种带有质问和嘲笑的口气，杨梓修听后就有点不愉快，但还是很有礼貌地回答说："这说来话长。简单说吧，我喜欢奥黛丽·赫本。"

顾总哈哈大笑起来，说："巧了，遇到情敌了，赫本也是我的梦中情人。看来，我们两人对欣赏女人的趣味有相同之处啊！"说完，他侧过身去指了指叶如花，然后说，"你看她长得像不像赫本？"

杨梓修望了叶如花一眼说："不像。"顾总一下子收敛起笑容，坐起身来，眼睛盯着杨梓修，等着他说下去。杨梓修接着说，"一个是大家闺秀，一个是小家碧玉，类型不一样，但她们都是漂亮的女人。"

听完这话，顾总又恢复了笑容，说："说得好！我喜欢你的性格。看来，这家咖啡店以后就是我的定点单位了。"他接着转身对叶如花说，"你待会儿到前台再给我买十张VIP卡，我要送给我的那些朋友们，介绍他们也常到罗马假日来。"

按理说，这个时候杨梓修应该说声谢谢，但他只是勉强笑了一下。杨梓修想，自己开咖啡店的事，应该是叶如玉告诉她姐姐，顾总又从叶如花那里听说是她妹妹的男朋友开的店。那么，顾总开业那天出了那么多礼金，今天又一下子要买那么多充值卡，他是给叶如花的面子来照顾她妹妹男朋友的生意的。看来，叶如花和顾总的关系不一般。想到这，杨梓修心里更是不快了，有种被人施舍的感觉。

顾总说："这店里的装潢与众不同，是请哪位大师设计的？"

杨梓修说："是我，为了省钱，自己设计的。"

顾总说："你的胆子也真够大的。不过，我喜欢这店的装修风格，特别是软装，有情调，有个性，很温馨。"

杨梓修说："我是按照自己的喜好设计的，并不是为了迎合大众。再说了，我的店小，也装不下那么多人。"

顾总对杨梓修更是另眼想看了，他说："有个性啊，小伙子。不去刻意迎合别人，做人修炼到你这种境界也算是成功了。"

杨梓修说："谢谢顾总夸奖。不打搅你们了，有事让服务员找我。"然后他和叶如花点点头就离开了包间。

晚上将近十点钟，叶如玉带着一点醉意进了咖啡店。她说，今晚开完会又和蒋总陪客户吃饭了，喝了几杯白酒，我刚送走客人就过来了。然后，叶如玉问她姐的情况，他们是否满意。杨梓修说，还行吧，他们已经走了。他显然不想多说。杨梓修觉得有点冷淡了她，于是就把他们办了十张贵宾卡的事轻描淡写地说了一下。

听完杨梓修的描述，叶如玉并没有对他们办卡的事发表感慨，而是问："你知道这个顾军明是何等人物吗？"

叶如玉介绍说，顾军明原来在银行工作，还是个支行的副行长。以他的能力，当上正行长只是时间问题。但是，让所有人没想到的是，他竟然辞职下海了。他成立了秦东门市瀚海投资担保有限公司，这是我们市第一家民营的担保公司。几年下来，他是顺风顺水，财源广进。在秦东门这个小地方，他俨然已经成了有钱有势、能呼风唤雨的大老板。我姐和顾总原先都在同一家银行工作，我姐刚工作时是柜员，顾总是信贷科长，那时顾总早已经结婚，可我姐偏偏暗恋上了他。我姐真傻，对顾总爱得那么痴迷。因为他，我姐现在还单身着呢。我姐告诉我说，顾总人是离开了银行，但他公司的业务和银行是紧密相连的。我姐现在是信贷科长，所以他们工作上经常接触。听说顾总几年前离婚了，估计我姐这下终于可以修成正果了。

叶如玉接着说，你不要以为是我姐拆散了人家，其实，我姐绝不会做那种事，我知道的。我姐从来没有向顾总表白过爱意，她只是每天睡觉前写《爱恋日记》，我偷看过她的日记，太感人了。我要是男人，一定会被她打动的。不过，我姐从来没有给顾总看过那本《日记》。我姐这辈子算是非他不嫁了，对于一个女人来说，这样做不知是悲是喜。现在，顾总对我姐很好，但是连正式的恋人关系都没有明确，也不知顾总是怎么想的。我姐好像很满足于目前的状况，也不提结婚的事，好像能和他经常、公开地见面就已经很满足了。我多次催促她，顾总现在单身又有钱，虽然岁数大了点，可如今的社会，82岁娶28岁的都有，爱情真的和年龄无关，不要错过了绝好的时机。

03

生活还在继续。

叶如玉的穿着打扮非常有品位，加上身材又好，随便搭块布在身上都可以穿成时装感觉，到哪里都很有气场。以前她身边追求者一大把，可是挑来拣去的，把自己给耽搁了，快三十了好像才恍然大悟。一年前，经人介绍认识了杨梓修，开始还嫌弃杨梓修太胖不打算和他谈，没想到杨梓修对介绍人先说没看上她。这让她很是生气，非要和他谈对象不可。她要看看这个男人到底有什么了不起的地方。一段时间相处后，她发现杨梓修身上还真有不少优点，琴棋书画吹拉弹唱虽然不精通但是样样都会，还成熟稳重，有主见。虽然他不是个有钱的大老板，但是很有幽默感，这可是她择偶的重要标准之一。杨梓修也慢慢觉得她虽然爱虚荣，但人性还是不错的，周围的人还老夸她好，加上自己比她还大两岁，也老大不小了，于是两人相处至今，只是一直没有结婚的冲动。叶如玉知道自己有一张漂亮的脸蛋,但她也知道容颜易老青春难以永驻,既然杨梓修没有太多的财富供养她,那她就只好自己努力挣钱了。楼盘销售是要靠业绩说话的,她在这一行已经摸爬滚打了十年,跑过五六个楼盘,积累了不少经验,也有了自己的人脉网,销售业绩一直在众姐妹中遥遥领先。不久前,她听说富煌楼盘的销售皇冠奖品是一辆小轿车,就跳槽过来了。那可是一辆崭新的POLO,是她钟爱的那一款车。她想,开自己挣的汽车,感觉肯定特爽。为此,她一直在努力奋斗着。

叶如玉每天上班都是九点以后才到售楼处,别的小姐妹们都很嫉妒她,但是没办法,谁叫自己的销售业绩不如她呢?还有一点,叶如玉上班可以不穿统一制服的,原因同上。一走进售楼处的大厅,叶如玉的自豪感一下子就上来了。虽然不是什么款姐富婆,但是她把有限的钱全用在穿着打扮上,在众姐妹中还是有鹤立鸡群的感觉。叶如玉心里明白,钱花在穿着打扮上对女人来说这叫投资。她有她的一套理论:与其辛辛苦苦挣钱攒钱,不如嫁个好老公。富煌公司的老板蒋波几次找她谈话,想让她做他的秘书,但是她不干。做秘书虽然能多拿几个钱,但名声不好听。还有一点不干的原因是,当秘书了就得经常陪蒋总出去应酬,这也是工作的一部分,必须去做的。不像现在,可以有选择地参加一下,落个自由自在。这样,蒋总反而更高看她一眼。

到了售楼处,叶如玉看大厅里已经有不少客人。她眼睛一瞄就知道都是没有诚意来买房的,或者是想买但囊中羞涩。这个社会就是这样不公平,拼命挣钱的人只能是挣点小钱养活自己,看似游手好闲的人才能挣到大钱。看看售楼处就更明显了,一进来就先打听价格的人一般是工薪阶层,即使出手了也得来五次以上。有钱人进来是先看样板房,如果愿意坐下来和你聊聊,那基本上一套房子就敲定了。叶如玉是深谙此道。她觉得,销售皇冠这个奖项就是为她设的。那可是一辆她梦寐以求的小轿车啊!一想到这里,叶如玉心里就美滋滋的。

最近，二期联排别墅销售得不太好，销售部经理桂蓉一早就被蒋总叫到办公室狠狠地批了一顿。桂经理带着一脸的沮丧走进售楼大厅，正巧碰到叶如玉刚进门。

桂经理说："如玉，怎么又迟到了，不知道我们销售压力很大吗？姐妹们都在努力，就你，天天自由散漫的。"

叶如玉说："桂经理，你可不能冤枉人啊！刚才我是去见一个客户的，我是为销售业绩奔波，怎么反倒做错了？"

桂经理说："你你，你有本事找蒋总说去，让他给你写个可以不按时上班的字条来。"

叶如玉"哼"了一声，脚一抬还真去了蒋总的办公室。

"蒋总，我向你辞职来了。"一进门，叶如玉就大声说道。

"怎么啦，不是干得好好的吗？那辆POLO我都按你的要求改成了红色，怎么突然想起辞职来了？"蒋总一副心疼的口气说。

"那个桂蓉老是找我的茬，她就怕我顶了她的位置，就想让我走。"

"早叫你来做销售经理，你就是不干，现在好了吧，得受别人管。"

"你还是护着她。"叶如玉真生气了。

"要不，你还是来做我的秘书吧，就我一个人管你。"

"不可能！"

蒋总起身走到叶如玉的身边轻轻拍拍她的肩膀，安慰她说："你别生气，桂经理也是为了工作。再说了，她也没有开除你的权利，有我呢，你放心。"看叶如玉还在气头上，蒋总又接着说，"一个朋友在高尔夫小区的水岸开了间西餐厅，很不错，今晚我带你去尝尝那里的法国鹅肝，如何？"

蒋总又对叶如玉献殷勤了。她知道蒋总的用意，以前每次单独约请她都婉言谢绝的,今天当然也是如此。蒋总不依不饶了,他说,:"其实,你不需要那么辛苦地挣钱,只要你答应做我的秘书,我明天就让你开上宝马X1,比那个POLO好多了。"

叶如玉知道做秘书意味着什么。她把蒋总的手从自己的肩上慢慢拿下来,说:"谢谢蒋总的好意,我觉得还是开POLO舒服些。"

蒋总不解地摇着头说:"你人这么聪明,在这件事情上怎么这么死心眼?"

叶如玉说:"我跟你说过,我已经有男朋友了。"

蒋总摇摇头,不屑一顾地说:"就是那个小老板?你再考虑考虑。"

叶如玉离开了蒋总的办公室。到了售楼处大厅,她自己冲了一杯咖啡端到休息区。

蒋总的意思很明显,就是想让她做他的情人,要包养她。蒋总承诺过,除了婚姻,他可以给她想要的一切。在当下这个社会里,这是许多女孩梦寐以求的事情。她有几个要好的姐妹去南方发展,美其名曰是打工,在某某大公司当老板的秘书,其实,就是做老板的情人。几年后,等老板玩腻了,给些钱就把她们打发回老家了。好在那是在外地,回来后只要是自己不说,没人知道她们在南方都干了些什么。而她们身上大把大把的钱,让姐妹们羡慕不已。叶如玉虽然没去过南方打工,但从她们的只言片语中也能悟出一些实情。后来,她觉得这样做也没什么,对女孩子来说,也没有什么损失。性这个东西只要你把它看透了,看淡了,其实也就这么回事。但在家乡就不同了,她的家人,她的同学朋友,还有杨梓修,如果知道她做了别人的情人,她会遭到唾弃,会无地自容,会毁了她一生的幸福的。这其中的得与失,她会衡量的。

叶如玉也不是没有犹豫过。有句话说得好,钱不是万能的,没有钱是万万不能的。这就是现实。对于一个女人来说,一辈子最好的年华也就十年，不好好享受青春，岂不留下遗憾？平心而论，杨梓修是个不错的男人，但就是缺钱。虽然咖啡店是他名下的，可是每月都有按揭贷款要还，如果哪天生意不好做了，银行就要来封房子了。杨梓修倒是很乐观，总是说十年后就可以把房产证拿回来了。十年，太漫长了，再说，即使等到了那天，自己变成了什么样子？这个世界又会变成什么样子？思前想后，叶如玉觉得还是自己的命不好，一直没有梦想中的白马王子出现在她的眼前。

04

  杨梓修在健身房的时候突然接到一个电话，是倪敏打来的，她说她回九江老家探亲完了，想绕道来秦东门看看他，问他是否方便？杨梓修说，没什么不方便的。

  杨梓修在三亚打过工，还在一个咖啡店当过店长。倪敏当年在三亚的酒吧做驻唱歌手，一晚要跑好几个场子。杨梓修所在的咖啡店隔壁就是一家酒吧。有一段时间，倪敏每晚结束工作后就到咖啡店，吃个巧克力松饼或喝杯珍珠奶茶，所以和杨梓修慢慢熟了。那家咖啡店的后台老板叫洪涛，在三亚主业是做桥梁工程。他也是从别人手里转过来的店，只是为了玩玩，自己招待客人方便。没想到连续一年的亏损让洪老板着急了。他看吧师杨梓修头脑灵活，于是就交给他打理。杨梓修使出浑身解数，用了三个月的时间竟然让这个店收支平衡。洪老板一高兴，就把店交给了他，条件是亏损算洪老板的，赢利两人对半分。

  一天夜里，洪老板在咖啡店吃饭，一眼看到了倪敏，眼睛都直了。洪老板经常光顾酒吧，第一次听到倪敏唱《小城故事》就被她那甜美的声线迷住了，人长得也和邓丽君有几分相似。洪老板是四川人，年轻的时候还跑深圳倒卖过邓丽君的录音磁带。那时候是整天和一群哥们拎着个双卡录音机到处转悠。他一直想找机会和倪敏认识一下，今天她送上门了，真是天赐良机。他立即要求杨梓修介绍自己和她认识认识，杨梓修也没有多想就照办了。那天以后，洪老板就开始对倪敏发起了强大的攻势。

一个刚出道的小女孩，哪里禁得住洪老板的大献殷勤和各种诱惑，没到一个月时间，她就成了洪老板的情人。身份变了，她的地位也立即发生翻天覆地的变化。本来是洪老板百般疼爱、有求必应的一个人，一夜之后变成了召之即来挥之即去的玩物。因为她拿了洪老板的钱，而她确实需要那笔钱寄回家给她母亲治病。洪老板还有个怪癖，就是喜欢把过程录下来和朋友们一起欣赏，他说这才叫"现场直播"。洪老板在咖啡店包间里给他的朋友们看录像时，还叫来杨梓修一起看过。

后来，洪老板在海边租了套别墅把倪敏养在里边，不许她出门，她只能整天待在房间里看电视玩电脑。一日三餐就由杨梓修负责送。最初，他们也没有什么话说，有时只是用眼神交流一下。杨梓修知道自己的身份，不好干涉老板的私事，何况洪老板对他不薄。看倪敏整天一个人待在大房子里有点寂寞，杨梓修就自己掏钱买了一只萨摩耶小狗送给她。看到洁白的小狗，倪敏开心死了，给它起了"小白"这个名字。看到小白活泼可爱的样子，女孩子的天性一下子被激活了。她抱着小白开心地跳起了华尔兹，脸上露出久违的笑容。可是小白到处乱跑，倪敏说，要是有个狗链子就好了。杨梓修灵机一动，马上用自己的皮腰带和两根鞋带动手做了个狗链。倪敏用它牵着小狗连声说，太好了！太好了！杨梓修出门后可以想象到，倪敏和小白会有说不完的话。

此后，倪敏开始主动和杨梓修说话了。她是江西九江人，家在一个偏僻的山沟里。最初，她是被人家连哄带骗招来在三亚的足疗店打工，因为自己有歌唱天赋，后来就改行当了歌手。在三亚这个地方她也没有什么可以交谈的知心朋友。杨梓修问过她,你怎么就没想到逃跑呢?倪敏说,我拿了他的钱,答应过跟他一年时间,他说到时候还要再给我五十万。我一个女孩子到哪里一年挣一百万呀。何况我的身份证还押在他那儿,证上有我家的地址。他说我要是跑了他就到我老家去找我妈,还要拿录像给我妈看。我害怕这个,我不想让我妈在村子里抬不起头来。杨梓修没有话应对了。

有一次,洪老板坐飞机去北京三天,回来后晚上又喝了不少酒,午夜时才到别墅。他把倪敏弄醒,感觉倪敏有些不对劲,不让他碰。洪老板生气了,问她是不是有别的男人来过,她说没有。他不信,就狠狠地打了她一巴掌,然后打电话叫杨梓修立即过来。杨梓修不知发生了什么事,就赶紧骑着摩托车过来了。

进门后洪老板就问他:"这几天有没有别的男人来过别墅?"

杨梓修说:"我每天都要来好几次,没看见有别人来过。"

这时的倪敏抱着小白蜷曲在壁炉旁边,嘴边还在流着血,一副惶恐的样子。洪老板一时间无计可施。突然,他看到了那只小狗。

洪老板责问她:"这小狗是哪来的?"

杨梓修抢着回答说:"是我送的。"

洪老板转过脸来骂道:"妈的,是不是你上了我的女人?"

杨梓修连忙说:"没有,没有的事。"

没等杨梓修把话说完,洪老板抓起身边的台灯就向杨梓修猛砸过去,他大声说道:"你小子胆子不小啊,我就不相信你是一只不偷腥的猫。"说着就从柜子里拖出一杆猎枪,枪口对准杨梓修的脑袋。

倪敏突然站起来大声喊道:"你不要冤枉他!我这几天来月经了,怕疼,所以不想和你做那事的。你算算日子也能知道,不信我脱裤子你看!"她说着,还真把衣服脱了。

杨梓修低下了头。只听洪老板拍着脑袋说:"妈的,我忘了这事。"

这件事情过后，倪敏对杨梓修说，洪老头本来就是个疑神疑鬼的人，你不要以为他以后就会相信你。他跟我说过，他不相信任何人。我知道你现在没有女朋友，来吧，我和你做爱，反正他会怀疑你和我做过这事。

杨梓修说："这样不好，我不能爱你的，也不能给你什么承诺。"

倪敏说："我不需要你的承诺，我这样的女人也不会有什么美好的未来。"

就这样，他们发生了性关系。他和她都从中得到了愉悦和满足。他们维持这种关系很长时间，他有时候还偷偷骑摩托车带着她出去兜风，在月光下裸泳。她曾经跟他说，那是她人生中最快乐的一段时光。

虽然洪老板没发现，但是杨梓修发现自己可能爱上了这个女人。他不停地反问自己，我怎么能爱上这个女人呢？怎么会娶这样的女人做老婆呢？绝不能！虽然她从来没有要求过他娶她，但是他还是认为他们最好分开，否则会出大事的。就这样，他向洪老板提出了辞呈。他也没敢和倪敏辞行，背起行囊回了秦东门。

这都是两年前的事了。今天接到倪敏的电话他感到很突然，这是他们分开后第一次电话联系，以前只是偶尔看一下对方的QQ。杨梓修明白，他们之间的关系当然早已成为了过去，不会再有什么故事发生。见个面总还是可以的，问问各自的现状，关心一下对方，这样不为过。他决定暂时不告诉叶如玉这件事，也许就是吃顿饭而已。他如果事先和叶如玉说这事，反而会越描越黑。

05

傍晚的时候，倪敏进了咖啡店，怀里还抱着个小孩。她一进门杨梓修就看见了。他和她打了个招呼，然后引领她在大厅靠窗的位置坐了下来。

杨梓修说:"我还以为你找不到我这里的呢,正准备给你打电话。"

倪敏说:"我刚才打车的时候说到罗马假日咖啡店,司机就带我们过来了,看来你的店很有知名度啊。"

杨梓修眼睛盯着她怀里的孩子看。

倪敏笑着说:"他叫东东,是个男孩。快叫叔叔好。"

东东用不是很清楚的语言喊了声"叔叔好",眼睛直溜溜地看着杨梓修。

杨梓修问:"你的孩子?"

倪敏回答说:"是的。"

杨梓修还想往下问,但打住了。倪敏好像看出来了他的意思便主动说:"你放心好了,即使他的父亲是你,我也不会赖上你的,你不用害怕。"杨梓修笑了笑。她接着说,"只要老洪相信是他的种就行了,我还管他的父亲是谁?反正是我肚子里蹦出来的。"

杨梓修说:"你怎么还没离开他?"

倪敏说:"想过,但现在都有孩子了,就这样过吧。自从有了东东,他对我的态度好多了。他也算过账来,就是请再好的保姆也不如我吧。"

接着,倪敏告诉杨梓修,这次回老家探亲也是他允许的,还给了我一笔钱带回家。虽然和他没有什么感情可言,但毕竟有了孩子,为了这个孩子也得继续和他过下去。好在老洪的老婆也不在三亚,让我落个清静。也因为有了孩子,他对我的态度比以前好了许多。至于将来怎么办?就等将来再考虑吧。

倪敏说:"说了半天我的事,该问问你了,你现在过得怎么样?"

杨梓修说:"我?开这家咖啡店。也没什么别的能耐。"

倪敏说："还经常去旅游吗？"

杨梓修说："是的。就好这一口。"

倪敏问："一个人旅游？"

杨梓修听懂她的意思，马上说："有时候是和女朋友一起去。"

倪敏小声问："你和我在一起吃饭，你女朋友知道后会不会不高兴？"

杨梓修说谎道："我昨天就把你要来的事和她说了，她认为只是一般的朋友，没什么特别的反应。"

倪敏说："哦，我知道了，最危险的地方也是最安全的地方。要是你在别的地方和一个女人一起吃饭被她知道了，你可就惨了。"

杨梓修说："她？没有你想的那么复杂。女孩还是简单点好。"

倪敏又说："怪不得当初你没有爱上我，原来因为我是个复杂的女人。但是到今天我都不恨你，因为你从来都没有骗过我，虽然我那时很爱你。"

看到倪敏很开朗的样子，杨梓修心里很高兴。看来，她的生活并没有想象的那么悲惨。杨梓修问倪敏，你想吃点什么？倪敏说，到了咖啡店，当然要吃牛排了，选贵的点，反正有老板买单。他们一边吃饭一边聊天，像是个一家三口，有说有笑其乐融融的样子。倪敏还毫不避讳地当着杨梓修的面给孩子喂奶。

吃完饭，倪敏说，好了，我和东东都吃饱了。下边，东东还要借你的这块风水宝地小睡一会儿。杨梓修看着她抱着孩子哄他睡觉，很温暖的画面，他心里有种说不出的滋味涌上来。孩子很快就睡着了。杨梓修突然说想抱抱那孩子，倪敏就把东东轻轻放在他怀里。杨梓修能听到孩子轻轻的呼吸声。

？倪敏深情地望着杨梓修，说："今天这顿饭吃得很开心。"然后，她以近乎哀求的语气说，"可以为我再弹一首曲子吗？好久没听到你弹钢琴了。"

杨梓修点点头。

他弹的是 TEARS《眼泪》，是韩国旅美作曲家白日梦的作品。

在三亚的那家咖啡店，她听过杨梓修弹这首曲子很多次，也听过他讲的关于这首曲子背后的故事。琴声还是那么固执地倾诉着它的寂寞和空灵，让听琴人的心也似刚出生的婴儿般纯净，犹如一个旅者慢慢打开一本书，细细地品读旅途走过的风景。清清的、幽幽的、如泣如诉的琴声在耳边回荡，每一个键的落下似乎都像是在敲打着她空荡的灵魂。琴声中，往事开始一幕幕细细碎碎地争吵，寂寞无语地相对，所有曾经的往事都在记忆中呈现。那些往事会凝成心里的一滴眼泪吗？抑或就这么被现实的烈阳所蒸发，点滴不剩？倪敏心想，至少，她为他哭泣过、安静过、无声过、忧伤过，在岁月无法触摸的角落里，玫瑰花心将渐渐老去……

等杨梓修回到座位上，倪敏一边擦泪一边说："对不起，我听你弹这首曲子又掉眼泪了。"

杨梓修一时无语，只是低着头。

看看时间，倪敏说，"不早了我要走了，我今晚坐飞机赶到南京去，明早还要飞三亚，飞机票都已经在网上订好了。"

杨梓修问："这么快就走？"

倪敏说："是的。我答应老洪明天到三亚。"

杨梓修说："他还是看你那么紧？"

倪敏说："现在有了孩子，看得更紧了。不过，他看得再紧，我也有自己的自由空间。"说完，两人相对笑了一笑。

杨梓修把倪敏送到秦东门机场。一路无语。东东在上车前还活蹦乱跳地闹个不停，一上车很快就睡着了。杨梓修记得自己小时候也一样，坐在车上很容易睡着，再大的喇叭声都听不到。

到了机场，他刚停好车，就听倪敏说："你能抱我一下吗？"

杨梓修以为听错了，问："你说什么？"

倪敏又说:"你能再抱我一下吗?"

杨梓修这回听清楚了。他稍微犹豫了一下,伸出右臂将倪敏的头搂过来贴着自己的耳边。倪敏一只手抱着熟睡的孩子,另一只手搂着杨梓修的头。杨梓修感觉到倪敏的热泪流淌到自己的脖子里,她还不愿放开手。突然,倪敏使劲揪了一下杨梓修的头发,然后才放开他。

杨梓修大声说:"你揪我的头发干吗?弄疼我了。"

倪敏笑着说:"我就是要你疼,这样你才会永远记住我。"

在检票口,倪敏说:"就送到这儿吧,你也该回去了。"然后又开玩笑说,"你还得准备准备怎么和你的女朋友解释呢。"

说完,倪敏就掉头走了,也没再回望一下。倒是她怀里的东东这时候醒了,趴在妈妈的肩膀上,依然是瞪大两个眼睛看着杨梓修。

06

送走了倪敏,杨梓修回到咖啡店。

店里的客人不多,杨梓修一眼就看到叶如玉坐在窗口望着窗外发呆。他问马店长,叶如玉是什么时候来的?她说,如玉姐晚上和朋友也在店里吃饭的。她送走了朋友,让我给她上了杯咖啡。如玉姐说有点不舒服,我让她打电话给你的,带她去医院看看,她没打?杨梓修说,没有。她还说了什么?马店长说,她看到你和那个抱小孩的女人一起吃饭的,但她没问。杨梓修意识到问题严重了。

他走过去,在叶如玉的对面坐了下来。叶如玉没反应。

杨梓修觉得很尴尬,他说:"今晚和一个朋友一起吃的饭,她是我在海南打工时认识的,带孩子来秦东门旅游。"

叶如玉"啊"了一声。

杨梓修接着说:"她知道我开店了,过来看看。"

叶如玉的眼睛还是在望着窗外。杨梓修忽然觉得好像是在做检讨。都已经是过去的事了，而且自己心里早已把这件事情放下了。这次倪敏来和他见面，他们也没有做什么过格的事情，有什么需要向叶如玉说明和道歉的？既然她不问，那他为什么要说下去？沉默了一会，双方都没说话。叶如玉仍然看着窗外，眼睛一直没有离开过。

杨梓修想调和一下气氛，他转移话题说："盐河巷刚开了家饭店，很有情调，明天一起去看看？"

她随口答应一声："好吧。"

第二天，杨梓修早早地来到盐河巷的老船长餐馆。这是一家以渔船为主题的店，老船木满眼可见，桌子、椅子、甚至墙上都是带有窟窿的船板，还有铁锚、渔网、救生圈等等，很有怀旧的感觉。置身其中，像是在一个船舱里。而门口的一片空地，则被布置成一个像是甲板上的露天平台。船舱里没几个人，倒是甲板上几乎坐满了顾客。无疑，这也是一家很有情调的小店，是谈情说爱的好地方。看得出这家店的老板也有颗文艺的心。

杨梓修计算着叶如玉六点钟下班，然后换换衣服。

六点十五分，他又给她发了个短信：我已经到了，在等你。叶如玉回信：我还要开个小会，七点到。

接下来的时间里，杨梓修只好等待。老板照例送来一小盘瓜子，杨梓修就一边吃着，一边寻思起来。四十五分钟，也正好是一节课的时间。他从小就不太喜欢上学，只是对数学感兴趣，屡屡考试都是班级第一。但是化学、物理，还有那一看就头疼的英文字母，他都只能考个及格。刚进入高中，教数学的张老师就"开导"他说，你只是数学一门课好还不行，现在是应试教育，高考看总分对你不利。我看你考不上名牌大学，只能花钱上个普通大学买个文凭，没意思，浪费生命。你的个性适合自己创业，我要是你，就辍学去闯荡一番，或许能成就一番伟业。说不定，等你的这些同学大学毕业了会争着要到你的公司打工呢。听起来很美，杨梓修当真了。就这样，高中没毕业他就离开了学校进入社会。当年的他，是那么的自命不凡。后来和同学们谈起这段经历他很是得意。其实，他的内心是越来越觉得自己当年是鲁莽的，是冲动的。他后悔没有听父亲的劝住。后来，他一有空就读书，养成每天读书的习惯。他确实在社会大学学到了许多书本上学不到的知识。

七点钟准时，叶如玉像一片树叶似的飘了过来。她穿一件绿色的外衣，走路的动作已经足以让人感觉到她的开心和快乐。眼前的一幕有点出乎杨梓修的意料，他不知怎么开口了，事先设计好的开场白一下子全忘掉了。

叶如玉款款入座。她对着杨梓修说："说吧，约我到这里吃什么？"

杨梓修一时哑语。愣了一下才说："主要是找个机会向你检讨。"

叶如玉说："检讨就免了，那都是我认识你之前的事，我无权干涉。何况我们早就达成了十二字方针：不问过去，珍惜现在，共创未来。是吧？我们吃饭吧。"

杨梓修如释重担，他说："今天你想吃什么？"

叶如玉说："随便。"

杨梓修说："巧了，菜单上还真有这道菜。"

叶如玉露出惊讶的笑容："是吗？怎么叫这个名字？"

杨梓修说，所谓随便，就是将厨房所有的原材料，不管荤的素的地上跑的水里游的还是天上飞的，随便抓抓放锅里炖，南方人叫杂烩，北方人叫乱炖，我们秦东门叫"随便"。叶如玉听完，恍然大悟。杨梓修接着说，一个菜炒一盘，那叫单纯，孤独求败；两个菜放一起，那叫二人世界，不让别人插嘴；三个或更多的菜放一锅，那就叫随便了。

其实，这道菜是南方传过来的，知道菜名是怎么来的吗？杨梓修卖起关子来。叶如玉问，怎么来的？杨梓修说，南宋时，抗金名将岳飞被秦桧诬陷而死，引起民愤。当时，福州有一位大厨就用多种原料创新了一道菜，取名"杂烩"。有一天，一位京城来的大官到福州视察，听说当地有这道名菜就去尝尝，果然是美味可口。于是找来那位大厨问菜名的起因，大厨说，小的不识字，但知道秦桧是个杂种，老百姓都恨不得把他给吃了，于是取名"杂烩"。这位官员听后心里很是痛快，其实他也恨秦桧。

叶如玉用怀疑的口吻问："讲完了？"

杨梓修说："讲完了。"

叶如玉又问："是你瞎编的吧？"

杨梓修说："我也是听别人说的，只是添了点油加了点醋。"

叶如玉说："你还别说，我妈就喜欢将中午剩下的菜都一锅烩，晚上再吃一顿。虽然都是剩菜，但吃起来比现做的还好吃。我妈说这是懒人的吃法，你说呢？"

杨梓修说："要我说，这是爱情吃法。美食犹如爱情，怎么舒服怎么来，最好。"

叶如玉想了想，说："有点道理。"

正说着，一个大锅端上了桌子，开吃了。这顿饭两个人吃得那个痛快呀，按秦东门当地的话说，是鼻塌嘴歪，一塌糊涂。

已经快到十点了，杨梓修开车带着叶如玉回他的公寓房。以前，杨梓修经常带她到宾馆开房过夜，自从租了这间房，就经常带她来这了。

路上，杨梓修想着还是要把今晚的主题说说，就一边开车一边说："如玉，我承认自己以前有很多所谓的劣迹，但我向你保证，自从和你交往以来，没有做过任何一次对不起你的事。我对你有过要求，我自己首先会做到，请你相信我。"

叶如玉说："我想好了，其实，人就这一辈子，很短，还是按照自己喜欢的方式活着最好。"

杨梓修问："你真不生我的气了？"

叶如玉说："都是过去的事，我为什么要生你的气？"

07

杨梓修是个粗糙、散淡的男人，他觉得这样活得舒服，如果事事认真，人生也就失去了乐趣。一切崇尚顺自然是他的座右铭。虽然，他高中没念完就辍学了，但由于经历得太多，他和同龄人在思想观念上有很大差别。有句话说，修养和学历是两回事，在杨梓修身上得到充分体现。他十七岁就开始闯荡社会，北京、上海、广东这几个热点地方他都待过。他干过五星级宾馆的门童，当过小饭店的厨房学徒，做过推销员，还在街头发过广告单。后来，因为糊里糊涂地参加了一个传销组织，被工商到处抓，于是只身一人跑到了海南。两年前回到了秦东门。现在，父母都已退休，到了需要人照顾的年龄，他们只有杨梓修这个独子。就这么休闲的日子过了一年多，玩够了，杨梓修又开始想要干点什么了。经过认真考虑，他决定在秦东门大街上开一家咖啡店。

他的父亲原先是一家国营家具厂的技术厂长。后来厂子改制，他父亲和几个师兄弟合股买下了这个厂。这几年也受到淘宝网的冲击，家具生意大不如以前了。恰在这时，有个房地产的老板看中了他们厂的地皮，于是大家合计一下就把厂子卖了。现在，儿子要开店，是正事，老父亲当然得支持一把。于是，他给杨梓修付了房子的首付款，还给了些钱用于装潢和进设备。一切准备就绪了，杨梓修的钱也用完了。在咖啡店开业的前一天，父亲拿出一张五十万元的定期存单对杨梓修说，这钱是我和你妈的养老钱，以前没给你，是怕你乱花。现在，你有了自己的店，你妈让我把这些钱给你救急用。开店和家庭过日子一样，都得备点急用钱。钱虽然收了下来，但这笔钱他是瞒着叶如玉的，在他的心里那不是自己能用的钱，所以并不敢动。

咖啡店的生意一天天步入良性循环。那个顾总和叶如花常来，还经常带一些老板们光顾店里喝茶聊天。为了表示谢意，杨梓修专门买了一把紫砂杯子送给了顾总，放在店里由他专用。顾总很高兴，还夸奖杨梓修是个会做生意的人，可惜只是经营一家小咖啡店，有点大材小用了。

咖啡店走上正轨，杨梓修又开始考虑自己的旅游计划了。旅游，一直是他的最大爱好，以前出外打工，其实有一半的原因是可以到处走走看看。平时，他可以看一本书坐一天，但当他抬起头望望窗外，他的心就立马飞到了远方。他最清楚自己，要么是人在路上，要么是心在路上，反正总有一个在路上。在他的心中，有两个地方是必须要去的，一个是西藏，另一个是罗马。他把这个计划上升到了作为人生目标的高度。为了这个计划，他已经准备了好多年。

杨梓修感觉这段时间只顾忙咖啡店的生意，有点疏远叶如玉了。女孩子嘛，是要多花时间来陪的。于是，他拿起电话打给叶如玉，让她晚上下班时过来一起吃份菲力牛排，这是他爱吃的，想让叶如玉也尝尝。

叶如玉的单位离咖啡店并不远，她很快就到了。一进门，她就高兴地对杨梓修说，今天碰到了一个优质客户，不仅自己有意买套别墅，还说过几天带他的几个朋友也来看房。今天我要喝点你酿的红葡萄酒提前庆祝一下。听到这个消息，杨梓修当然也为她很高兴。叶如玉好像还没喝过他酿的酒，于是让服务员开了一瓶玫瑰香葡萄酒。

两杯酒下肚后，叶如玉说："你酿的红酒有多少度？我怎么感觉有点头晕。"

杨梓修说："大约是18度，喝多了也会醉的。"

叶如玉说："难怪我感觉脸红红的，心跳好像也加快了不少。"

杨梓修说："你先坐下，我让吧台给你冲一碗葛根粉解解酒。"

半小时后杨梓修再看她时，她的脸色好多了。

叶如玉说："要是喝酒前吃一碗葛根粉就好了。"

杨梓修说："是的。不过，你喝酒红脸显得更性感。"

叶如玉娇声说："你也会说这种肉麻的话。不过说句实在话，你酿的红酒还真好喝，有点甜又有点酸味，不像外边卖的红酒那种味道，太苦，价钱还贵得要死。你是怎么酿的，能不能教教我？"

问到杨梓修的强项上了，他打开话夹子。说起来很简单，就是五斤葡萄一斤糖。葡萄选择上很有讲究，一般选颜色深的葡萄，紫色的或黑色的最好，这种葡萄日照时间长，含糖量高，酿出来的酒不仅味道好颜色也好看。其实，那些酒厂用来酿酒的葡萄，市场上是买不到的，要到葡萄园大批量订购才行。我们一般在市场上能买到夏黑和玫瑰香就很好了。接下来，是如何捏破葡萄、如何压泡、如何倒缸，再就是加橡木片浸泡和沉淀。还有个最关键的事，就是二次调口，这里边的学问就大了，每个人都有不同的喜好和经验，调出来的口感也千差万别。叶如玉急切地问，看来关键就是调口了，你有秘方吗？杨梓修故意逗她说，告诉你就不叫秘方了。不过，调口方法说也说不清楚，你也不是外人，等今年葡萄上市了，我酿新酒的时候给你现场示范。

然后，杨梓修压低声音，假装神秘地说："同志，你千万要记住，酿酒秘方只能是家里人知道，不可外传的。"

叶如玉使劲地点了点头，很严肃地说："我记住了。请组织上放心吧。"

两个人说完，都忍不住笑出了声。他们刚才配合了一段电视剧里地下党接头时的桥段。叶如玉和杨梓修相处的时间长了，对他的幽默方式也知道。他就是喜欢冷不丁来一段，图个开心。叶如玉告诉杨梓修，她整天忙着销售业绩，晚上下班时老总都要开会检查，她头都大了。杨梓修提出要她一起去旅游的事立刻被她否决了，说她一定要拿销售皇冠，现在到了冲刺阶段，不可掉以轻心的。说着话，叶如玉打了个哈欠，她的困意上来了。杨梓修说，今晚就到我那儿住吧。她也没吱声，拿起包就跟杨梓修走了。

杨梓修租的公寓房，一室一厅，接近四十平方米，这是咖啡店装修时就租下的。父母家有他一个房间，毕竟他还是个没成家的男孩，所以父母亲一直给他留着。老年人都喜欢儿女围在身边，人老了图个热闹。自从咖啡店开业，杨梓修在家住的时间就少了，他平时就住在公寓房这里，离咖啡店又近。

叶如玉进门就歪倒在大床上，杨梓修也不去管她，自己到卫生间去冲澡了。等他出来的时候，发现叶如玉已经睡着了。他将她的鞋子和外套脱了，盖上被子，自己靠在床上，拿出旅游线路图研究起来。

叶如玉不能一起走，他也没勉强。以前，他带她出去旅游过，他感觉他们一路上的兴趣大相径庭，还经常闹出点小矛盾。杨梓修喜欢乡村，叶如玉喜欢城市，杨梓修喜欢人少的地方，叶如玉就喜欢朝人多的地方跑。杨梓修喜欢自然风光，风土人情，路边的一花一草他都能看上半天，还拿出照相机拍来拍去的。他开车还不喜欢走高速，爱走省道甚至乡村公路，看到路边有当地的农民，他还会停下车来，掏出香烟和老乡交谈好长时间。而每当此时，叶如玉就气不打一处来，就在车上摆弄着手机玩游戏。她的兴趣点在高楼大厦里，在美味佳肴上，在时尚的都市人群中。他们经常为了下一个目的地闹矛盾，是杨梓修总是让着她，先玩一个她喜欢的地方，然后作为交换条件再玩一个他喜欢的地方。所以，杨梓修想过，这次出游不带叶如玉也好，他可以玩真正的自由行。

想到这，杨梓修放下手中的地图，脱衣服钻进了被窝。他还是习惯性地将叶如玉修长的腿放一条到自己的肚子上，抱着她的腿，慢慢睡去。

08

杨梓修去旅游了。这次他选择的是江南的几个古镇，还正儿八经地写了个《旅游攻略》。出发日期、路线、交通、住宿、饮食、天气、装备以及小镇历史景观等等都做足了功课。叶如玉是没有时间照看店的，所以店里的大小事就由马店长管理。他这一走，大概要一个星期的时间。好在还有手机在手里，他对店里很放心。

马店长还是挺能干的，当初选她当店长，杨梓修没看走眼。马店长是农村人，十八岁的时候就奉子成婚，连生下两个女儿后，她迫于生计就进城打工了。农村进城的女孩最好找的工作就是服务员，还包吃包住。由于工作勤奋、能吃苦，还有责任心，她很快就从一名普通的服务员升到了收银员、领班、主管，然后就是被杨梓修从另一家咖啡店里挖来做了罗马假日咖啡店的店长。

叶如玉确实太要强了，一心要拿那个销售皇冠。她暗示过杨梓修，想让他主动开口给她买辆POLO，但他就是装糊涂。她想，杨梓修也不是什么大款，把家当底都拿出来投资到咖啡店了，房贷、税金、水电费，还有人员工资，压力也够大的。他自己的车都没钱换，至今还开着那辆二手的破桑塔纳，哪有闲钱给她买新车啊，新房就更别提了。

这是个星期六傍晚，叶如玉带着一个男人来到咖啡店。只见此人是身形健硕气度非凡，他还穿着一身JEEP休闲装，更增添了几分洒脱。叶如玉在女孩子当中已经是算个子高的了，要有接近一米七这个样子，长发飘飘地站在那个男人旁边还是有种小鸟依人的感觉。女服务员们看见这样一对搭配出现在店里，感觉眼前一亮。那个男人简直帅呆了，酷毙了，把她们的胖老板一下子比倒了。

马店长一眼就认出这个帅哥，他叫潘刚，有名的"古城四少"之一。她还在另一家咖啡店做服务员的时候，就经常看到他和一帮纨绔子弟在一起，身边还经常换女朋友。她觉得，叶如玉和潘刚混到了一起不会有什么好事。但她人微言轻，不好对她挑明了说，即使说了也不一定管用。她心想，等杨老板回来了给他提个醒。

叶如玉叫马店长给他们安排在带大玻璃窗的水瓶座小包间，还要了爱尔兰咖啡。等服务员把咖啡和器具都上齐后，潘刚让服务员走开，他要亲自动手完成咖啡的最后制作。只见他熟练地将一小杯白酒倒入空杯中，放一块方糖进去后把杯子斜放到酒精炉上，然后一边转动杯子一边问叶如玉，你知道关于爱尔兰咖啡的故事吗？叶如玉摇摇头。

潘刚说，一个都柏林机场的酒保邂逅了一个长发飘飘的空姐，从她身上散发出来的独特神韵犹如爱尔兰威士忌般浓烈，久久地萦绕在酒保的心头。酒保爱上了空姐，但他不知怎样表达这份爱意。他十分渴望能亲手为这位空姐调制一杯爱尔兰鸡尾酒，可是，他了解到空姐只喝咖啡不喝酒。经过苦思冥想后酒保顿生灵感，又经行反复试验。一年后，酒保终于将一杯香醇浓烈的爱尔兰咖啡呈现到那位空姐的面前。

讲到这里，潘刚的操作也告一段落。他转身把房间的灯关掉，点燃杯中的酒，然后高高举起烘烤过的酒杯，手一扬，蓝色的火苗像一条火龙迅速钻进装有咖啡的杯子里。眼前的一幕，把叶如玉一下子惊呆了。她情不自禁地说了声："太漂亮了！"

潘刚把做好的咖啡推到叶如玉的跟前，眼睛直勾勾地看着她说:"你尝尝看。"

叶如玉轻轻地抿一口。她说:"咖啡味、奶味和酒味都有,混合到一起的感觉真是太美妙了。"

潘刚说:"其实还缺一种味道。"

叶如玉问:"是什么味?"

潘刚说:"是眼泪的味道。酒保当时因为太激动了,不小心在那杯咖啡里滴了几滴眼泪。所以,第一口爱尔兰咖啡,还应该带着思念被压抑许久后发酵的眼泪的味道。爱尔兰咖啡因此有了另外一个名字,叫'情人的眼泪'。"潘刚望着听得入迷的叶如玉接着说,"你知道什么是思念被压抑许久后所发酵的眼泪的味道吗?"

叶如玉老实回答说:"不知道。"

潘刚脸上露出诡异的笑容说:"那我就挤几滴眼泪进去让你尝尝。"说着,他夸张地睁大双眼,对着杯子假装挤眼泪。望着潘刚滑稽的举动,叶如玉忍不住大笑起来。

潘刚,就是此前叶如玉和杨梓修提到过的那个优质客户。几天前,潘刚到售楼处看房,从叶如玉那儿仔细询问了有关联排别墅的事,她还带着他到样板间参观了一下。潘刚对别墅很满意,还说要带几个好哥们也来叶如玉这里买房子。潘刚走后,她坐在那里发呆,满头脑都是潘刚的身影。他应该就是传说中的高富帅了。

和客户吃饭是售楼小姐正常的工作内容,根据以往的经验来看,到这个时候离一套房子的销售已经八九不离十了。今天下午,潘刚又来看房了,还说他已经和几个哥们说了,他们对富煌楼盘的位置和户型都很有兴趣。叶如玉想牢牢抓住这批优质客户,于是立刻邀请潘刚到罗马假日吃饭。她也没瞒着潘刚,来之前她告诉过他,这家咖啡店是她男朋友开的,希望他不要介意。她还补充说,她的男朋友旅游去了,这几天都不在店里。潘刚听后哈哈大笑说,我可不是那种小肚鸡肠的人。听了这句话,叶如玉真感到自己的卑微,无地自容。

喝完咖啡，叶如玉点了两份澳洲T骨牛扒，又特意要两杯自酿的红葡萄酒。本以为潘刚对这酒能大加赞赏一番，没想到他只喝了一小口就放下了。

叶如玉小心翼翼地问："这酒不好喝吗？"

潘刚不以为然地说："我平时爱喝拉菲，最起码是法国的酒庄原酒。在我眼里，其他的红酒都是垃圾。"

本来，叶如玉还想告诉他，这酒是她男朋友自己酿的，顾客普遍反映不错，自己也特喜欢喝，喝别的红酒不入口，和价钱没关系。看到潘刚不屑一顾的样子，她把准备好的话又咽了下去。她努力掩饰自己的尴尬，很快把话题转到其他方面去了。

离开咖啡店的时候，潘刚对她说，明天他们有个车友会，计划一次环东西连岛兜风之旅，如果有时间，请她一起参加。叶如玉立即就爽快地答应了。

09

晚上，叶如玉回到了家。她习惯性地先在电脑上玩了一会，感觉心情特好，就到淘宝上买了件长袖丝绸衬衫，那种带有红色大花的图案，很能代表她现在的心情。明天要和潘刚去兜风肯定是赶不上穿了，但还有下次吧，她想。关了电脑，叶如玉躺在床上一点困意也没有。两个男人的身影不停地在她的脑海中变换着。

通过两次接触，叶如玉感觉到潘刚对自己有那么点意思，觉得他今天就是专门来看她的。潘刚，要钱有钱，要形象有形象。还有在她面前操作爱尔兰咖啡，像是刘谦玩魔术那么吸引人。而杨梓修，在大排档上讲"杂烩"时那副表情动作，像个市井游民。杨梓修说，粗糙点的男人更接地气，更接近人的本性。她不能理解他如此散淡，再说穿着，杨梓修从来不穿西装皮鞋，他恨不得穿着拖鞋老头衫出现在咖啡店里。按他的理论，咖啡店本来就是个休闲场所，只要是不影响别人，怎么舒服怎么来。顾客要是不打呼噜不臭脚，躺在沙发上睡觉都可以。而潘刚，他很注重自己的穿着打扮，第一次到售楼处时，他是西装革履，领带都很考究。今天，他穿了一身休闲服装，真是潇洒得体。站在这样的男人身边，自己都感到自豪和满足。

还有一件事是，杨梓修一直想在店堂里养几只猫，因为小动物的粪便有异味，怕客人投诉。他说，等异味的问题想到办法解决了，他是一定要把它们请进来的。叶如玉觉得，这都是天方夜谭里的事。她不能理解杨梓修的所作所为，她觉得他们之间好像有个代沟。客气点说，杨梓修在她眼里像个老师、长辈。相反，潘刚跟她很谈得来，对很多事的想法和观点都很有共鸣。也打个比方，潘刚像个同学、玩伴。现在问题摆在面前了，她是要跟一个老师生活一辈子，还是要跟一个同学生活一辈子？她心里的答案是显然的，她从小受到父母的管教，上学后是老师的管教，工作了是受领导的管教。她受够了在别人的管教下生活，她要独立，她要有自己主宰的生活。

想着想着，她突然笑了，她笑自己在自作多情。潘刚并没有对她表白过什么，也许他已经结婚或已经有了女朋友，而且是个比她更漂亮的女人。她这是痴人说梦，是痴心妄想。其实，她和杨梓修走到今天也不容易，他也不是一无是处的男人，否则，她也不会以身相许，还在他身上浪费这么长的时间。她和姐姐叶如花虽然是一个妈生的，但性格上差别很大，对待交男朋友方面的态度也大不一样。小时候她们姊妹俩天天形影不离，无话不说，但随着年龄的增长，反而渐渐少了沟通。主要是看待问题的观点说不到一块，于是，各自有了各自的生活，互相之间并没有太多的交流。特别是姐姐一直恋着那个顾军明，一根筋地想在一棵树上吊死，在一切向"钱"看的年代，她还为情所困，她对姐姐的做法很是不理解。她说服不了姐姐，但她发誓绝不做姐姐那样痴情的人。她要的是快乐，她要享受青春，享受生命。人活一辈子，自己快乐才是最重要的，其他都是浮云。

叶如玉坚信，男人生下来就是为了征服世界的，征服了世界也就得到了想要的女人，而女人的使命是征服男人，征服了男人也就得到了全世界。这个世界很公平。女人嘛，就是要不停地选择，直到选到如意郎君将自己嫁出去那一天。女人总是要嫁人的，既然最理想的男人得不到，那就面对现实选择第二第三，这也是明智的做法。她姐姐就是认准了顾军明，耽误了自己的青春，即使最终和顾军明走进了婚姻的殿堂，她付出的青春代价也太大了。叶如玉不想成为姐姐那样的人。她有过几段恋爱经历，也有相处到了谈婚论嫁阶段的，但她在最后关头选择了放弃，那是因为被她放弃的男人还不够强大，还不够优秀。也许潘刚，才是她的真命天子，是她一直等待的那个男人。

月光如水，树影摇窗。微风，透过窗纱吹进了房间，吹到了叶如玉的脸上和身上。叶如玉感觉到这个春天是她一生中最美好的季节。

她躺进被窝，想着想着，慢慢进入了梦乡。

10

上午九点，叶如玉来到秦东门城楼前的广场。乖乖，十几辆豪华汽车摆了一地。奔驰、路虎、吉普、保时捷，还有辆非常抢眼的蓝色玛莎拉蒂跑车，个个争奇斗艳似的吸引着围观者的目光。要不是亲眼所见，叶如玉还不知道在秦东门这个小城市里，还有这么多豪车。平时在街上偶尔看到一辆好车经过身边，她是一定要停下脚步，目光一直尾随着汽车消失在视线之外。想想自己现在还在为小

POLO 奋斗着，真是有点可笑。潘刚的车是一辆黑色的悍马，彪形大汉一般排在第一个。这车底盘很高，叶如玉上车时还让潘刚扶了一把。她坐在车里望望外边，有一种一览众山小的感觉。

潘刚一挥手，汽车陆续点燃引擎，接着是强力的轰鸣声响起，一辆接一辆驶出广场向东进发。潘刚的悍马排在第一个，是指挥车。他们并没有全速前进，不是怕超速，而是在享受路边行人投来的注目礼。潘刚一边开车，一边用对讲机喊话指挥着车队。坐在副驾驶位置的叶如玉像是在电影里似的，享受着男一号的殷勤呵护。潘刚一会儿打开音乐，一会儿把车窗降下，他还一手握着方向盘，另一手贴着叶如玉的双腿伸到她右侧来，将她的座椅后背放低，好让她舒服些。汽车音响正在播放柯受良的《大哥》，潘刚把音量放大，然后扯着破嗓子跟着唱，把叶如玉的血液都搞得沸腾起来——

我不做大哥好多年 / 我不爱冰冷的床沿 / 不要逼我思念 / 不要逼我流泪 / 我会翻脸 / 我不做大哥好多年 / 我只想好好爱一回 / 时光不能倒退 / 人生不能后悔 / 爱你在明天

转眼间，车队驶上了拦海大提。潘刚让叶如玉将头伸到车窗外，好让长头发飘起来，体会一下《泰坦尼克号》上的经典画面。叶如玉照办了，她从车窗探出半个身子，挥动着双手，对着大海呐喊，使劲地喊，兴奋到了极点。

等她坐回位置上时，潘刚问她："有什么感觉？"

她说："飞起来的感觉。"

潘刚说："对了，要的就是这种感觉。"

他们一路欢歌笑语，很快就上了连岛。

东西连岛是由两个相连的海岛组成，后来人工修筑了一条拦海大堤把海岛与陆地连接起来。每年夏天，岛上的海滨浴场是人山人海，游客如织。现在是春天，所以岛上的游客并不多。沿着海边有一条环岛的公路，起起伏伏蜿蜒向前。一边是港口，可以看到大大小小的轮船停靠在码头，大吊车高耸云天。海岛的另一边是浩瀚的海洋，一望无际，偶尔可以看见几只不知名的海鸟在天空中盘旋飞过。

车队在苏马湾小浴场停了下来，按计划他们要在这里扎营。坐在海边的草伞下面，叶如玉面朝大海，心旷神怡。突然，潘刚不知什么时候站到了她的身后，用手轻轻拍了她的肩一下。她先是吓了一跳，接着对他莞尔一笑。他把叶如玉带过去介绍给他的同伴，大家一口一个"美女好""嫂子好"地乱喊，还一个劲地夸刚子艳福不浅。潘刚在她的耳边小声说，你不要介意啊，他们只是开开玩笑，没有恶意的。叶如玉笑着摇摇头，表示没关系。再看看，每位帅哥身边都站着一位美女，个个打扮得花枝招展。

野餐的饭菜也是事先准备好带来的，有卤货，还有现烤的羊肉串和面包什么的。叶如玉跟他们不熟，拿着一块烤面包就坐到伞底下。潘刚招呼好大家后就来到叶如玉身边坐了下来。

潘刚说："吃这点就够了吗？你还真会控制自己的体重。"

叶如玉说："我可没有节食的习惯，我是天生丽质。"说完，她觉得有点不好意思了，红着脸低下了头。

天底下还有这么羞涩的女孩，看得潘刚心里痒痒的。

有几个好玩的男人跳到海里游泳了，他们的女伴则光着脚丫在海边戏水。潘刚问叶如玉想不想到海水里泡泡脚，她说，不了，你去和他们玩吧。于是，潘刚就在她身边毫不避讳地脱了外衣，然后独自朝海里走去。看到他的背影在眼前慢慢走向海边，淹没在海水里，叶如玉的心都有点醉了。

按计划，他们晚上要回市区喝上一杯的，地点就选择在了罗马假日咖啡店。潘刚仍然是场上的主角，酒自然也喝了不少。叶如玉也喝了点啤酒。从他们的谈吐中了解到，他们大多是公子哥或者是老板。叶如玉也不失时机地将自己的名片派送给各位，希望他们有空来看看楼盘，或许有中意的，她保证给最优惠的价格。大家都说好的好的，一定去。她平时见到的人大都是要么有钱没时间，要么有时间没钱的。眼前的这群人是有钱又有闲，真是让她羡慕不已，这才是她一直向往的生活。

送走了所有人，潘刚说他酒有点大了，车也不能开，今晚就在附近找个快捷酒店将就着睡了。他让叶如玉帮他开个房，送他到房间后再走。她也没多想就答应了。可是到了房间后，潘刚借着醉意怎么也不让她出门，硬生生地把她推倒在床上要发生性关系。叶如玉毫无思想准备，开始还极力反抗，但在他的甜言蜜语和身体的强大攻势下，挣扎一番之后，她还是投降了。

可想而知，接下来就是一场激战。两人几乎是同时达到高潮，同时大喊几声后都瘫倒在了大床上。平息下来，潘刚对她说了声，对不起，都是酒精惹的祸，请求她的原谅。还说其实他是真心喜欢她的，他不是随随便便就和女孩子上床的那种人。

叶如玉这时头脑也清醒过来。对于刚刚发生的事，她头脑中很难定性为是好事还是坏事。说潘刚强暴自己，也不很准确。当然也绝非她自愿。她是个慢热型的性格，从认识到有好感，再发展到上床，她觉得应该有个必要的过程，这个过程的衡量标准就是时间，起码也得三个月以上。她和杨梓修第一次上床是在结交半年之后，是感情到了一定的阶段，很自然地睡到了同一张床上的。今天发生的这一切，她没有思想准备，她觉得来得太快，太突然。这不是她以往的风格。特别是，她还没有和杨梓修断了关系。虽然没和杨梓修结婚，但她已经是他的人了，至少现在她还是他的女朋友。在这种情况下和另外的男人发生性关系，绝非她的本意。

想到这，叶如玉也没说什么，穿好衣服就默默地离开了酒店。

11

　　三天后，桂经理问叶如玉，带客户看的那套别墅定下来了没有？人家要是不买就不保留了。叶如玉说再等等。于是就满怀喜悦地给潘刚发了个短信，问他在干什么？潘刚回信说，他正在家看NBA球赛，问有事吗？叶如玉感觉这个问话有点冷，就回信说，没什么事。放下手机，叶如玉突然有一种不祥的感觉。潜意识告诉她，潘刚是个坏人。怎么会有这种感觉出现呢？她问自己，她不愿意相信潘刚是这种人。

　　干售楼小姐这一行和客户之间的关系太复杂了，身边经常发生故事。比如，客户在把房子谈得差不多时会提出要售楼小姐陪睡一夜就可以签合同了，为了追求业绩和奖金，有的小姐只得就范。还有的明里是买房，实际上是看中了某个售楼小姐，要和她谈恋爱，要买的房子就是他们的婚房，你说这房子卖还是不卖？当然，其中也有找到真爱的，但更多的是上当受骗的。房地产老板们不管这些，他们要的只有业绩，甚至还暗中为客人提供方便。比如带某位被点名的售楼小姐一起出去陪客人吃饭，还私下里做小姐的思想工作诱导其就范。叶如玉一直是洁身自好，和客户的关系拿捏得恰到好处，所以一直以来业绩不错，也没失身。但是，现在不一样了。她开始琢磨起潘刚来，他到底是个什么样的人呢？他又把她当成了什么样的女人呢？她不愿往坏里去想。

　　要下班的时候，叶如玉接到潘刚的电话，说是带她晚上去一个酒吧玩玩。接到他的邀请，她开始还一阵小激动，她觉得自己对潘刚往坏的方面猜测是多余的，他还是想着她的。虽然她并不喜欢酒吧那震耳欲聋的音响声，但还是答应了。她把刚快递来的那件带花的丝绸上衣穿在了身上，还到洗手间给自己补了个妆。

潘刚开车来接她了。他们来到了一个叫巴拉巴拉的酒吧，在一个角落里坐了下来。

叶如玉要了一份爆米花当晚饭，潘刚要了一袋花生米和两瓶啤酒。整个晚上两人没有什么语言交流，音响声太大也没法交流。于是，叶如玉就一边欣赏歌手唱歌，一边不停地抽香烟。其间，潘刚几次到别的桌上和熟悉的朋友打招呼喝酒，好像忘了她的存在。这地方，潘刚的朋友很多。

等潘刚闲下来的时候，叶如玉问他："这地方你常来？"

潘刚说："是啊，怎么啦？"

这话，叶如玉听起来还是觉得有点冷，于是就不再问下去了。

出门的时候，潘刚没征求叶如玉的意见，开车直接把她带到云台宾馆。叶如玉也没拒绝。她想，已经有了第一次，该发生的都发生过了，一次和两次又有什么区别呢？何况，她还想问问这个男人到底是怎么想的？对于他俩的关系打算如何发展？至少要弄明白他看中的那套别墅到底是买还是不买？

进了房间，潘刚就先脱了衣服去冲澡了。出来的时候看叶如玉还坐在圈椅上看电视，他不解地问，你怎么还不去冲个澡？叶如玉明白他的意思，犹豫了一下才站起身来进了卫生间。等她出来的时候，潘刚已经关掉了电视躺在床上等她。突然，他从床上爬起来，抱着她就滚到了被子里。

激情过后，潘刚躺在床的靠背上点上一支烟，吐着烟圈。

潘刚说："你一点都不主动，不好玩。你真该看几部 A 片。"

叶如玉大喊道："你把我当什么人啦？！"

潘刚瞥了她一眼："你？大美女啊！"

叶如玉此时眼泪要掉下来了。她起身进了卫生间用面巾纸擦擦眼睛，把自己的情绪压了压，然后回来站在床边，很严肃地问潘刚:"你打算以后怎么办？"

潘刚说:"什么以后？我没想那么远。"

叶如玉强忍着怒火说:"你不是真心想和我谈恋爱,对吧？"

潘刚说:"我是喜欢你,但我怎么可能和每个我喜欢的女孩都谈恋爱结婚？再说,我们也要有个慢慢了解的过程,否则对你对我都不负责任,你说是吧？"

叶如玉说:"那你看中的那套别墅还买不买了？"

潘刚反问道:"这跟我们之间的关系发展有联系吗？"

叶如玉无话可说,也无话可问了。她起身穿好衣服,眼睛里包含着泪水,离开了房间,离开了那个还在床上躺着的可恶的男人。

回到家,叶如玉并没有很愤怒,反倒平静下来。她洗洗脸漱漱口,还和平时一样跟妈妈道了声晚安就上床了。

躺在被窝里,叶如玉把和潘刚接触的前前后后统统想了一遍,得出的结论是,他只是个花花公子,不是她想要的人。只是她不知道现在醒悟了是不是太晚？她又想到了杨梓修,她知道杨梓修要是知道了她和潘刚的事是绝对不能原谅她的。此时,她特别想见到杨梓修,哪怕只是听听他说话的声音。于是,她拿出手机给他打了个电话。

"你怎么还没睡呀？都快十二点了。"杨梓修问。

"你现在在哪里？干什么？"

"我在乌镇,刚刚看完一场话剧演出,正往旅社去的路上。"

"是什么话剧？"

"《青蛇》。"

"讲给我听听？"

"我过两天就回去了,见面讲吧。"

"可我现在就想听。"

"好吧。"

杨梓修边走边拿着电话讲起来。《青蛇》,是一个古老的神话故事。小青是一条修炼了五百年的青色蛇妖，素贞是一条修炼了一千年的白色蛇妖。二蛇妖贪恋人间携手遁入红尘。素贞做人是为了修炼的终点，只想做个普普通通的人。她恋上平凡的男人许仙，与他成亲过上了小日子。小青却爱上了英俊的和尚法海，无视他身上的袈裟。端阳节，小青误喝雄黄酒现原形，把许仙吓得昏死过去。素贞舍命上昆仑山盗取仙草，欲救丈夫还魂。小青在家却与苏醒了的姐夫许仙在床上云雨纠缠。素贞回到家中发现此事，昔日的姐妹反目成仇。后来，素贞怀上了许仙的孩子，赢得了许仙的欢心。法海掠夺许仙软禁金山寺。素贞为夺回丈夫，求助小青。二姐妹重归于好，并策划一场救出许仙的"水漫金山"战役。素贞现出白蛇原形，许仙惊恐万状。在西湖的断桥边，素贞诞下一男婴，许仙却因害怕不敢靠近。心灰意冷的素贞，被法海镇压在雷峰塔下。许仙追悔，为时已晚……

杨梓修问："你在听吗？"

叶如玉赶忙擦擦泪水说："在听，在听。"

杨梓修说："这个故事我早听过了，今天第一次看话剧，还是蛮感人的。"

叶如玉小心地问："你怎么看待小青？恨她吗？"

杨梓修说："你怎么啦？"

叶如玉哀哀地说："我觉得小青也有小青的难处，她挺可怜的。"

杨梓修说："好了，不要去为古人担忧了。我也走到了旅店大门口。时间不早了，你睡吧，我也困了。"

12

杨梓修回到秦东门。

一到家，他就给叶如玉打电话，约她过来吃饭。但她推说有事，没来。杨梓修也没多想，自己来到罗马假日咖啡店。一到店里就听马店长汇报这几天的营业情况，但她并没有特意提到潘刚这个人。她觉得那是老板的私事，还是不多嘴为好。

第二天，杨梓修又约叶如玉，她还是推说来不了，说明天楼盘搞促销活动，开会一直要到深夜。杨梓修感觉有点不对劲，但还是没去多想。第三天约她时，她又拒绝了，这让他感到有点不对劲了。按理说，小别胜新婚，虽然他们没成法律上的夫妻关系，可是已经分开有一个多星期了，怎么能这么长时间不想见个面呢？

晚上，在叶如玉下班的时间，杨梓修开车来到售楼处门前。只见售楼小姐们陆陆续续地走出了大厅，就是不见叶如玉的身影。他正在纳闷时，叶如玉出来了，她身边还跟着一个小个子男人，一看便知是蒋总。看着他们上了一辆挂着浙江牌照的奔驰轿车，杨梓修也开车跟踪了过去，看着他们的汽车开进了高尔夫高档小区。过了大约半小时，杨梓修给叶如玉打电话，问她在哪里，她说在一家酒店，正在陪客人吃饭。杨梓修也没揭穿，只是说，如果需要，饭局结束时他开车过去接她。她说不用了，还不知要到几点才结束呢。杨梓修在车里抽着烟，坐了好久才离开。那一夜，他翻来覆去没睡好觉。

又过了几天，杨梓修接到叶如玉打来的电话，她说下班后过来一起吃晚饭，还说有正事要和他谈，语气比较凝重。杨梓修觉得她有点怪怪的。

秦东门这个地方打扑克牌挺有意思，一种叫"掼蛋"的玩法流行了好几年，而且是方兴未艾。杨梓修也是回秦东门后才学会打掼蛋的。这是从淮安流传到全国各地的玩牌法，两副牌四个人，对门是一家，从2打到A，谁家先打过A即赢一局。杨梓修仔细琢磨过掼蛋为什么如此受欢迎。原来，它结合了以往的"跑得快"和"80分升级"的玩法，将娱乐性和刺激性结合得非常好。在游戏中抓得好牌固然重要，更重要的是双方的默契配合，所以叫做七分牌运三分配合。配合得好坏，往往决定最后的胜负。

晚上下班后，叶如玉到咖啡店来找杨梓修。马店长告诉她说，杨总正和客人在罗马厅打牌。本来以为都是她以前见过的杨梓修好朋友，进门一看，是顾总、潘刚和叶如花。看到潘刚也在，让她大吃一惊。自从那天后，叶如玉就再也没和他联系过，心想一辈子也不要再见到他。潘刚这段时间半夜里打过两次电话给她，她也没接。可没想到在这里又见到了他。叶如玉表情是极不自然。潘刚也只低头看牌，一语未发，装成陌生人的样子。

杨梓修对叶如玉说："牌很快就打完了，你到外边喝杯茶等等，我很快过去。"

叶如玉说："没事，你慢慢玩，我在外边看看书。"说完，叶如玉就很礼貌地退出了房间。

一局牌结束后，杨梓修就出来和叶如玉见面。

叶如玉很气愤地说："你怎么和潘刚这种人混到了一起，他是人渣。"

杨梓修说："他是顾总公司的人，我也是今天刚认识他。你怎么说人家是人渣，你以前认识他吗？"

叶如玉感觉有点激动，忙说："我是听别人说的。反正你对他小心一点就是了。"

杨梓修说："好的。我以后注意。"

按理说，叶如玉会主动问杨梓修有关旅游的有趣见闻，可她刚才见到了潘刚，好像兴致一下子全没了。杨梓修估计她工作压力太大，也就没主动说旅游的事。那天晚上看到的一幕，一直在他的脑子里浮现，他想，今天一定要问问明白。

吃过晚饭后，杨梓修说去公寓吧，我还有好多话要对你说。叶如玉没有反对。

又好长时间没在一起亲热了，杨梓修把满肚子的疑惑先放一边，一到公寓他们就滚到床上云雨一番。做爱时，叶如玉好像非常投入，达到G点时不仅发出歇斯底里般喊叫声，还在杨梓修的肩上狠狠地咬了一口，在他的肩上留下了一圈很深的牙印。他用手摸摸，好像都出血了。这是以前没有过的事。

完事后平静下来，杨梓修去洗手间淋浴了一下。等他回到床上时，发现叶如玉已经要睡着了。本来是要和她说说话的，看来是不可能了。杨梓修点了支烟吸着，叶如玉照例是将头枕着他的膀子，还习惯性地把她那条修长的大腿放到杨梓修的肚子上。

本来，叶如玉的计划不是要到公寓来，她要和他谈分手的事，不说原因，只说分手。虽然，她在和杨梓修谈朋友之前也和别的男人上过床，但那都是因为感情，因为喜欢，是奔着婚姻去的。杨梓修说过，不会在乎她的过去。但自从和潘刚上床后，她觉得自己变了，变成一个随便的女人，有种用性做交易的嫌疑。至少潘刚是这么认为的，而且他利用了这一点，他的目的达到了，满足了，就把她当成一件衣服一样扔掉了。她觉得对不起杨梓修，他也绝不会容忍自己的女人和别的男人上床的，她知道杨梓修的为人。她无脸再和杨梓修交往下去，与其将来被他发现后和她断绝关系，不如现在就了断。她也不想再在秦东门待了，她想等拿到销售皇冠就开车离开这里，去做自己喜欢的服装设计工作。至于去哪儿，她没想好，也无所谓。

既然杨梓修请她到公寓来，她就一口答应了。她想和他再做爱一次，最后一次，以这种方式结束他们之间的这段感情。从此以后，她就再也不和他见面了，然后就是离别，永远的离别。分手的话，就等到她离开秦东门后再说吧。

叶如玉已经渐渐地进入梦乡。感觉她工作很累，他有些心疼了。看着眼前的她，睡觉的姿势，还有那轻微的呼吸声。看着看着，杨梓修突然有了种陌生感。这段时间，他已经感觉到一些不对劲，虽然他不知道问题出在哪里，但是危机已经摆在了他的面前。叶如玉虽然不是他最理想的伴侣，但是像奥黛丽·赫本那样的天使怎么可能找到？还是现实一点吧，再说，叶如玉的个人条件也是很不错的，何况又谈了这么长时间，自己如果拂袖而去，不仅是耽搁了人家的青春，自己的良心也过不去。想来想去，杨梓修还是觉得应该保护好这份感情。

抱着叶如玉放在自己肚子上的那条秀腿，杨梓修又感觉到肩上刚才被她咬过的地方在隐隐作痛。

13

生活还在继续。

服务行业人员流动性特别大，好在马店长有办法，能及时找到人顶上。这天，清洁工阿姨又提出辞职了，原因是她儿子刚生了个大胖小子，她要回家带孙子，给多少钱也不干了，还说走就走。马店长向杨梓修及时汇报了此事。

马店长说："按《员工手册》规定，员工必须提前15天提出辞职申请，否则扣发半个月的工资。"

杨梓修说："按照规定执行，该扣就扣。"犹豫了一下，杨梓修又小声说，"你还是把那个阿姨的工资打给她卡上吧。都不容易，要是家里经济宽裕，谁还来做清洁工呀。不过，这事要瞒着店里其他人，让阿姨也要保密。"

马店长说："哪有你这样当老板的？"

杨梓修说："从严要求、从宽处理嘛。"

马店长说："当老板真不容易的，做好事还不能让人知道。"

第二天下午，杨梓修来到咖啡店。他习惯性地巡视到卫生间，看到一个生面孔穿着清洁工的衣服正蹲在地上用布抹地。杨梓修心想，她应该是马店长刚招来的清洁工阿姨了。马店长这个人还真行，一天都没耽误就把人找到了，而且还严格按照他的要求在打扫地面。杨梓修平时最在乎卫生间的整洁了，不能有异味是最起码的要求。他是在高档酒店干过的人，其他区域的卫生他可以睁一只眼闭一只眼，但是他对卫生间的要求特别严格，甚至近乎苛刻。按他的话说，要达到五星级酒店的标准。简单点说，就是可以席地而坐，裤子不能沾上灰尘和水迹。

　　杨梓修前后台都巡视了一遍后，感觉一切正常，于是就在大厅找了个空位坐了下来，翻看当天的报纸。

　　晚餐时，杨梓修要了一份意大利肉酱面在大厅里吃着，叶如花端着一杯珍珠奶茶坐到了他对面。他们已经见过几次面了，所以就随便了些。

　　"你吃过饭了没有，要不要我请你也吃个面？"杨梓修问她。

　　"我晚上一般是不吃饭的，一杯奶茶就行了。"叶如花说。

　　"你还要减肥啊，你还要不要我们这些大胖子活了？"

　　"男人胖点没什么的，显得富态。"

　　"可是你妹妹老是嫌我胖，不够帅。"

　　"你别理她就是了。"

　　叶如花告诉他说，顾总和我们仲行长在谈事，我在旁边不方便就出来了。她犹豫了一下又说，你是不是和我妹吵架了？这些天她整天跟没魂似的，情绪反常。杨梓修说，是有点矛盾，不过，我们会解决好的。叶如花说，我妹妹就是这样的人，心强命不强，还很倔，你得多让着她点。杨梓修说，我知道，我会的。正说着，一个服务员过来说，顾总要叶如花去一下。叶如花站起身来说，你看看，肯定是仲行长要我去喝酒的，烦死人了。顾总老是叫我和仲行长喝。然后，她让服务员拿了一瓶自酿的红酒进了包间。不一会功夫，服务员又拿了一瓶进去了。

很晚的时候，顾总他们才出包间的门。仲行长手里还拿着个沉甸甸的袋子，杨梓修感觉像是人民币。那个仲行长和顾总的年龄差不多，但瘦得跟猴子似的。看到杨梓修站在楼梯口，顾总主动和他打个招呼，然后说他要到洗手间去一下，让叶如花先送仲行长上车走。叶如花一脸不高兴的样子，但还是和仲行长一起下楼去。杨梓修感觉顾总在有意给仲行长和叶如花独处的机会。杨梓修怕出什么意外，于是也跟在叶如花他们的身后下楼。杨梓修站在大门口，看到叶如花送仲行长到停在路边的汽车前，感觉仲行长坐在车里拽着叶如花的一只胳膊。叶如花急了，说了句"被人看见了不好"。然后，她急匆匆地跑了过来。这时，顾总也到了大门口。

叶如花冲着顾总埋怨说："你明知道他……，你安的是什么心？"

顾总安慰她说："我有数，我有数。"

他们也忘了和站在旁边的杨梓修打个招呼，就走向不远处停放的另一辆轿车。

杨梓修刚上楼，就看见清洁工王阿姨拿着一包东西交到马店长手中。王阿姨说，可能是刚才那位客人在洗手池台上丢的。马店长问那人长什么模样？王阿姨说，中等身材，大约五十岁的一个男人，是个老板的样子。马店长打开一看，是两万元现金。马店长判断说，根据王阿姨的描述，应该是顾总丢的。

杨梓修立即给顾总打电话，顾总听完杨梓修的话后，停顿了一下，并没有吃惊的样子，只是很平和地说，哦，是我丢的，那就先放你那儿吧。这种口气，连句客气话都没说，这让杨梓修觉得有点莫名其妙了。

对于王阿姨拾金不昧的表现，杨梓修当即决定给予她当月的优秀员工奖励，奖金200元，但王阿姨拒绝了。

14

叶如玉这些天头脑也不轻松。分手的真正原因是不好和杨梓修明说的，但分手是已经注定的。现在，她就等着销售皇冠拿到手，离开秦东门，走得越远越好。

一天下午，叶如玉在售楼处接待了新加坡商人戴先生。他来秦东门谈一笔生意，签好合同后就定了当晚的机票。他看时间还有余，就闲逛到富煌花园售楼处，想了解一下当地的楼市情况，正好是叶如玉接待了他。戴先生说一口流利的汉语，他的祖籍是福建。交谈几句后，叶如玉就知道了他不是来买房的，但也没有冷待他，以同样热情的态度向他介绍了楼盘情况。

结果，戴先生要走的时候对叶如玉说："我喜欢上你了，你看怎么办？"

叶如玉感到很突然，她回答说："别开玩笑了，你再不走飞机就误点了。"

戴先生说："飞机误点我可以改航班，可是错过了你，我可能会后悔一辈子。"

叶如玉看他很真诚的样子，就开玩笑说："你要是真喜欢我就在秦东门买套房子。"

没想到，戴先生听到这句话高兴地跳了起来，立即就买了一套联排别墅，而且是全额付款。等戴先生办完了购房手续，叶如玉整个人都傻了。不仅是她傻了，桂经理和整个售楼处的小姐妹们一个个都睁大了眼睛，投过来一大把羡慕的目光。

戴先生请叶如玉晚上一起吃饭，她无法拒绝。

吃饭的时候戴先生告诉她，他有一个家族企业，在吉隆坡还是挺有名的，也是做房地产的。他是家里的独子，大学毕业后在自家公司工作已经七八年了。他父亲最近身体有些不好，心脏经常偷停，所以想让他早点接班。为了让他在公司管理层中树立威信，就把一个大单子交给他来谈，是关于从中国进一批钢材的生意，选择在秦东门海运到新加坡。他也不负父亲的良苦用心，跑了将近一个月，终于把最后的合同敲定了。今天，当他走进售楼处大厅时，一眼就看见了叶如玉。她是那么的出众。在新加坡，从来没有见过这么让他动心的女孩。正当他有点魂不守舍不知所措时，叶如玉款款走到他面前，很礼貌地向他问好，然后仔仔细细地介绍楼盘情况。他是相信一见钟情的，他认为这是缘分。他马上就要坐飞机走了，如果这样一走，就再也见不到她了。想来想去，他勇敢地说出了那句话，"我喜欢上你了，你看怎么办？"既表达了自己的喜欢，同时又留给对方思考的余地。他想，如果被拒绝，他并不伤心，如果不说出这句话，那他会遗憾终生的。

　　虽然对这个戴先生一无所知，但从他的表情上看，他是有诚意的。还有他买了一套联排别墅，不像是闹着玩的。天底下还有这么一个男人如此为她心动，她很感动。在这一点上，以前她认识的男人没一个能比得上的，包括杨梓修。先结婚后恋爱，也不是什么新鲜事，她的父母就是这样过来的，现在他们仍然生活在一起，也算很幸福。再想想自己目前的状况，她和杨梓修已经是不可能再发展下去了，甚至是她在秦东门都无法再待下去了，出国，还真是个不错的选择。叶如玉内心里还是愿意接受这份送上门来的爱情。虽然有点冒险，但她想去尝试尝试。

　　接下来的几天时间里，叶如玉带着戴先生游遍了秦东门的山山水水，尽量让他感受一下自己家乡的一切。在城隍庙前的大排档，她还和他一起吃了过寒菜烧豆腐。显然，戴先生对过寒菜的口味并不适应，觉得这种小青菜有点苦味。于是，叶如玉就把从杨梓修那里听来的有关过寒菜的故事讲给他听。她说,过寒菜,顾名思义是冬天生长的青菜,它生长在城墙根下,经过太阳的照射和风雪的洗礼,一个冬天过来就长成了现在这皱巴巴的样子。如果说春天的青菜是小姑娘似的娇嫩水灵,那么,这过寒菜就是有生活阅历的知性男人。各有各的优点,各有各的味道。这可是我们秦东门古城的一道特色菜哦。

听完叶如玉绘声绘色的讲解,戴先生连吃几口过寒菜,细细品味后好像恍然大悟。

他说:"你们中国有个成语叫苦尽甘来,说的就是这个过寒菜的味道吧?"

叶如玉笑着说:"也许是吧。"

叶如玉觉得有必要告诉戴先生自己有过几次恋爱经历。她讲得很严肃,而且特别注意用词和语气,一边说一边观察着戴先生的反应。没想到,戴先生好像是在听关于别人的故事,一点都不在乎的样子,然后说了句杨梓修曾经说过的话,大概的意思是,我不在乎以前的你,这都是你过去的事,我无权干涉更无权指责。我在乎的是现在的你,和将来的你。最让叶如玉意想不到的是,他们在一起独处的这几天,包括那天晚上还在温泉度假村过了夜,戴先生并没有要求和她同房。这让叶如玉对他更是刮目相看了。

天上真是掉馅饼了,而且正好砸在了她的脑门上。叶如玉没有理由拒绝的,戴先生年轻,事业有成,又十分爱她,特别是他的家族很有钱,这些都是每个女孩梦寐以求的东西。想想自己还在为一辆POLO努力奋斗。如果她向戴先生张张口,或者暗示一下,她立马就可以开着一辆保时捷在马路上兜风了。

至于杨梓修那边,她觉得有了一个结束的理由了,一个很好的理由。如果杨梓修不爱她,那么正好双方都可以下得了台阶;如果爱她,他当然希望自己爱的人能够更幸福。和潘刚之间不光彩的那一页可以彻底翻过去了，即使潘刚哪天在杨梓修面前抖搂出来，对她也丝毫没有影响。因为，她早已身在异国做阔太太了，或许正躺在沙滩上晒太阳，也或许正带着孩子在自家的后花园荡秋千呢。

想好了，叶如玉就等着和杨梓修说白了。她准备了几个版本的台词，都觉得不满意。毕竟，她和杨梓修谈了一年多的恋爱。她也知道杨梓修是奔着结婚去的，只是暂时条件不成熟，连个婚房都没有。但杨梓修一直在努力着，这一点叶如玉是知道的。现在要突然和他提出分手，实在是难以启口。

15

叶如玉主动打电话给杨梓修说，要和他谈谈。杨梓修感觉一定是很重要的事情，他猜是逼婚，或许是已有身孕。他想，要是真那样，结婚就结婚吧。

晚上，已经是十点多钟了，他们在咖啡店见了面。

看到叶如玉一脸凝重的样子进了店门。杨梓修觉得在大厅谈话有点不太合适了，他把她带到一个包间里。杨梓修招呼服务员上茶水，叶如玉连忙很客气地说，不用了，我说几句话就走。杨梓修也不再勉强。

叶如玉说："我来就是要告诉你一件事，我要订婚了。不过，不是和你。"

杨梓修感觉很突然，大声说："这，怎么可能？"

叶如玉很认真地说："我没骗你，我几天前刚认识的一个男人，我们两情相悦，一见钟情。我也没想到事情会来得这么突然，但是事实。"

杨梓修本能地问道："那人是谁？"

叶如玉说："其实，是谁并不重要，重要的是我们之间的缘分早已经到头了。我离开你，也许对你更好些。以后你会明白的。"

杨梓修固执地说："可我还是要知道那人是谁？"

叶如玉低着头说："他叫戴春山，是个新加坡商人。"

杨梓修仰起头说："这怎么可能？这是什么时候发生的事？"

叶如玉说："几天前，戴先生到我们售楼处看房子，于是我们就认识了。"

杨梓修有过思想准备。他也早已觉得和叶如玉可能不适合天长地久在一起，但他不会亲口提出分手，还是顺其自然的好。所以，今天叶如玉先提出分手，他并不觉得奇怪，但他一下子还是接受不了这个现实。

杨梓修说："这个戴春山知道我们之间的事吗？"

叶如玉说："他知道，我都告诉他了。"

两个人沉默了一会儿。

这时，叶如玉的手机响了。她看是戴先生的号码，没接。她挂断手机站起身来说："我走了。过几天我们要举行一个简单的订婚仪式，然后我就和他去新加坡。"

杨梓修说："不行，我要见见这个小子。你现在就打电话给他，说我要见他。"

叶如玉问："你见人家干什么？你不要胡来。"

杨梓修说："我怕你被他骗了。"

这话听起来语气虽然不善，但叶如玉还是被感动到了。他是在关心自己，保护自己。犹豫了一下，叶如玉拿起电话和戴先生说明了杨梓修要求和他见一面。结果，那个戴先生立即爽快地答应了。

在叶如玉的带领下，杨梓修很快就来到花果山大酒店，敲响了戴先生的房门。

杨梓修强压着怒火，对开门的男人问了一句："你就是戴春山？"

那人回答说："我就是。"

话音没落，杨梓修就一拳打到他的脸上。戴春山踉跄着后退几步，倒在床上，顺手拿起床上的一个衣架就要反击。杨梓修紧跟上去还要动手。

叶如玉紧紧抱住杨梓修的胳膊，哭喊者说："你这是干什么？不是说好的嘛，你们好好谈谈的。"

杨梓修极力挣脱叶如玉的双手，把她推到一边。

戴先生看到杨梓修用力推倒叶如玉，立即站起身来，一把扶住她，张着流血的嘴巴大声说："不要伤害她，你尽管冲着我来好了。"说着，他把叶如玉藏到了自己的身后保护起来，恶狠狠地瞪着杨梓修。

叶如玉仍然哭喊着说："不是说好的嘛，你们好好谈谈，怎么打起来了？怎么会是这样？"杨梓修平时最听不得女人哭声，扬起的手又慢慢放了下来。

戴春山那身子骨，显然不是杨梓修的对手，但他也不示弱。他说："想打架你先约个时间地点，这是男人的事，为什么要当着女人的面？"

杨梓修用手指着他说："好，你有种。"

叶如玉一边用手擦拭着戴春山流血的嘴巴，一边伤心地哭着。戴春山一边安慰叶如玉说没事，一边还在瞪着杨梓修。眼前的一幕全看明白了，这个男人是真心爱这个女人的，为她吃了苦头，还能勇敢地站出来保护她。这个女人也是爱这个男人的，看到男人流血，哭得那么伤心。前后就这么短短的几分钟时间，杨梓修明白了他们是真心相爱的，他不知是该为他们高兴还是为自己悲哀？

这一夜，杨梓修一直是睁着眼睛躺在床上。他陷入了沉思。他忽然觉得肩上的伤口又在隐隐作痛，下意思地用手去摸了摸。他这才意识到，其实，叶如玉已经把和他的那次做爱当成了最后一次。

对于叶如玉的离开，杨梓修心里还是有所眷恋的。虽然他并不很爱她，但是也说不出她有什么不好。爱虚荣，想过富裕的生活，这没什么不对，人们拼命奋斗，不就是想过安逸富有的生活吗？只不过是她心太急而已。人生就像是一次旅行，她是那种只考虑尽快到达目的地，而忽视了欣赏沿途风景的那种人。既然她选择离开他，没有兴致和他一路欣赏不同的风景，那么也好，免得两个人都受累。他小时候养过一只猫，大概养了两年，每天放学回家都要和猫共处一段时间。有一天，那只猫出去觅食就再也没有回来，他吵着闹着要母亲去把它找回来。他饭也不吃，学也不想上了。母亲开导他说，孩子，那只猫是自己不愿回来了，也许它找到了更好的人家，我们不必为它担心的。你现在这个样子，很想念它，也对，毕竟你们相处了很长时间。不过，你饭还是要吃的，学也得去上的，过段时间你就好了。不是说把它忘了，而是把它放在心里的一个角落，想着它。现在想想，他对叶如玉的依恋，也会慢慢过去。在心里，他会留一个位置给她的，好时常为她祝福。

第二天一早，杨梓修给叶如玉发了个短信：如果你们同意，订婚仪式就放在罗马假日咖啡店办吧。

16

三天后就是星期六，中午的冷餐会按时举行。杨梓修将事先做好的一个看牌放到了咖啡店的大门外，上面写着：

今天，来自新加坡的戴春山先生和秦东门的叶如玉小姐将在本店举行订婚仪式，欢迎各位顾客和我们店的员工们一起见证这激动人心的时刻。

仪式进行时间营业正常。

叶如玉很大方地挽着戴春山来到罗马假日。杨梓修见到他们显得有点尴尬，倒是那个戴先生始终是笑容挂在脸上，虽然他的嘴唇已经消肿，但细看还是能看到有一块淤青。戴先生很诚恳地接受每个人的祝福，包括女友的前男友。

大厅里响起欢快喜庆的音乐。杨梓修扫视了一下店堂，感觉一切正常。中午十二点整，在曼妙的乐曲声中，两位新人步入大厅中央。女方的父母及亲友脸上都挂满了笑容，还有一些客人也驻足大厅观看一对新人的风采。只可惜男方的家人没有一个到场的。但是，戴先生在讲话中重点提到了这一点。他说，今天只是个订婚，等我正式迎娶叶小姐时一定让双方的家人都到齐，而且，要办两场盛大的婚礼，新加坡办一场，秦东门也要办一场，让所有爱我们的人和我们爱的人都来见证我和叶小姐的这份甜蜜。

戴先生同时宣布，今天中午来咖啡店的所有宾客，包括不认识的客人，餐资全部由他负责买单。听了这话，杨梓修觉得这有点出乎意料。客人们也听到了新郎的美意，他们都拍手叫好，祝福一对新人。

仪式有条不紊地进行着。杨梓修实在是看不下去了，他悄悄地走出了咖啡店。来到秦东门城楼上，他举起双臂，对着天空使劲地大喊几声：

"啊……啊……"

叶如玉白天表面上沉浸在订婚的欢喜中，可她的目光还是一直注视着杨梓修的一举一动。她当然是看到了杨梓修提前退场。下午，她带着戴先生去了自己的家，她的父母亲还是高兴这门亲事的，热情地接待了戴先生在家吃了晚饭。可是，姐姐叶如花的态度却是两样，吃饭时几乎没说话。

饭后，叶如玉跑到姐姐的房间，关起门来和姐姐谈了知心话。

她觉得反正要走了，以后大概也没什么机会和姐姐谈心，所以就把自己的实情和无奈统统告诉了姐姐。她说了杨梓修的神秘朋友倪敏的突然出现，说了潘刚的卑鄙行径，还说了富煌蒋总的百般交缠，她有一肚子的委屈全向姐姐倒了出来。听完妹妹的谈话，叶如花开始同情起妹妹来，她觉得妹妹现在选择和戴先生走到一起，或许是最好的结果。

到最后，叶如花只是说："我觉得对杨梓修有些不公平，这也是我今天没去参加你们订婚仪式的原因。我不知道怎样面对人家杨梓修。"

叶如玉说："我再和杨梓修好好谈谈的，只是不能像和姐姐你这样毫无保留地谈话。"

叶如花说："你到新加坡后，如果不如意就马上回来，毕竟你对人家戴先生家庭还不了解。"

叶如玉说："我会和他们家人好好相处的。"

叶如花说："那你就好自为之吧。"

说到这里，两姐妹抱在了一起，眼眶都流出了眼泪。

叶如玉又问姐姐和顾军明进展到什么阶段了？叶如花说，我们的事本来就是个马拉松，再等几年也无妨，反正也晚了。顾军明这几年生意很顺，他说，这种赚钱的好机会不常有，也不会长久，既然逮着这个机会了就狠赚一把，然后退出江湖，带着我一起去周游世界。我想好了，到那时，我也辞职不干了，过一过相夫教子的生活。看姐姐的脸上露出幸福的笑容，叶如玉打心眼里为她高兴，高兴她终于要熬出头了。

"做女人其实真不容易。"叶如花说。

"是的。好在老天很眷顾我们姐妹俩，让我们都有了很好的归属。"

夜晚，叶如玉看到戴先生和她的父母亲在一起聊天，她就抽空出门,谎称出去买点东西,其实是打车去了罗马假日。她觉得无论如何要和杨梓修道个别。

她并没有事先打电话告诉杨梓修她要来,她只是估计他这个时候应该在店里。

马店长看到叶如玉进店,有点吃惊,但也没说话,只用手朝着大厅拐角指了指。叶如玉果然看见杨梓修坐在一大堆葡萄前。

叶如玉走过去,坐在他旁边。杨梓修看了她一眼,然后继续着手里的活。

他说:"这就是夏黑葡萄,你看,红得发紫。"

叶如玉拿一粒放嘴里吃着,问:"你不是说玫瑰香酿酒更好吗?"

杨梓修说:"是的,玫瑰香口感圆润,还有香味,当然好。不过,等玫瑰香上市要到秋天的时候。今天我到水果批发市场去看看,发现南方的夏黑已经上市了,就买了二百斤。现在还没到夏天,价钱贵了点,所以少买点先酿着,店里好接上用。夏黑葡萄酒的口感也不错,颜色也好看。"

叶如玉说:"大概什么时候能喝?"

杨梓修说:"等二十天就可以喝了,不过,最好的口感还要沉淀它两个月。"

叶如玉说:"可惜我等不到那个时候了。"

杨梓修继续一粒粒捏着葡萄,说:"事已至此,我还是要祝福你的。戴先生确实很优秀,我看得出来,他对你也很好。你还真得谢谢我,要是我们早早地结婚了,你也得不到现在的如意郎君。"

叶如玉说:"你是不是想让我说,谢谢你没有娶我?"

杨梓修说:"你也学会幽默了。"

杨梓修的语气显得很轻松。叶如玉心里却不那么轻松。她开始还担心杨梓修会极力挽留她。其实,她既希望他这样,又害怕他这样。到这个时候，她才觉得杨梓修活得很实在，他身上的那些所谓的缺点一下子都转变成了优点，就连他的胖也成了她眼中的优点。只是可惜，她再也不能把腿翘在他的软软的肚子上睡觉了。她的内心希望杨梓修能理解她，原谅她。而眼前的杨梓修好像也做到了这一点。

杨梓修觉得，一个女孩子要远离家乡，到另外一个国度去生活，并不是件容易的事，会遇到很多意想不到的困难。文化背景不同，生活习惯不同，没有亲朋好友在身边，这些平时看起来不用考虑的问题，到了新加坡都会成为问题。叶如玉没单独出过远门，她还意识不到这一点。好在那边的华人比较多，语言应该不是什么大问题。

叶如玉冷不丁地问一句："你以前真心爱过我吗？"

杨梓修抬起头，说："当然。"

叶如玉又问："现在呢？"

杨梓修说："这很重要吗？我看，你没有必要问这个问题了，我也没有必要回答这个问题了吧。"

叶如玉说："但是，我想知道。"

杨梓修被将军住了。望着叶如玉的一双大眼睛，杨梓修不敢正视了。他低下头说："我在心里会留一个位置给你的。"

本来准备了好多的话要和杨梓修说的，可是，现在好像都显得多余了。平平淡淡地分手，其实对双方都好。

最后，叶如玉说："我要走了，回去还要收拾东西。再见了，也许永远也见不到了，我们拥抱一下吧？"

杨梓修站起身来，可双手沾满了葡萄汁。于是，他把双臂伸展到两边，笑着说："看来，只能是你拥抱我了。"

叶如玉上前一步来了个熊抱。她流着泪，笑了。

第二章　顾军明的夏天

17

这个夏天比以往来得早一些。

杨梓修去了趟西藏。他早就说这辈子一定要去趟西藏的。他的骨子里一定是存在一种不安份的基因，总是觉得自己还有很多地方要去，该去。就是前些年出外打工期间，他也没有在一个地方待过两年的。读万卷书和行万里路一样重要。自从回来后买了这辆二手桑塔纳，他更是说走就走。这次是开车去的西藏，路上车坏了好几次，都被他瞎捣鼓给修好了。他觉得，汽车在路上抛锚，特别是在前不巴村后不巴店的地方，体会孤独和无助，也是旅游内容的一部分，也会有很多人生心得和感悟。太顺的人生，是最枯燥乏味的人生，至少杨梓修自己是这么认为的。事情往往是逼出来的，比如说修汽车，他就是被硬逼出来的。他心想，哪天不开咖啡店了，就去办个汽车修理厂。现在，家轿是越来越多，和汽车有关的生意一定很好做。

在藏北无人区,一个夕阳西下的傍晚,他迷路了。车停在那里不知该往何处去。眼看着天就要黑下来。要知道,在无人区虽然无人居住,但却是动物们的乐园。他听说过,到了夜里,动物们会出来觅食的,说不定还会遇到成群的野狼。想到这些,杨梓修有点毛骨悚然了。他抬头远眺,蓝天、白云、雪山,还有无尽的旷野,在夕阳的映照下显得格外美丽。他被眼前如天堂般的画面陶醉了。突然,从不远处窜出一只狐狸,拼命地向前奔跑。出现这个灵动的生命,一下子给眼前的景色增添了灵气,整个画面变得鲜活起来。杨梓修赶紧拿出相机,想捕捉下来。可是,取景框里再也找不到那条神奇的生命。他顺着那只狐狸跑去的方向开车追去,不顾一切地加大马力。结果是,虽然没再见到那只狐狸,但他找到了回拉萨城的路。

二十天后,也是一个傍晚时分,杨梓修回到秦东门。他感觉肚子饿了,就直奔咖啡店想喝杯啤酒,再吃个牛腩煲仔饭。

刚进店门,就听到一声清脆的问候:"喜欢您来罗马假日!"

杨梓修抬头一看,感觉心里"咯噔"一下,眼前的女服务员是个生面孔,但有种似曾相识的感觉。估计是新来的员工,所以并不认识他这个老板。杨梓修也没多想,在她的引领下坐到了大厅靠窗的位置。

马店长看见了他,赶忙跑过来说:"杨总,你回来啦,还没吃饭吧?"

杨梓修说:"是的,先给我上个冷菜拼盘和两瓶冰啤。"

马店长转身对那个服务员说:"海燕,你赶快去下单。"

等那个服务员走后,马店长说,你刚去旅游她就来打工了,大学刚毕业,叫王海燕。别说她不认识你,就是我都没敢认你。说着,马店长自己先笑了起来。杨梓修这才意识到自己头发蓬乱,胡子拉碴的，衣服上沾满了泥土，没被"衣冠不整谢绝入内"就算不错了。想到这些，杨梓修自己也笑起来。

很快，王海燕就把冷菜和啤酒端到杨梓修面前。

这位是老板，刚才把他当成客人了，王海燕的脸上流露出不好意思的表情。杨梓修正视了她一眼，一个"纯"字在他的脑海中跳了出来。她是个没有经过社会"大染缸"污染过的女孩，又是个大学生，身上散发出来的气质，跟别的服务员明显不一样。接着，杨梓修又多望了她几眼，看着她的身影在大厅里穿梭走动。他想到，以前和马店长说过多找些在校大学生来店里做兼职，还是有道理的。咖啡店重软装轻硬装，但是，氛围的营造，还要靠员工来完成。

吃完了饭，杨梓修抬头环顾一下大厅，发现在一个角落里坐着一位粗壮男人在吃煲仔饭。无论他的穿着长相，还是他的动作吃相，和咖啡厅的环境都是格格不入。王海燕看出了老板的疑惑，就主动告诉他，那人是马店长的老公。杨梓修一听，不敢怠慢了。他觉得出于礼貌，也该走过去和他打个招呼。

杨梓修过去主动问好："你好，我叫杨梓修，这家咖啡店就是我开的，你爱人马维香是我请来的店长。请问你贵姓？"

那人显然有点感到突然，不知所措。他忙把嘴里的饭咽下去，说："我知道你，我听俺家维香说过。我叫刘柱，今天进城买点农药，顺便过来看看她。"

杨梓修注意到桌边放着一个蛇皮袋。

杨梓修说："这饭够吗？不够我让服务员再给你加一碗。"

刘柱连忙摆手说："够了够了，这我都吃不了。"

杨梓修说："那你慢吃，有什么需要跟我说一声。"

本来，杨梓修还想和他多说几句，看刘柱脸上露出一副紧张的表情，他也就没有再说什么，很客气地向他点点头，就离开了。

马店长看着杨梓修走过来，就上前一步说："不好意思，让你见笑了。"

　　杨梓修说："哪里的话，挺憨厚的一个人。"

　　马店长介绍说，刘柱原先只是在我家和他家的几亩地种葡萄，三年下来也没挣到什么钱，只是收获了经验教训。可是今年他又承包了村里的五十亩地，还要搞大。他没什么大本事，就会地里的活。他想干就干吧，男人嘛总是要闯一闯的，我能理解，也支持他。就是我在这里上班，苦了他一个人。今天他来买些农药，钱还是从我这里拿的。他说两千块钱就够了，我给了他五千。我知道他缺钱，还死要面子。

　　看得出，马店长还是心疼老公的。杨梓修说："钱要是不够，我可以预支几个月工资给你的。"

　　马店长连忙摆手说："不用不用。"

　　杨梓修说："他种的是什么品种葡萄？"

　　马店长说："他说和我的名字差不多，叫玫瑰香。"

　　杨梓修说："是吗？你老公骨子里还是个挺浪漫的人嘛。你告诉他，等他的葡萄成熟了，我采购一些来酿酒。玫瑰香很适合酿酒的。"

　　马店长说："那太好了，也算我帮了他的忙。"

　　刘柱走的时候只是低着头和马店长说了声"我走了"。马店长也没有言语，更没有送他。等刘柱走后，杨梓修有意过去看看他桌上的那份煲仔饭。吃得空空的，连配餐上的小菜也吃得干干净净。杨梓修觉得自己做的有些不妥了，可能没让人家吃饱，单也是马店长掏钱买的。杨梓修想着等他下次再来时，一定好好补偿一下。

18

　　第二天，杨梓修在父母家睡了一天的觉，养足了精神，又去理发店把头发和胡子解决了一下。接着，他带着单反相机到一家照相馆，选了那张他在西藏无人区拍的作品放大了一张，还装了个画框，然后才到咖啡店。找了个大厅显眼的位置，杨梓修把那幅摄影作品挂在墙上，然后仔细端详起来。

"太美了。"不知什么时候，王海燕站到了杨梓修的身后。听到说话的声音，杨梓修转过身来看了她一眼，心里头又是"咯噔"一下。

"是的。不过，还不够完美。"

"为什么？"

"画面中原来还有一只狐狸在奔跑。"

"狐狸呢？"

"跑了。"

"跑哪里去了？"

杨梓修又看了王海燕一眼，难怪会有种似曾相识的感觉，她的眼神怎么和那只狐狸奔跑时回头看他一眼的神态那么相似？想到这，杨梓修明白了为什么第一次看她时心里有种"咯噔"的感觉。王海燕觉得自己问了个特傻的问题，荒郊野外的一只狐狸，怎么可能知道跑哪里去了呢？

"这幅作品叫什么名字？"她又问。

"叫《天边外》。"

王海燕"噢"了一声，一副若有所思的样子，然后就不声不响地走开了。

杨梓修看着她的背影，越发觉得她就是那只灵狐。这怎么可能？在西藏无人区跑掉的那只狐狸，变成了一个女孩，到了罗马假日咖啡店？杨梓修摇摇头，自嘲地对自己笑了笑。然后，又把目光放到那张摄影作品上。

杨梓修把马店长叫到一个包间里，问了最近店里的情况。马店长说，一切正常，营业额也在慢慢上升。杨梓修听了很高兴，他说，咖啡店和大酒店就是不一样，大酒店的营业额是从高往低走，差的一年不到就关门了，好的也很难红过三年的。咖啡店则不同，营业额是从低往高走，越做越好，三年或是五年后，装潢和设备陈旧了，反而更有味道。杨梓修暗暗庆幸自己当初选择做咖啡店是正确的，是英明的。

杨梓修又问了问其他情况。马店长说，那个顾总最近常来，还经常带些朋友来店里消费，他是我们店里的第一号VIP。对了，他每次来都要问问胖老板回来了没有。

马店长还告诉杨梓修，过一会有个钢琴师要来面试，我在58同城上发的招聘，你来了正好看看。开业前杨梓修就考虑要找个钢琴师来店里现场演奏的，可是一直没找到合适的。以前也来过几个应聘的，但都不符合他的要求。他希望钢琴师是个年轻漂亮的淑女，或是六十岁以上带点白头发的绅士，只有这样才能和咖啡店的氛围融合，否则宁愿空缺。他自己的水平还不足以当这个钢琴师现场演奏，不过，他曾经幻想过等自己老了，把咖啡店交给自己的儿子或女儿打理，到那个时候就自己充当钢琴师。

十分钟后，马店长领着一个小女孩过来了。黄色的头发，白色的T恤，蓝色的领结歪戴在头上，好清爽的一个女孩。那个女孩自我介绍说，我叫惠丽丽，今年19岁，幼师刚毕业。目前在一家琴行当老师，晚上可以来兼职弹钢琴。我来过你们罗马假日，特喜欢吃你们店的提拉米苏。杨梓修望着她，看她说话的时候身体也一直在动，属于外向型的女孩，在她的朋友圈里一定是个"开心果"。杨梓修心想，光外表养眼不行，得有真水平。漂亮女孩一般坐不住，练不好钢琴的。他说，你先弹个曲子听听吧。小惠老师说，好的。放下小背包，她就大大方方地坐到三角钢琴边。

不得了，她一上来就弹了个《野蜂飞舞》，那可是个节奏很快的曲子。杨梓修看过乐谱，他的水平即使放慢一半的速度也弹不下来。

但眼前的这个小女孩弹起来是那么娴熟轻松，十个手指在琴键上飞舞，感觉整个咖啡厅飞满了蜜蜂。杨梓修对她有点刮目相看了。一曲终了，杨梓修说，你弹的这个曲子在咖啡店不适用，咖啡店需要的是轻音乐，比如石进的《夜的钢琴曲》、克莱德曼的《水边的阿狄丽娜》之类的。小惠老师二话没说，接着就弹了《夜的钢琴曲五》。轻柔的琴声在大厅里飘荡，这个曲子和咖啡店的气氛非常吻合，眼前仿佛呈现出一幅山水夜景图像，太美了。

她又回到杨梓修的座位跟前时，开口就问："可以了吧？"

杨梓修说："当然。你来吧，每天晚上六点到九点。"

她问："工钱是多少？"

杨梓修："一小时四十块钱。"

她的笑容一下子定格住了，嘟着嘴说："老板，你这也太少了点吧？"

杨梓修听后有点哭笑不得，没想到遇到个喜欢讨价还价的主。他不紧不慢地说，你的水平确实不错，但是，秦东门的咖啡店都是给这个价。她很勉强地说，那好吧，看在派克的份上，就这样吧。杨梓修问，你也看过《罗马假日》这部电影？她说，不仅看过，我还特喜欢派克，他是我的梦中情人。杨梓修心想，她还是个追星族。

小惠老师走的时候，杨梓修才发现还有个小男孩跟在她身边，也是个黄毛。马店长告诉他，估计那是小惠老师的男朋友，也不说话，活像个小保镖。看到现在的90后，杨梓修突然感觉自己是不是老了？

自从有了钢琴师来，杨梓修就经常泡杯茶或端上一杯咖啡到一个角落里。耳朵听着琴声，眼睛望着窗外，思绪却飞到了九霄云外。他想到三亚的倪敏，或许此刻正在教儿子学游泳，他们快乐的笑声能传得很远很远。他又猜想着叶如玉现在在干什么，也许正在老公的办公大楼里走来走去，也许在一个别墅的后花园里数星星。

19

顾军明经常到罗马假日咖啡店来，跟杨梓修也成了朋友，无话不谈。叶如花也经常出现在咖啡店里，跟在顾总左右。顾总还经常带些稀奇古怪的香烟来到咖啡店和杨梓修分享。顾总每次来咖啡店，都要问服务员说，你们的胖老板在不在？然后加上一句，让他过来和我喝茶。杨梓修也就经常和他聊天，如果他带客人来或中途有客人进来，杨梓修就找个借口回避了。杨梓修的心里还是掌握分寸的，毕竟顾总是客人。

这天，顾总又来了。他让服务员用他自带的雨前碧螺春泡杯茶，并关照一定用山泉水泡，泡好后送包间来。杨梓修端着一大杯咖啡进来和顾总开始聊天了。

不一会，王海燕端着顾总的茶进了房间。可能是看坐着两个人，她犹豫了一下，好像不知道这杯茶放谁面前。杨梓修说，这是顾总的茶，然后用手势示意她放顾总面前。王海燕低着头，放下茶杯后转身就走，还碰到了桌上的花瓶。杨梓修迅速扶住要倒的花瓶。等王海燕出门后，杨梓修说，不好意思，这是新来的服务员，慌慌张张的，失礼了。顾总说，她还是个孩子，出来打工挣钱也不容易，我没什么，你也不要回头去批评她了。杨梓修说，顾总还真会体谅人啊。

他们接着聊起来。

顾总说："你平时爱喝咖啡，我喜欢喝茶。有人说咖啡和茶代表了两种生活态度。我们两人除了年龄上的差别，我看其他方面喜好没有什么区别嘛。"

杨梓修说："我喜欢浓烈的咖啡，你喜欢清淡的茶，当今社会既有茶的大行其道，也留有咖啡的半壁江山，体现了社会的多元化和包容性。"

顾总说："茶的淡泊似乎多了几分消极，咖啡的浓烈多了一丝张扬，这个观点不知你是否赞同？"

杨梓修说："咖啡是苦的，茶也是苦的，可会品的人都说它们是醇香的。"

顾总接着感慨道，"哎，女人更像一杯浓烈的咖啡啊！"

杨梓修说："女人，犹如意式浓缩咖啡般强烈，又有卡布奇诺的浪漫和蓝山咖啡的优雅。只要用心煮，一定是一杯上好的咖啡，一定是回味悠长。"

话题很自然地转移到女人的身上。

顾总说："英雄难过美人关，所以才有爱江山更爱美人的说法。想不到，自古以来对美女的评判标准也会发生变化，有喜欢胖的，有喜欢瘦的，有喜欢高的，有喜欢矮的，有喜温柔型的，有喜欢强悍型的。更不可思议的是，电视选秀节目上，竟然还出现李宇春这种中性打扮的人，而且还大受追捧。真是搞笑，我不理解现在的年轻人是怎么想的。我倒是想问问你，你喜欢什么样的女人？"

杨梓修说："做老婆的话，我还是喜欢温柔型的。至于长相，那就看眼缘了。"

顾总调侃道："我知道，你对赫本也有眼缘。"

杨梓修说："是的。"

顾总说："西施大脚，昭君削肩，貂蝉耳小，杨玉环还有狐臭，其实，今天看来都不够完美，但她们号称古代四大美女。"顾总长叹一声，"像奥黛丽·赫本这样完美的女人，很难找了。"

杨梓修说："赫本也不是就很完美的。"

顾总问："是吗？"

杨梓修说："书上说，她平胸。但在我心中，她依然是最美的女人。"

两人聊到这里的时候，不约而同地停止了说话，在各自的心中浮现出不同的女人面孔，沉浸在各自的幻想当中……

这时，潘刚推门进来找顾总。杨梓修立即起身要走。顾总说，你坐你坐，都不是外人。于是，杨梓修又坐了下来。顾总问潘刚，事情办的怎么样啦？潘刚汇报说，我到银行打听过了，那家公司明天确实是要开四千万的承兑汇票。顾总说，那好，你通知武会计准备好两千万给他打保证金，记住，一定要先签好借款协议再打款过去。潘刚说，好的，好的。

潘刚走后，顾总介绍说，潘刚的父亲曾是我们市行的一个退休老行长。潘刚当过兵，复员后和一帮部队高干子弟在天津搞走私出事了，落了个监外执行两年。他现在在秦东门整天没事干，就知道和一帮小弟兄花天酒地吃喝玩乐。他父亲担心他再出什么事情，前不久就托仲行长把他交给了我。我觉得这人很聪明，就让他做了我的助理。

介绍完潘刚，顾总又好像突然想起了什么事情，对杨梓修说："我看，你也可以进入我们这个圈子，只要稍微跑跑，收入肯定比你的咖啡店多。"

杨梓修说："我哪懂你们这一行呀。"

顾总介绍说，全国人民都知道这些年房地产最挣钱，可是民间借贷比房地产还要挣钱。前几年，国家实行货币宽松政策，一下子拿出四万亿刺激经济。还鼓励民营资本进入市场，都出了有关法规条例了，说要支持和保护。在秦东门，玩资金的主要有三种人，一个是当金主，说白了就是放高利贷，我现在主要就是干这个；第二是搞理财，就是帮客户融资，融到资金放贷出去，低进高出，赚取利差，就是满街看到的理财公司干的主要业务；第三是做票，就是收售银行承兑汇票，当中间人白手拿鱼。

杨梓修问："我怎么个参与法？我又没有那么多资金。"

顾总说："没钱不要紧。你可以先从第三条路走，不要本钱，也没有风险。我一般小票不做，大票才直接做。我可以介绍一些我不感兴趣的小票给你。"

杨梓修一听，感觉是无本无风险的生意，于是问，具体怎么操作？顾总说，简单点说，有人要将手上的承兑汇票套现，另外有人要买，你就当他们的中间人，利用信息不对称原理赚扣点。比如说，你收一张10万元的票，按9.60万收票，然后你将此票9.70万出售，你便可以从中得一个大点，1000块钱你就赚到手了。小票赚大点，即百分之几，大票赚小点，即千分之几。具体怎么定点数，要看行情，掌握好谈价技巧。接着，顾总详细介绍了定点数的技巧。杨梓修听后有点云里雾里的感觉。

看杨梓修还在犹豫，顾总说："第一笔我来手把手地教你，很简单的游戏，做一笔你就全知道了。"

杨梓修将信将疑。他说："要不我试试看？"

晚上，杨梓修在电脑上查看了信息不对称原理的来龙去脉。这个理论是上个世纪七十年代几个美国经济学家研究出来的一种社会现象，现在看来这种理论无处不在。其实，道理很简单，但要灵活运用那就不简单了。杨梓修想，反正现在有空闲时间，接触一个新的领域也不是坏事，何况自己不出资金，还有个顾总指导着，也就决定边干边看了。

20

没几天，第一笔业务就来了。顾总给杨梓修打电话说，马上有个客户会打电话向你询价，今天出手四大行的票是扣三点五，你可以加两个大点。杨梓修如法炮制，一张3万的承兑汇票，转眼间就赚了600块钱，他只是约见出票人和收票人到店里喝了一壶茶。当然是分别约见的。顾总再三交代过，不能让收、售票的双方人碰面，否则，下次他们就直接对河上岸了。顾总的"道"还真深，杨梓修心里想。

又有电话来问价，说有票要出售，刚开出来的两张50万的票。经过一番讨价还价后，杨梓修虽然做了让步，但结果还是赚了两个小点，2000元到手了。杨梓修打电话给顾总表示感谢，顾总说，不用这么客气，都是点小钱。

还真是像顾总说的那样，难者不会会者不难。入行了，事情也就简单了。这时候，顾总又告诉他，你下一步是如何自己扩大汇票来源，以及多联系几家收票方好比对价格，择优选择出票下家。很快，杨梓修在操作承兑汇票这个生意上已经能驾轻就熟了。结识干这一行的人也逐渐多了起来，他们也有把罗马假日作为交易地点的，还给咖啡店带来了一些生意，真是一举两得。

杨梓修一如既往地每天上午睡到自然醒，然后吃点东西就到健身房。下午再到咖啡店来转转。承兑汇票的业务基本上是在下午做，一般也都是下午才从银行开票出来。顾总几次要求他把业务往大里做，直接涉及民间借贷玩大的，不要失去这几十年一遇的大好时机。但杨梓修始终下不了决心，更不敢轻易动那五十万块钱。通过涉足承兑汇票的业务，他了解到玩资金的风险，动辄几百万上千万，万一出了什么差错一辈子都翻不了身。史玉柱能东山再起，但他不是史玉柱，没那个能耐也造不出脑白金。

还有一个使杨梓修坚决不参与民间借贷生意的原因，就是他的父亲。

父亲现在岁数大了，腰间盘也不太好。他赋闲在家偶尔会拾起木匠这个老本行，做一些小玩意，摇篮、小推车、婴儿床，还有手枪、大刀、长矛，全是为将来的小孙子准备的。一次在家，杨梓修坐在旁边看着，就跟父亲说起现在社会上民间借贷成风的事。他父亲一边干着手中的活一边说，这不稀奇，中国早就有地下钱庄放高利贷的事了，不知害了多少人。接着，父亲给他讲了关于"谭木匠"的故事。父亲说，谭木匠专卖店现在全国到处都有，但每个店堂的显要位置都挂有一块牌匾，上面刻着四个大字"我善治木"，店里卖的大都是些梳子、镜子、掏耳杷这类小件，不像其他专卖店里的商品，动辄成千上万元一件。谭木匠经过三十年的发展历程，做成了集团公司，如今已经是个上市公司了。听说老板还是个弱不禁风的小女子。干一行专一行，专一行精一行，多么了不起的坚持。她的发展过程中肯定会遇到很多诱惑，但她就是不为所动。我善治木，极其简单又及其普通的四个字，内涵着很深刻的道理。

　　杨梓修试着说："我善治木。"语气平稳，不疼不痒。父亲摇摇头。

　　他又大声说："我善治木！"好像多了点底气。父亲又摇摇头。

　　他再说："我善治木！！"自豪感出来了，天地好像一下子被打开了。

　　父亲说，你回去慢慢体会吧，你如果真正理解了这四个字的含义，每说一次都会有更深层次的认识。以你目前的年龄和心智，把一个咖啡店弄好就已经不错了。任何一件事情不踏踏实实地做上三年，就别想着去做其他的事，包括开连锁店什么的，做了也不会成功的。你给我记好了，"做强做大"和"做大做强"不是一回事。先做强了自然就可以做大了，不是先做大了再回过头来做强，先后次序不能颠倒的。好好想想吧，星巴克卖咖啡，照样成为世界五百强企业。

　　老木匠也知道星巴克？杨梓修对老爸有点刮目相看了。

　　杨梓修想想也是，随着时代的发展，社会各行业的平均利润率会越来越趋于平均，任何回报高于平均水品的，终将会降下来。这好像是马克思早就说过的道理。现在，国家的GDP增长也就在8%左右，这在国际上已经是非常高的了。单个企业能做到年回报率20%已经是个好业绩了。可是，放高利贷的回报率却远远超过这个数字，按顾总的话说，50%不算多，100%也不稀奇。杨梓修心想，这是要出问题的，要么是马克思早就错了。

也不知道自己的想法对不对，杨梓修也和顾总探讨过此事，但是谁也说服不了谁，于是，各走各的路。杨梓修是坚决不去碰民间借贷的。

21

秦东门市区向东大约十公里，有个叫孔雀沟的地方，因景区内棠梨沟、老窑沟两流交汇形成一个酷似孔雀开屏形状的天然湖，因此得名"孔雀沟"。整个景区占地只有四平方公里，虽然不算大，但这里一年四季流水不断。是归隐寻幽、回归自然的好去处。杨梓修早就知道这个地方，于是就将员工分成两批组织去旅游了。

杨梓修和马店长商量好，各带一批员工出去旅游，第一批由杨梓修带队。他选了个星期一的上午，带着十几名员工坐上租来的面包车准时出发了。王海燕也在这批队伍中，她穿着一身运动服，还戴着耳机一直在听音乐，一副很休闲的样子。

云雾茶是孔雀沟的特产，咖啡店自开业以来就一直在用。杨梓修早就想选一块茶园作为罗马假日的茶叶基地了。他在来之前通过朋友介绍认识了景区主任颜士军。颜主任是当地人，他家就有茶园在景区范围内。杨梓修和颜主任还说好，要在茶园边上竖一块"罗马假日咖啡茶叶基地"广告标志牌。现在，木牌也放车上带来了。

汽车很快就到了景区大门口，颜主任也早早地站在那里迎接他们。

颜主任是个三十多岁的男子汉，皮肤黝黑，身形矫健，还是个很热情的人。他一路上充当起了导游。猴石、船石、点将台、嫦娥奔月、蟾蜍观月一路景点过来，他们来到了一片树林前。指着眼前高耸云天的大树，颜主任说，这是美国水杉林，你们看，它们长得都是笔直挺拔，都有三四十米高。这种树在远古时代就有，现在是世界珍稀树种。员工们都仰起头向上望去，惊叹不已。有人问，这些树有多少年了？颜主任说，有五十年左右，是当年来这里的上山下乡知识青年们栽下的。

员工们大多是二十岁左右的年轻人，他们还不太懂"上山下乡"的历史背景。颜主任说，当年，苏州和南京的一大批知识青年离开父母远离家乡，来到这里接受贫下中农再教育。那段历史听起来很浪漫，实际生活却是很艰苦的。她们通过几年的努力，硬是把荒山变成了农田、树林和茶园。最近几年，经常有老知青和他们的后代来孔雀沟故地重游，这里是他们眷恋的地方，是他们的第二故乡。

杨梓修注意到王海燕偷偷躲到一边流眼泪。他走过去问她："你怎么啦？"

王海燕说："我小的时候爸爸妈妈带我来过这片树林，我姥姥就是颜主任所说的知青中的一个。她是南京人，在这里认识了我的外公。他们在这里相识相爱，生了我妈妈和我小舅。后来，我姥姥带着我舅舅回南京城了，我外公和我妈妈留在了秦东门。我妈常和我提起那段历史，每次提及都会掉眼泪。"

杨梓修说："啊，原来你是知青的后代，你家一定有一段感人的故事。"

王海燕说："故事是感人的，可故事里的人却是不幸的。"杨梓修听出了她的话中有话，考虑到可能会触痛她的伤心处，也就没好多问。

出了树林，颜主任把大家带到一片板栗树下。颜主任说，这里的野生栗子可是很甜很甜的，可以放电饭煲里和大米饭一起煮熟了吃，如果切割小口放在铁锅里把它炒干就更好吃了。秋天，这里的栗子就成熟了，到那时，栗子会从树上掉下来，你们可以随便捡的，谁捡到归谁，到时候你们再来吧。

中午饭就是在这片树林间吃的。林中有几个石凳，食品放到上面，大部分人就席地而坐。午餐的食品都是店里准备好带来的，颜主任也在大家的盛情下一起吃了。

王海燕早早地就吃过了饭，然后独自坐在一棵栗子树下听音乐。

杨梓修走过去，问："你听什么音乐这么认真？"

王海燕摘下耳机说："刀郎的新专辑。"

杨梓修说："老男人的歌你也喜欢？"

王海燕说："对，我就喜欢听老男人的歌，刀郎、李宗盛、汪峰的歌我都爱听。他们的歌听起来有故事，不像张杰、周杰伦这些人，只会玩技巧，飙高音。"

杨梓修说："我最喜欢听小女孩的歌，清纯是自然流露，给人轻松的感觉，比如邓紫棋、蔡依林。我不太喜欢听老女人的歌，包括那英、韩红。"

王海燕望着杨梓修在傻傻地笑。

杨梓修问："其实，刀郎的歌我也爱听。我不仅爱听，我还会唱。"

王海燕说："是吗？"

杨梓修说："当然，以后有机会唱给你们听。"

王海燕露出喜出望外的样子。

吃完午饭，颜主任指了指不远处的水面大声说，前边就是孔雀湖了，我们过去看看吧，但是不能下水游泳的，湖深水冷。他们一行人跟着颜主任就过去了，一路上还蹦蹦跳跳欢歌笑语。在水边的一个小亭子处他们停下了脚步。杨梓修交代了几点注意事项，大家就都跑到湖边戏水玩了。

亭子里只留下杨梓修和颜主任。杨梓修问，我请你选的茶园在哪里？颜主任说，我们家有好几块茶园，你要是想竖块牌子做个广告宣传，我看这一块就很好。他指了指亭子旁边的一块茶园。这块茶园大约有200个平方米，茶叶绿油油的长势挺好，就是面积小了点。颜主任好像看出了杨梓修的顾虑。他说，在孔雀沟都是巴掌大的茶园，当初知青们是依山势而造，后来分给了我们当地的山民自己种的。

杨梓修说："原来是这样。这块也行，产量不够反正你还有别的茶园。"

颜主任笑着说："你一个咖啡店的用量，这块地产的茶，足够你用的了。"

接着，颜主任又向杨梓修介绍了有关茶叶的知识。茶叶分春茶和秋茶，春茶还有明前茶、雨前茶和春尾茶之分，一般情况是明前茶最好喝也最贵。秋茶其实也不错，有些爱喝茶的人就喜欢那种苦味。杨梓修说，我们现在是合作关系了，到时候我带员工来帮你采摘。颜主任说，好啊，过不了多久，我们就可以采秋茶了。采茶的时间前后就几天，"早采三天是个宝，迟采三天便是草。"杨梓修说，到时候你提前给我打电话。

员工们在水边玩了大约两个小时，还迟迟不肯走。杨梓修看看时间已经快四点了，他们还要赶到店里接五点钟的班。杨梓修让王海燕召集大家赶快上岸，又叫她带着先上来的人把罗马假日咖啡茶叶基地的牌子竖立起来。大家纷纷围着木牌照相留影。然后，杨梓修和颜主任握手告别。

到了车上，王海燕带着大家唱起了当下流行的《最炫民族风》，一边唱还一边挥手打着拍子。杨梓修看着她想，还真是一只快乐的小燕子。

22

　　桃花涧公园举办花灯展。杨梓修晚上没事，一个人走去转转打发时间。他记得小时候，逢年过节大人们常带他到这种场合来玩，他还吵着闹着非要大人买个花灯拿手上才肯回家。秦东门是历史古城，追溯起来可能比北京的历史还悠久。这里有山有水四季分明，非常适合人居。这里的每条路每个古建筑都留有他小时候的记忆。也许是从小受到古色古香的环境影响，他到任何一个大城市都找不到归属感，自己纯粹是个过客。外边的世界很精彩，外边的世界也很无奈，他还是喜欢自己的家乡。还好，现在开了家咖啡店，正好符合他的喜好。只有在这里，他才能找到自己想要的生活。

　　今天来看灯的人很多，杨梓修里里外外转了一圈，他还到一个摊位上买了一只猪型花灯。他付完钱后刚一转身，一眼看到王海燕站在不远处。她正在打电话，很着急的样子。杨梓修四周看看，没发现她身边有什么人，于是就走了过去。

　　看到杨梓修手里拿着灯笼走过来，王海燕生气的表情一下子变成了喜悦。她拿过灯笼在面前左右摇晃了几下，说："这花灯也太漂亮了，为谁买的？"

　　杨梓修说："为自己，我属猪。"

　　王海燕说："我妈和我一起看花灯的，还说要买一只给我，可是她和我走散了。我刚才打电话给她，她说在城门口等我回家。"

　　杨梓修说："你自己买一个不就得了，非要别人买送给你？"

　　王海燕说："你不懂，那不一样的。"

　　杨梓修说："那我就把这只送给你吧。"

　　王海燕连连摆手说："这样不行的，何况我也不是这属相。"

杨梓修说:"告诉我,你的属相是什么?"

王海燕笑嘻嘻望着杨梓修,好一会才说:"我属马。"

杨梓修真的去买了一只给她。看到手里拿的马型花灯比猪型花灯大了很多,王海燕很不好意思地说:"很贵的吧?让你破费了。"

杨梓修说:"还好,幸亏你不属大象。"

王海燕听后"哈哈"大笑起来,笑得一览无余。

这时,天空中突然焰火四起,随着轰隆隆的密集响声,一朵朵烟花在夜空中炸开,五颜六色美轮美奂。王海燕兴奋地望着天空,还大喊大叫起来,惹来身边许多目光。她好像全然不知,也全然不顾,还在那里手舞足蹈、指指点点。杨梓修在一旁欣赏着她释放的天性,心里有种说不出的愉悦。

王海燕告诉他,她小时候最喜欢玩火了,为此没少挨家里人骂,说她比小男孩还调皮。听说哪里有焰火表演,她是一定要去看的。她喜欢那转瞬即逝的美丽,虽然短暂,但那种怒放的感觉,真叫个痛快。只见她不停地拿着手机拍照,他们还相互拍照,看到天空中有烟花炸开,她就摆好POS催促杨梓修快点快点。

整个放焰火的时间并不长,王海燕好像还意犹未尽。

王海燕说:"我要走了,得赶快去找我妈。"

杨梓修说:"那你去吧,要不她会等急了。"

王海燕"嗯"了一声。她说,等我一到家就把刚才帮你拍的照片发给你,我的照片你也要发给我哦。于是,他们相互加了微信。他的手机很快显示出她的微信昵称就叫"焰火"。他问她为什么叫这个昵称?她反问道,你为什么叫"冷眸"?他说,这里有我的秘密。她说,我也有我的秘密。你不告诉我,我也就不告诉你。看着她那纯真调皮的样子,杨梓修的内心真有种触电的感觉。其实,她不仅是喜欢看焰火,她自己本身就是一团火,那么热情,那么充满活力。

冷眸看焰火,听起来还有点诗意。杨梓修一边走一边想。

那天晚上，王海燕把手机拍的杨梓修的照片发给了他。给杨梓修发完照片后还加了几个字：今晚好开心！

其实，杨梓修何尝不开心。今天，是这个女孩让他找回了久违的感觉。要是追溯到上一次，那还是在三亚。记得有天深夜，他接到了倪敏的手机短信：我饿了。于是，他立即起身，跨上摩托车来到她住的小区。躲过门卫的眼光，他和倪敏拎着鞋子走出别墅区，来到路边的一个大排档要了两碗馄饨。两个人一边说笑着一边把大碗的馄饨吃了个精光。他到现在还记得，那是安徽安庆的一对夫妇的摊点，是大骨头汤馄饨。那可能是他有生以来吃过的最好吃的馄饨了。现在，可能是自己经历的太多，对一切变得冷漠。佛说，世间的一切，都是最好的安排。如果真能把这个道理想通了，杨梓修也就没有烦恼了。可他偏偏想不通，是他的情商不够？阅历不够？好像都不是。想来想去，他终于想明白了，只是因为他是凡人不是佛。

后来，杨梓修在店里看到王海燕时，总会感觉到她的内心在微笑。

在店里，杨梓修是很少和员工说什么话的。他如果有什么要求，或是看到什么不妥的事情，都是通过马店长传达下去。除非遇到特殊情况。他有意在和员工保持距离，这是一种管理技巧。他在一本书上看到的。

23

马店长向杨梓修汇报一件事，说在王海燕上早班的时候王阿姨偷偷塞了一包东西给她在更衣室吃了。又隔一天，王阿姨在晚上九点钟时把王海燕叫到更衣室，悄悄地塞给她一大包东西，门没关紧被杨梓修看见了。杨梓修不好意思抓现场，这时，王店长也下班走了。等王海燕带着那包东西走后，杨梓修把王阿姨叫到办公室问话。

两次塞东西的事，杨梓修想一起问问王阿姨。王阿姨有点紧张，不知老板要跟她谈的是什么。她很在意这份工作，以一副忐忑不安的样子站在老板面前。

杨梓修说："其实也没什么大不了的事，就是想问问你，你刚才给王海燕的是什么东西？按照我们店的规定，员工是不可以带大包进店的，即使是小包，离店的时候也要主动接受领班检查的。"

王阿姨心里一块石头落地了，原来是这事。她没有偷拿店里的东西，所以也就没什么害怕丢人的了。但是，告不告诉老板实情呢？王阿姨开始犹豫起来。

杨梓修又说："我知道，店里也没什么东西可以拿走的，无非就是吃的和用的东西，不值什么钱。我追究一下，是要断绝员工把店里的东西往外带，这是一个不好的风气。我必须要制止的。听说昨天你也给了王海燕一包东西在更衣室吃。两次了，我不得不跟你提出警告。你不说就算了，下不为例吧。"

听到这里，王阿姨急了，她说："我没有拿店里的东西。"

杨梓修望着她，等她说下去。沉默了一小会，她才开口说话。

她说："老板，我说出来你要替我保密。其实，王海燕是我的女儿。"

听到这话，杨梓修真是大吃一惊。王阿姨接着说，海燕今天上的是中班，刚才她下班时外边正下着雨，我怕她回家的路上淋雨着凉，就把带的雨衣塞给她了。还有昨天，她上早班，没赶上吃早饭，我在外边买了个鸡蛋饼塞给她的。都不是店里的东西，你要相信我，我不会做那种偷盗的事的。我们是单亲家庭，她知道我带她养家很辛苦，就到店里来打工，想挣点钱帮我解决点经济上的困难。不怕你笑话，要不是有慈善机构赞助，我哪能供得起她读完大学啊。她在学校期间也在兼职做家教，从来没有主动向我要过零花钱。本来，我是不同意她来店里的，但她硬要来。我没能阻止她，就和她说好了，到店里就装成不认识的样子，我怕给她丢脸。她还是个孩子，但她是一个懂事的孩子。

王阿姨以一种恳求的目光望着杨梓修。她最后说："老板，海燕是我女儿的事，你可千万要保密，行吗？"

杨梓修无言以对，他感到自己冤枉了一个好人，一个好母亲。他说："是我错怪了你，对不起，对不起。"

坐在窗口看着窗外，杨梓修的头脑中一直想着王阿姨的那张脸，那副表情。他又想到了自己的母亲。记得在他小的时候，凡是他喜欢吃的东西，他的母亲都会说自己不喜欢吃。比如鸡蛋，她的母亲每天都会让他吃两个，他都吃腻了，母亲就变着法子让他吃，煮蛋、煎蛋、荷包蛋。母亲说，小孩子长身体，必须每天都要吃鸡蛋的。等他长大了，家里的经济条件也好了，他发现母亲也开始吃鸡蛋了。后来，母亲虽然没说，但他知道，她并不是不喜欢吃鸡蛋，只是那时家里经济条件不好而已。天下的母亲都一样，为了自己的儿女，她们甘愿做任何事情。

顾总从包间里出来上洗手间，看到杨梓修一个人坐在窗口发呆，就径直走了过去。

"还在想叶如玉啊？"

"不是想她。"

"那你为什么发呆？有心事吧，说来我听听。"

看顾总也不是外人，杨梓修就把刚才找王阿姨谈话的事简单说了一下。

顾总思考了一下，然后说："是啊，现在贫富分化很严重，社会上有许多吃不上饭、上不起学的人。人啊，一旦钱多了，就自然而然的多了一份承担社会责任的义务。告诉你吧，这几年我一直在给慈善机构捐款，帮助好几个大学生完成了学业。我前不久还赞助了一所希望小学。"

杨梓修很惊讶地说:"没想到顾总还是一个这么有爱心的人。"

顾总说:"我可没有你想象得那么伟大。我是事出有因的。"

杨梓修说:"什么原因?"

顾总犹豫了一下,然后说:"以后再说吧,我包间那边还有客人。"

这段日子杨梓修在店里待的时间比以前多了许多,还经常在钢琴上弹几首小曲子。马店长露出神秘的微笑,问杨老板是不是喜欢上了王海燕。杨梓修连忙否定,表情上却是口是心非。马店长也不再绕弯子了,她说,其实,我已经找王海燕谈过了,说你喜欢她,你们两人挺般配的。王海燕告诉我说,你确实是个好人,但她已经有对象了。他们是高中时的同学,高考时她考上了本地的外贸学院,那个男同学考上了上海交通大学。他们约好了大学四年不再联系来往,他们要考验一下这份情感。她还说,现在他们都毕业了,他的那个男同学正在上海找工作,等他的工作落实了,王海燕就要去上海找他。她们坚守了这份感情四年,还真够浪漫的,不是吗?

听完马店长的话,杨梓修心里真不是滋味。他说:"你和我说这些干吗?"

马店长说:"我这是为你好,人家已经有男朋友了,我怕你陷得太深了。不过,那个小惠老师经常向我打听关于你的事,她好像看上你了。"

杨梓修说:"她还是个孩子,你别瞎说。"

没几天,王海燕提出了离职,说要去上海了,一副欢天喜地的样子。马店长告诉杨梓修这个消息后,他一句话都没有。王海燕就这么不声不响地就走了。一段时间里,杨梓修到店里后总是用目光搜寻王海燕的身影,结果当然是失望。此后好长一段时间里,他心里总有种空落落的感觉,也不明白这种感觉到底怎么形容,算什么意思?

24

生活还在继续。

顾军明这段时间来咖啡店的次数渐渐减少了，而且来店后也不像以前那样有事没事就叫杨梓修到他包间说话。跟在顾总身边像影子一样的叶如花，她的脸上也少了往日的笑容。杨梓修一直观察着，也没有主动去搭话。

一天下午，杨梓修正在店里看书，就见顾军明来找他。他把一个档案袋放到杨梓修的面前说，你下午帮我跑趟临沂，把这两张承兑汇票给我贴现。杨梓修说，我？你们公司不是有那么多人吗？潘刚呢？顾军明说，公司的人都忙着了，潘刚让我派出去盯着一个客户了，那人欠我三千万本金，利息也有两个月没付了。我让他什么事情都放下，天天盯着那个人。临沂那边我都电话沟通过了，老关系，你把这票送过去就行了，有事给我打电话，我等着用钱。说完，就写了个联系人的电话号码和姓名，然后说，你开我这辆奔驰去，开你那辆破车去让人笑话。说完，丢下车钥匙就急匆匆地走了。

杨梓修打开档案袋，里边有几张票据转让的协议和承诺书，都填好内容还盖上了章。两张面额1000万的汇票映入眼帘。这是他第一次看到这么大面额的汇票，以前他接触的都是十万八万的小票，最大的也只有50万一张的。两张薄薄的小纸片，竟然代表着2000万这么庞大的财富，换成100面额的RMB，那得多大一堆纸啊，简直有点不可思议。

开着顾总的ML350，杨梓修在下午五点的时候赶到了临沂。不算远，也就一百多公里的路程。在沂河边上的一个写字楼里，杨梓修见到了要找的董燕南总经理。他没想到，董总比自己还年轻。董总热情地让座，看了一下票后说，没问题，我和你们顾总都是老关系了，票也就不用验了。这样，今晚你就先住下来，明天一早九点钟，银行大额支付系统一开，我就把款打过去。说完，董总就叫来一个叫李健的小青年，让他带杨梓修去休息。杨梓修立即给顾总打电话回报了情况。顾总说，你就在那儿住一晚吧，明天等我收到钱就通知你回来。款到走人，这是惯例。

小李把杨梓修带到不远处的罗马帝国洗浴中心，他跟前台的一个经理交代了几句，然后对杨梓修说，这里是我们公司的下属单位，吃、住、洗浴都有。你的所有消费签单就行了，明天早上九点钟我过来接你。

杨梓修四周看看，还真是豪华气派的一个场所，他的罗马假日咖啡店放到这里，也只能算是一个大堂吧而已。杨梓修换了鞋就去洗桑拿了。舒舒服服地泡了一个多小时，他穿着浴衣，在服务员的指引下来到二楼的餐厅。餐厅也很大，还有一个大舞台，舞台上正在表演东北二人转。杨梓修点了两个小菜和两瓶啤酒，边吃边看演出。演员表演滑稽可笑，荤段子是一个接着一个，台下观众不时地爆发出笑声和掌声。其实，杨梓修并不喜欢这类表演。吃完饭，他就到了三楼的客房。

正坐在床上看电视的时候，杨梓修听到有敲门声。他以为是那个小李来找他，就从床上爬起来开了门。只见一个三十多岁、浓妆艳抹的小女人进门来。杨梓修一看就知道她是个妈咪。紧跟着进来六个高挑的女孩，都穿着紧身短衣裙，个个浓妆艳抹花枝招展的样子，一字排开后鞠躬问好："老板晚上好！"

杨梓修一看这阵势，心里全明白了。那个妈咪说，老板看中哪个了？留下来陪您。杨梓修摇摇头，还没等他开口，就听她说，你们下去吧，叫下一批进来。话音刚落，又有六个小姐进门站成了一排，齐声说："老板晚上好！"

妈咪说，老板出门在外，放松放松嘛。杨梓修随便问一句，怎么还有个俄罗斯小姐？妈咪立即说，阿瓦尔古丽留下。然后对杨梓修说，老板您真有眼力，她是我们这里最漂亮的女孩。不瞒您说，她不是俄罗斯人，是新疆来的，不过她的活很好。她要真是外国人，价钱得翻两倍。说完，不等杨梓修发话，她就连说，你们慢慢聊。

那个叫阿瓦尔古丽的女孩走过去把门锁上，然后转身走过来，面带笑容坐到了床边。杨梓修让她坐到旁边的圈椅上，她嘟着小嘴很不情愿地移了过去。

杨梓修问："你是新疆什么地方的人？"

阿瓦尔古丽回答说："和田的。"

杨梓修说："和田不仅产玉石，还盛产葡萄。我旅游的时候去过你们那里。"

阿瓦尔古丽惊喜地问："你真的去过我的家乡？"

杨梓修说："是的，你的家乡很美。不过是好几年前的事了，我开车穿越达克拉玛干沙漠，在和田停留过一天，那时候你应该还在上中学吧？"

阿瓦尔古丽说："差不多。"

杨梓修又问："你怎么到临沂来干这个了，没有男朋友管着你吗？"

阿瓦尔古丽说："我和男朋友约好一年后结婚，我打算出嫁之前多挣点钱贴补一下家里。经朋友介绍就过来了，来到这里之后朋友才跟我说，要想挣钱多，只有干现在的工作。我考虑再三就答应了。"

杨梓修说："你不怕你男朋友知道会生气，不要你了？"

阿瓦尔古丽说："我们那里的女孩子在结婚前做什么没关系的，结婚后就只能跟自己的男人了。"

杨梓修说："我们这里的女孩也有很多是这样想的。我一直很尊重干你们这份工作的人。笑贫不笑娼嘛。"

  杨梓修稍微沉默了一下。在男女关系上，他并不是洁身自好守身如玉的人，这一点上他是有自知之明的。在外闯荡的那些年中，他也会和朋友们一起偶尔光顾洗浴中心的，看见入眼的小姐他也会花钱买短暂的快乐。平时生活中借着几分酒意，他也会拉上一位熟悉的姑娘或被姑娘拉上去宾馆玩个一夜情，当然是两厢情愿的事，纯属生理需求。但是，今天自己是怎么啦？他感觉王海燕的眼睛一直在暗中注视着他。他在心里告诫自己，不能再这么放任下去了。

  杨梓修对她说："你把单子给我签了吧。"

  阿瓦尔古丽不解地问："你不和我做了？"

  杨梓修说："是的。"

  她又问："真的不和我做了？"

  杨梓修把签好的单子递给她说："是的，你可以走人了。"

  阿瓦尔古丽半信半疑地退出了房间。

25

  杨梓修回到咖啡店的时候已经过了中午。顾军明一直在等他。杨梓修把汇票交接的协议交给他，他们要了两份煲仔饭，边吃边聊。

  顾军明说："我没看走眼，你不仅是个可以信赖的人，而且办事能力也挺强的。"

  杨梓修开玩笑说："你就不怕我拿钱跑了？"

  顾军明说："我早有防备。"看杨梓修吃惊的表情，顾总接着说，"我告诉你，按行规，贴票款只能打票面，不打第三方的。还有，这种汇票是可以挂失的。你要是拿票跑了，我到出票行办个挂失手续，你手里的票就成了一张废纸。我要是报警，警察会满世界追捕你。我不会有什么损失，顶多费点周折而已。"

杨梓修说:"你还真对我防一手?"

看杨梓修很认真的样子,顾军明问:"想听真话吗?"

杨梓修回答说:"想。"

顾军明说:"我对谁都会防一手。所谓小心驶得万年船。"

看杨梓修放下了筷子,顾军明"哈哈"大笑起来。他说,和你开玩笑的,我知道你不是那种人。不过,我觉得你还真是能做大事的人。你不想直接参与民间借贷的生意,我也不好勉强你。你看这样好不好,我公司里业务多,人手也紧。我看你人聪明,又有空闲,你就帮我专跑临沂出票,也让你赚点外快。等你哪天想好了再加入到我们团队里来,和我一起大干一场。我保证,只要你全身心地投入进来,不要三年,你就可以把咖啡店房子的贷款全付清了。我觉得你这人不错,我就想着给你点帮助,得到点实惠。杨梓修点了点头说,谢谢顾总的好意,我会好好考虑的。

吃完饭,顾军明说,明天一早有票要贴。你明天再给我跑一趟临沂,还是找那个董总。今天我给一个客户打保证金的,50%的敞口,四千万的票。保证金我能赚三个小点。票有两个小点的差价,给你 2 万算是跑腿费吧。我会把清单和账号都写在纸上放档案袋里。因为这回不是我自己的票,所以出票单位要派个人跟票。你不要带他到董总的办公室,随便找个咖啡店和董总的人交接。记住,不要把我出票的路让跟去的人知道。

"借钱不借路,这是我们这一行的规矩。"顾总说。

"我记住了。"杨梓修很认真地说。

杨梓修心里算了一下,吃惊地说:"一单买卖你挣了两份钱,6 万加 8 万,就是说,只一天的时间你就挣 14 万?"

顾军明不以为然地说:"这很正常的。"

顾军明接着说,你知道临沂的董总他一天挣多少钱吗?我告诉你,他平均一天要过手两个亿的票,你自己去算算吧。这个董总和你一样是个 80 后，看出你和他的差距了吧？告诉你，和他相比，我挣的也只是点小钱。

顾总临走的时候交代说，别忘了，明天上午在店里等我拿票。另外，我那辆汽车你以后就留着用吧，帮我做事，亏待不了你的。杨梓修心想，难怪社会上有那么多人在做民间借贷生意，大爷大妈都玩资金了，都到了痴迷的程度。

？连续帮顾总跑了几趟临沂，不仅赚了钱，还弄了辆大奔开开，搞的他几天都没缓过神来。这天下午没事，杨梓修开着那辆大奔到父母家去了一趟。看见母亲正在收拾刚晾干的衣服，他问，老爸人呢？母亲说，他在车库里了。

杨梓修下楼来到车库。他看见靠墙摆了一排木制玩具，都用塑料布盖着，那把步枪好像刚刚油漆过，放在一个架子上晾着。老爸手头正在做的是一辆小推车，是那种不带轱辘放冰上推的滑冰车。杨梓修记得小的时候玩过，他坐在上边，老爸在后头猛地一推，小车就能借助惯性向前滑行很远，大概要有十几米。老爸曾经告诉过他，在老爸小的时候，玩具都没有到街上买的，都是爷爷自己动手做的，比如高跷、陀螺、铁环什么的。老爸一边干活一边说，我们家南边有一个小池塘，我观察过，每年冬天都会积厚厚的冰层。杨梓修明白老爸的意思，他是想等到孙子或孙女出生了，也让他或她享受一下冰上的快乐。

老爸没抬头，问："外边那辆车是你的？"

杨梓修说："不是，是一个朋友的，他在做民间借贷生意，我帮他跑跑腿。"

老爸好像看出了些名堂，自言自语说，我们家隔壁老朱两口子前几天吵架了，因为老朱瞒着老伴把养老的十万块钱拿去，给小区边上的一家理财公司放贷。刚拿三个月的利息，那家公司就失踪了，公安局都找不到人。当初还说是全国连锁的公司，公安人说是假的。

这几天，天天听到他们两口子在吵架，没完没了的。杨梓修知道老爸又在提醒他，他有点不耐烦了。

老爸说："记住古人说的话：日进斗金不如细水长流！"

杨梓修反驳说："古人还说，'人无外财不富，马无夜草不肥呢。'"

老爸停下手中的活，瞪着眼睛看着他说："那古人还说，要想富，走险路。你去走私贩毒好了，来钱更快。你想把我和你妈气死不成？！"

杨梓修说："爸，我没有去放高利贷，只是帮人家跑跑腿，你放心好了。你善治木，我只擅长开咖啡店，我心里有数。"

老爸猛地撂下手中的锤子，说："有数就好！"

26

顾军明今天要和富煌房地产公司的蒋总来咖啡店谈重要的事情，让叶如花先过来定了个大包间，并特别关照让杨梓修参加一下。

她安排好了包间后看客人还没到，就和杨梓修聊天了。他想知道一些关于叶如玉的事。没想到，还没等杨梓修开口，叶如花先说话了。她说，其实，我早想告诉你，我妹她一个月前就已经回秦东门了，但她不让我告诉你。她订婚后就和戴春山去了新加坡，本以为可以开始一种崭新的生活，可没想到的是，他们刚到那里，戴家就出大事了。说是他们公司一个正在建的摩天大楼出现倒塌，还死了不少人，他们家陷入了一场官司。他家的资产全被法院无限期地冻结，他的父亲受不了这个沉重的打击，跳楼自杀了。一个烂摊子就由戴春山扛着。实际上，戴春山已经是一贫如洗了。看是没有什么希望了，戴春山就取消了婚礼，给如玉买了机票，让她回来了。我曾劝说如玉和你重归于好，但她说那是不可能的事，即使没有戴春山出现，她也打算和你分手。杨梓修向叶如花要叶如玉的电话号码，叶如花告诉了他，并说，今天她也要来，她现在是蒋总的秘书。

杨梓修想，他有好多问题要问叶如玉，他并不是要挽回这段感情，他只是想知道其中的原因，这是最起码的。

下午五点钟的时候，顾总和蒋总上楼，他们的身后跟着叶如玉。杨梓修引领他们一行人进了狮子座包间，顾总让杨梓修也坐下，并说，都不是外人，一起坐坐吧。一壶龙井上来了，叶如花负责倒茶。他们边喝茶边谈。

原来，蒋总正在开发的富煌楼盘接近尾声，施工方突然提出要算清拖欠的工程款，给蒋总十天的时间筹款，否则停工。这么短的时间要从银行贷到款是很难的。蒋总跑了几家银行，行长们都说得走程序，起码一个月时间。另外，上边有政策，已经开始对房地产企业实行摸底清查，贷款规模要压缩。行长们都表示爱莫能助，搞得蒋总是焦头烂额。对于蒋总来说，这是一笔大约五千万的款项，他和施工方谈了几次，对方一点都不肯让步。该楼盘二期别墅的交付期限临近，后边还有外装潢和道路绿化带没有做。时间紧迫，蒋总想起了瀚海投资担保公司的顾总。他们电话、见面已经沟通过几次。

蒋总表现出急切的心情，但是顾军明总是不急着点头，还扯了一通茶道。那个蒋总哪有闲情听下去。杨梓修看出，这是顾总的策略。他在一旁也不言语，想用眼睛和叶如玉交流，可是她的目光总是在有意回避。一直谈到晚饭的时间，蒋总递过来的合同草本顾总只是瞄了一眼就放边上了。晚饭的时间到了，顾总叫叶如花出去安排饭菜。顾总说，蒋总的心情我是理解的，可这确实是一笔不小的数字，何况还可能要后续的资金追加进去。这样，先吃饭，边吃边谈。

吃饭的时候，顾总又要了两瓶自酿葡萄酒，并说这家咖啡店被杨梓修搞得有声有色有情调，他还要求杨梓修把酿酒的方法介绍给蒋总听听。杨梓修也就恭恭敬敬地向蒋总做了介绍，蒋总只是礼貌地附和几句。

两杯酒过后，顾总感慨地说，蒋总啊，其实我们都犯了一个天大的错误，挣那么多钱到底是为什么都弄糊涂了。本来挣钱是为了享受，现在倒好，为钱所累。杨梓修才是我们的榜样。你看他，开个小咖啡店，赚钱生活两不误，多好。其实，人这一辈子也用不了多少钱，像我们这样的人，钱两辈子都够用的了，干嘛非要给自己设定那么高的目标？有五百万时想两千万，有两千万时还想要一个亿，到头来，还不是把自己弄得像热锅上的蚂蚁似的。不可能人人都能成为马云的。

蒋总也发感慨说，顾总说得对，就怪我以前太顺了，摊子铺大了。这不，人无远虑必有近忧，遇到坎了，还请你为我解套啊。当初，这个咖啡店开业时第一次见面就得罪了顾总你这个大贵人，还希望你见谅啊。

这个蒋总真够精明的，还说出了"贵人"这个词。

顾总说，蒋总客气了，这叫不打不成交。现在我们都是好兄弟，你有难处我当然不能袖手旁观见死不救的。我考虑的是长远，我要好好为你的长远打算打算。你想想看，即使眼前的五千万解决了，接着是银行的贷款陆陆续续到期你还得还。我们都知道，银行是最嫌贫爱富的，只做锦上添花的事，从来不做雪中送炭的事。何况你我都知道，最近中央还出台了一系列政策来打压房价。

蒋总说，对，银行这帮龟孙子当初我不要贷款的时候天天往我那儿跑，贷款一个劲地往我手上塞。现在倒好，约他们出来吃个饭都说没时间。

看着两个老板相互打太极，进行着心理战，杨梓修心里真是好笑。但他并没有借故离开，而是用眼睛一直关注着对面的叶如玉。

只见她一直低着头，不停地记录着什么。杨梓修趁叶如花倒茶的时间站起身来向叶如玉的本子上瞄了一眼，发现她在画画，是古代的仕女。杨梓修记得她说过将来想当一名服装设计师，以前就经常在仕女的身上找灵感。莫非她要重拾旧梦？杨梓修心想。

看气氛到了，顾总放下杯子说："我有个想法不知妥不妥。"

蒋总警觉起来，说："你尽管说。"

顾总不紧不慢地说："我入股你的房地产公司，你看怎样？"

蒋总先是皱了一下眉头，但很快就张开笑脸说："好事呀！像你这样有实力的老板加入，我当然是求之不得了。说吧，怎么个入股法？"

顾总说："不过我话说在前头，你可不要以为我是乘人之危啊。"

蒋总说："哪里哪里，你的为人我也不是不知道。你要是早说，我也不至于被那帮施工单位追的到处躲了。这哪是人过的日子。"

顾总说："好，喝酒喝酒。"顾总然后说，"我会连夜召开公司高层管理人员会议，尽快写出股权转让协议送给蒋总过目的。钱没问题，你放心好了。"

戏演到这里，杨梓修算是看明白了。原来这个顾总是想吃块肥肉的，这不是乘人之危又是什么呢？真是应验了那句老话：商场如战场。

正事谈完了，饭也吃完了，蒋总都起身要走。杨梓修用眼睛看着叶如玉，希望她留下来说说话，但叶如玉一直紧跟在蒋总身边。

送走了蒋总和叶如玉，顾总说他马上还要开会去，让叶如花先回去休息。然后，顾总把杨梓修叫到包间继续喝茶。杨梓修说，你不是要开会吗？顾总哈哈大笑说，我开什么会？这个公司还不就是我说了算。明天我就让段律师起草一份股权转让协议。不过，我还有一个事情还要你帮忙的。杨梓修问，什么事？顾总说，我知道叶如玉是你的前女友，而她最近成了蒋总身边的红人。我的合同虽然可以起草，但是，我还不知道蒋总的底线，不知他能给我最多占多少股份。所以，我请你去探探叶如玉的口风。"

杨梓修问："你让我去做间谍？"

顾总轻蔑地说："不要说得那么难听嘛，反正叶如玉也不是什么好鸟。"

杨梓修急了："你说什么？叶如玉怎么啦？"

顾总说："到时候我会告诉你的，你先把我交代的事办了。事成之后，我不会亏待你的。"

27

顾军明并不急着和蒋总签那个字，他要等待，等杨梓修的消息打探来后再做决定。他要把自己的利益做到最大化。隔了一天，顾总问杨梓修事情办得怎么样了？杨梓修回答说，还没办，给叶如玉几次电话她都不接。顾总考虑了一下，心想，只好自己创造机会让他和叶如玉见面了。于是，顾总在本市最高档的海州湾海鲜大酒店摆了一桌酒席。

顾军明坐主人席，左边坐着仲行长。蒋总坐右边的主宾席，他右边坐着的是叶如玉。杨梓修是被顾总特意叫上的，另外还有叶如花和潘刚。

顾总还真是交际场上的高手，在不经意间就把座位安排到位，自己是以救世主的身份出现的，又是请客人，当仁不让的要坐主人席，他是有资格来主持这顿饭局的，同时也为将来的合作地位奠定一个基调。把仲行长放在自己的左边坐着更显出自己的分量。为了显示对仲行长的关照，让叶如花紧挨着他坐，也是投其所好，这一点顾军明和仲行长都是心知肚明的。叶如花心里虽然有点不太乐意，但在场面上她还是能顾全大局的。杨梓修是最后入座的，看潘刚坐到了叶如花的旁边，那他只有坐叶如玉的右边了。杨梓修落座后，和叶如玉的目光碰了一下，相互笑笑点点头，都是礼节上的事。因为桌子大，所以他们每个人之间都留有一定的距离。

都入座了，顾总首先说话。他首先隆重介绍了一下仲志成仲行长，老同学兼老领导。暗示蒋总，银行是他的后台，要多少钱都可以办到。然后他说，很高兴能和蒋总合作一把，我觉得这次的合作只是个开始，以后，我们会有更大的合作空间，强强联手，互利共赢。刚才征求了一下蒋总和仲行长的意见，都喝不惯酱香型茅台，那么，今天就五粮液了。我们是私营公司，不存在公款腐败，所以，今天大家放开喝，不醉不归。

按照秦东门的酒场规矩，主人连敬两杯全场，然后介绍一下来宾，接着大家互相单独敬酒。酒桌上的气氛也就开始慢慢升温了。

杨梓修一直在观察着每一位的表情状态，加上今天自己的身份位置，所以并没有急着端杯子敬酒。他用眼睛的余光注意着叶如玉，只见她的目光一直向左，好像有意在回避着他。很快，蒋总一圈敬酒轮到了杨梓修。杨梓修端着酒杯站起身来。

蒋总说："开一家咖啡店，其实也是我的一个梦想。小伙子很有思想，赶在我前头做了，而且做得不错，我敬你一杯。"

杨梓修说："蒋总过奖了，我能力有限，只能开间小店。"

蒋总说："好，我喜欢你这样的年轻人，低调，不轻狂。"

杨梓修伸过手臂，和蒋总的杯子轻轻碰了一下。

顾总先和仲行长喝了两杯，然后用眼睛示意叶如花敬仲行长酒。虽然不太情愿，叶如花还是端起杯子面带笑容地敬仲行长一杯。可是，仲行长好像有意刁难她，非要和她喝个大杯。叶如花为难了。站在那里，她向顾总投去求救的目光。

顾总说："难得仲行长这么豪爽，喝就喝一个吧。"

叶如花说："可是，可是——"

话还没说完，仲行长的酒杯就和她的酒杯碰到了一起。在场的人都把目光聚集到她的身上，看着她。在众目睽睽之下，叶如花闭起双眼，一饮而尽。顾总和蒋总带头鼓起掌来。仲行长也连声说"好，好，好！"接着又要倒酒，想再来一杯。叶如花连连摆手，涨红着脸，起身去了洗手间。

潘刚也开始发力了。这种场合闹酒是他的强项，他用双杯敬酒，从蒋总开始，顺时针方向一直转到杨梓修。杨梓修和潘刚也有过几面之交，虽不算是朋友，也是熟人了。杨梓修本不胜酒力，但还是在他的一番劝酒下喝了两杯。

叶如玉一直没说话。潘刚将盛满酒的杯子端到叶如玉的眼前，她假装没看见。蒋总好像也看到了尴尬的场面，出来打圆场。

蒋总说："不好意思小潘经理，叶小姐是滴酒不沾的。今天我带她来，主要是让她做我的司机，开车不喝酒，喝酒不开车，对吧？"

顾总也附和着说："对，开车不喝酒，为自己，也为了别人。"

蒋总接着说："来，我代叶小姐陪你两杯。"

尴尬的场面化解过去。叶如玉还是一语未发。

顾军明看似很尊重仲行长，可内心不是这样的。他俩是大学同学，又是同一批进的银行。当年，顾军明的业务技能在全行是出类拔萃。那个时候还在用算盘，他曾获得过全行打传票比赛冠军，而且是一目三行。可是，让他万万没想到的是，他并没有仲行长混得好。仲行长善于交际，和领导走得近，结果被提拔做了柜台主任，成了顾军明的领导。顾军明心里不服，心里说仲是个善于拍马屁的小人，但敢怒不敢言。就这样，仲一直是顾的领导，后来，仲当上了支行的行长，顾军明是副行长，还是被仲压着。这口恶气一直没有机会吐。再后来，顾军明辞职下海，自己当了老板，本以为从此可以扬眉吐气了，可是，担保公司的业务还要依靠银行。虽然有信贷科长叶如花的大力支持，但贷款的最终签字权还握在仲行长的手里。以至于，明知道仲行长对叶如花存有歪心，顾军明只得忍气吞声，为了长远着想，平时还得给仲行长送礼赔笑脸。虽然，顾军明手里掌握的材料足够将仲行长扳倒，让他坐牢都够了，但如果这样做，同时也断了自己的财路。于是，他一忍再忍，他让叶如花也要忍。不过，有一点还是让顾军明很得意的，就是仲一直在追求叶如花，而叶如花却一直钟情于他顾军明。

看叶如花好长时间没回来，顾总叫潘刚去找一下。叶如玉主动起身说，我去看看吧。到了卫生间里，看见叶如花正在照镜子，脸色发白。叶如玉明白，她是刚吐过酒。

叶如玉说："姐，我看你还是打个出租车先回家吧。"

叶如花说："不，过一会我还要进去，没事的。"

叶如玉说："那个仲行长真不是个东西，成心让你出洋相。"

叶如花说："主要是我不胜酒力。"

叶如玉说："你还护着他，一看就是个老色鬼。"

等她们姐妹俩回到桌上，就看顾总酒性大发，正高谈阔论。他大谈金融秩序，谈互联网思维，还谈钓鱼岛的重要性，好像是无所不知。其实他最得意的是平生第一次在众人面前抢了仲行长的风头。外行看热闹，内行看门道，叶如花最清楚了，顾军明是在借酒发泄。而仲行长确实是城府太深，脸上一点都看不出不满的情绪。看时间差不多了，酒席也接近尾声，她怕顾军明说出过分的话来，自己做主让服务员把面条上来了。

叶如花大声说："来来来，饭到酒干，饭到酒干。"

顾军明酒是多了点，看到叶如花的眼睛恶狠狠地瞪着他，他还是明白了她的意思。只好跟着说："好，以后就是一家人了，来日方长，吃面吃面。"

杨梓修几次找机会想和叶如玉说话，这也是他今天答应来这个饭局的目的，但她故意不给机会。看着叶如玉搀扶着蒋总出房间、下楼、上车，然后是渐渐远去。

送走了蒋总和叶如玉，顾总提议一起去KTV，这正中仲行长心意。顾总本来把杨梓修叫来参加酒席，是想让他有个和叶如玉接触的机会，套套她的口风，但他注意到整个席间他们没有说话。于是，顾总走到杨梓修的跟前拍拍他的肩膀，然后小声说："给她打电话"。说完，顾总和仲行长、叶如花还有潘刚，他们一起去唱歌了。

28

杨梓修回到咖啡店后才打电话约叶如玉，她先是一口回绝了。但不一会她又主动打过来电话，答应到咖啡店见个面。

焦急地等待二十分钟，叶如玉进了咖啡店的大门。他们坐在靠窗口以前常坐的位置。杨梓修点了两支烟，一人一支。

杨梓修问："你从新加坡回来怎么也不跟我说一声？"

叶如玉说："我姐不是已经都告诉你了嘛。"

杨梓修说："给你打几次电话也不接，你应该知道我很想见你。"

叶如玉说："我们已经结束了，没有再见的必要。"

杨梓修说："我们还可以成为一般的朋友。"

叶如玉说："不可能的。"

看叶如玉一脸的不愉快，杨梓修转移话题，说："你们那个蒋总也真够可怜的，那么大的老板还要低头求人。看来，有钱人的日子还真不好过。"

叶如玉说："你是吃不到葡萄就说葡萄酸。你不是至今还开着那辆破车到处跑。蒋总只是一时遇到难处，大不了割块肉给顾总。"

说到了主题，杨梓修跟上一句说："割肉？看来你们蒋总真想转让股权。"

叶如玉说："是的，他只是不想把控股权拱手让给别人，他最多出让49%的股权。"

杨梓修听后把话打住了。原来这就是蒋总的底线。他不想知道得太多，免得弄得自己都为难，将来让蒋总知道是叶如玉透露了消息，她的日子也不好过。

叶如玉好像困意上来了，嘴里喃喃地说："好了，见也见了，话也说透了，以后你就不要再打电话给我了。我现在想回去睡觉了。"

叶如玉要走。杨梓修还想问她很多问题，但看她一点没有继续谈话的意思，也就不再勉强了，何况，经历过这么多事情，他明显感到了他们之间有了距离。

杨梓修礼节性地说："以后有空常来坐坐，喝杯咖啡。"

叶如玉说："谢谢。我先走了。"

叶如玉走后，杨梓修给顾总发了条短信。

第二天晚上，顾军明一到咖啡店就把杨梓修叫到包间。他把手中的合同狠狠地往桌子上一摔，对杨梓修兴奋地说，成了！都说浙江人聪明，中国房地产一半的钱都被他们赚了。这次，我老顾要从他们的锅里分一杯羹，可以说是白手拿鱼。人外有人天外有天，这一回，我叫他为我打工。我告诉你，有了这份合同，我就可以坐收渔翁之利了。下一步，我还要把他的公司全拿下来，即使拿不下来，我也可以分得49%的红利。我大概估算一下，我分两批出资一点五个亿资金，一年后可分得三个亿的回报，这回是赚大了，回报率赶上放高利贷了。明天我就派潘刚进驻到蒋总的房地产公司，随时掌握楼盘的进展情况。哈哈，真是一单大买卖。

说到这里，顾军明才发现杨梓修并没有认真听他讲。于是，他缓和一下语气对杨梓修说："你放心，你为我出力，我真不会亏待你的。这样吧，到时候我送你一套三室两厅，算是酬劳，如何？"

杨梓修说："我不要你的房子，我要你告诉我叶如玉到底怎么了，你是不是掌握着她什么不可告人的秘密？"

顾军明说:"女人嘛,别把她们当回事,所谓天涯到处是芳草,何别单恋一枝花。"

杨梓修说:"不要瞎扯,我要你告诉我,她为什么不是什么好鸟?"

顾军明看到杨梓修极其认真的样子,也只好实话实说了。他说,前些天我派人暗地里跟踪调查蒋总,几次看见蒋总和叶如玉手牵手进入高尔夫别墅区过夜。蒋总在浙江老家有家室,种种迹象表明,叶如玉被他包养了。你要是不信,改日我可以拿照片给你看。我不会诬陷她的,真的是这样。这事我没有告诉过叶如花,你知道就行了。

还有必要看那些照片吗?看了也只会让自己更伤心。

杨梓修关掉手机,在床上睡了一天。他回想和叶如玉从相识到相恋,再到咖啡店开业后和她渐渐疏远。他检讨自己过去对她关心不够,没有抽出更多的时间陪她。他也曾觉得她并不是自己最理想的结婚对象,所以对结婚也就不是那么迫切。但是,完美的爱人只有书中电视剧里有,现实的世界上也许根本就不存在。

这几天,顾军明也没闲着,天天和仲行长在咖啡店一起密谋,两个人是经常长谈,也不让叶如花靠边。每当他们关起门来谈事时,叶如花就点一杯卡布基诺坐到大厅,或是看书,或是看着窗外的风景。一天晚上,看见杨梓修走过来,她主动和他打了个招呼,他们坐下说了一会话。他们的话题自然会落到叶如玉的身上。叶如花告诉他,叶如玉确实在学服装设计,还报名一个服装设计函授班。叶如玉说,秦东门太小,将来她学成后想到一线城市去闯荡。叶如玉还说过,秦东门没什么可留恋的,有的只是伤心。我不知她这话是什么意思。杨梓修说,她一定有她的苦衷。

顾总出来找叶如花的时候看见了杨梓修,就让叶如花先去送送仲行长,利用这点空隙和杨梓修说几句话。顾总说,我知道你这几天心情不会好，不过，过去的事就让它过去吧。你很善良，是个好人，虽然我让你从叶如玉嘴里掏点消息，但我无意害你难过。对于叶如玉这样的女人，越早了解对你越好的，所谓长痛不如短痛。我把你当朋友才告诉你关于她那点事情，以后你会理解我是为你好。还有个好消息告诉你，我那一点五个亿都融到了，你的那套房子，我还是说话算数的，你就等着拿钥匙吧。"

叶如花应该是送走了仲行长，气鼓鼓地过来冲着顾总发脾气，抬起手对顾总说："你看你看，都什么人，他把我手腕都扭出一块青。"

顾总安慰她说："你忍一忍，忍一忍，不要把他得罪了坏了我的大事。"

然后，顾总对杨梓修点点头，就拉着叶如花走了。

29

一天，潘刚急匆匆地跑到咖啡店来找顾总，说有急事汇报。

他对顾总说，下午有一帮放高利贷的人围攻蒋总办公室，还惊动了110。后来，警察来了，押着几个寸头男人进了一辆警车。蒋总头上好像流了很多的血，被众人抬着进了一辆救护车。估计在蒋总的办公室发生过一场殴斗，蒋总被打伤了。听完潘刚的汇报，顾总立即起身要去医院看看蒋总。潘刚、叶如花还有杨梓修也跟了过去。

到了医院，看见医生正在抢救室里给蒋总包扎伤口。等了约半个小时，蒋总躺在床上被推了出来，进了观察病房。顾总他们跟了进去。此时的蒋总只露两个眼睛，整个头部都被白纱布包裹着，说话也是断断续续有气无力的样子，看来伤得不轻。杨梓修一直在人群中寻找叶如玉的身影，但始终没看到她。考虑到病人要静养观察，医生把众人都请出了房间。顾总问医生病人会不会有生命危险，医生说等四十八小时后才能有结果。顾总交代潘刚在医院盯着，一有什么异常情况就给他打电话。然后，他们就离开了医院。

出现今天这种情况是所有人都始料不及的，最担心的还是顾总。按原先设计好的步骤是等到蒋总再提出资金需求时就把控股权拿过来，甚至把蒋总一脚踢开，全盘收购蒋总的房地产公司，让他这几年白忙活灰溜溜地走人。但是现在，蒋总被讨债的人给打了，如果被打死了或是打残了，那么必定会影响楼盘的如期竣工。还有就是，他到底欠了外边多少钱？顾总是做高利贷生意的，当然知道高额利息的压力，以及利滚利的险恶。不行，他要马上了解蒋总的债权债务情况，以便正确评估潜在风险。还有就是，这件事情不能让外界知道，更不能让仲行长知道。

经过一天一夜的焦急等待，顾总约潘刚到咖啡店见面。潘刚说，蒋总一直处于昏迷状态，又有几个要债的人到医院去找蒋总。不一会，段律师和武会计也来了，他们拿出蒋总公司的资产负债表。顾总拿过来仔细一看，脸一下子白了。没想到，负债率竟然高达90%，也就是说，接近资不抵债的边缘。按此推理，即使楼盘按预计销售出去，除去还债外，几乎落不到几个钱。都怪自己以前只注意他们的资产而忽视了负债，净资产这个重要数据当初怎么会忘了弄清楚呢？大意啊，大意！顾总捶胸顿足。一步错不能步步错，顾总立刻要求潘刚赶快去医院继续盯着蒋总观察动静，一旦蒋总清醒过来就立刻报告。然后，他又让段律师立即起草收回资金撤股的协议方案。

又过了一天，潘刚打来电话给顾总，说蒋总早上醒来很清醒，还和他聊了一会儿。顾总立即带着拟好的协议去了医院。

蒋总仔细看了那份协议，然后说，顾总，真是对不起，我竟然出现了被打这种事，本来我们是可以好好合作一把的。我知道你是一直在帮我，所以你提的任何条件我都应该接受。可是，我账上确实没有现金，一时半会也凑不到这么多钱。以我目前的情况来看，说不定下半辈子就要躺在床上过了。我也不想连累你，连累你我也于心不忍。你看这样好不好，你撤资可以，但是用我开发的房子抵钱。不瞒你说，以后我的路会更加的难走，没办法，就让我一个人去面对吧，我不能拖着你一起下水，谁叫我们是真正的朋友呢？

当断不断，必有后患。顾总立刻答应可以用房子抵钱，他要门面房，这样会好出手。蒋总点头了，但必须是以市场价抵。犹豫了再三，顾总还是答应下来。

下午，顾总把重新拟好的协议拿到医院，蒋总也顺顺当当地签上了自己的大名，并且交代身边的副总说，没销售出去的门面房随便顾总挑，并且马上就办手续，以免让别的债权人先下手。

傍晚，杨梓修开车去店里。路过一个路口时，他看见蒋总和叶如玉一左一右说笑着进了一家大酒店。不是说蒋总生命垂危躺在医院吗？怎么可能出现在这里？杨梓修立即调转车头，要去看个究竟。在门外的停车场，杨梓修发现了那辆挂着浙江牌照的奔驰轿车，对，是蒋总的车。带着疑惑，杨梓修开车去了咖啡店。

到了店里，杨梓修看见顾总又和仲行长在包间里长谈。顾总约仲行长谈的，就是关于手上那批房子的事。顾总把情况详细讲给仲行长听过后，仲行长不动声色地对顾总说，你的做法是对的，这单子买卖虽然没有像预期的那样赚到钱，但至少没有打水漂血本无归。顾总提出用那批房子做抵押贷款，仲行长说，房产证还没办好，给银行做抵押还不行，这样，你先抓紧办房产证，办好后我立即安排给你做抵押贷款。

本来，杨梓修想瞅着空隙和顾总说说自己的疑惑，告诉他蒋总已经出院的事，但一直没有机会。叶如花也待在包间里始终没有出来过。接近夜里十二点，他们三人才从包间里走出来，都笑眯眯的样子，好像没有发生过任何不愉快的事情。看到杨梓修，顾总也只是点点头，然后就急匆匆地要走出店门。

杨梓修实在忍不住了，上前一步说："顾总，蒋总他——"

顾总没等杨梓修说完就打断他说："还提蒋总干什么？他是个都要快死的人了。"说完，他头也不回地扬长而去。

30

夜晚，杨梓修开车在路上，音乐声在耳畔想起。那是云南小倩的专辑，很早以前去丽江旅游时买的，放车上一直没有打开包装。这几天他心情不好，想起了这张碟片，于是就找出来放听听。歌声委婉，像一阵清风拂面，手鼓声轻轻敲打着心灵。老天有眼，不失时机地飘落了一阵小雨，正好迎合了杨梓修此刻的心境。

杨梓修开着车，一边听着碟片，一边漫无目的地在秦东门大街上转悠着。前面路口遇到红灯，杨梓修把车停了下来。望着窗外的雨滴落在前挡玻璃上，然后慢慢滑落，玻璃上留下一道水迹。杨梓修突然想抽烟了，于是伸手拿过烟来点上。一抬头，看见前方已经是绿灯了，可是前面的那辆车还停在原地，透过玻璃依稀看到两个人靠在一起。杨梓修轻轻按了下喇叭，那两人分开了，车也动了起来。这时，杨梓修才注意到前面车的牌照，竟然是蒋总的车。杨梓修不由自主地跟了上去。

看着蒋总的车进了高尔夫别墅区的大门。在一栋房子前停下车，然后是一男一女下了车。虽然晚上灯光昏暗看不清对方的脸，但从体态上还是能辨认出一个是蒋总，另外一个正是叶如玉。杨梓修看到蒋总和叶如玉两个人在交谈，表现出很亲密的样子。那可是他曾经爱过的女人，现在和别的男人在一起，他心里很不是滋味。以前，看到她和戴先生手挽手站在一起，他只是自己心里难过。现在，看到她和一个小老头在一起，他心里不是难过，分明是在滴血。他不理解叶如玉怎么在短短的几个月时间变化这么大，她本来并不是这样的人呀。杨梓修下车后怒气冲冲地走上前去。

看到杨梓修突然出现在跟前,叶如玉大吃一惊。她以为杨梓修是来找她的,可能会大骂她几句,也可能拉着她就走。可是,没想到他看都没看她一眼,一把将蒋总拉住拖到一边。

叶如玉站起来大喊道:"杨梓修,你要干什么?"

杨梓修说:"不干你的事。"

叶如玉说:"你不要又做出什么傻事来!"

杨梓修说:"我心里明白得很。"

蒋总整整衣服,一副镇定自若的样子。

杨梓修说:"你不是个要死的人吗?你这个混蛋!"

蒋总说:"年轻人,不要这么冲动嘛。你是不是觉得很奇怪,昨天还是一个生命垂危的人现在怎么好端端地站在这里?我告诉你,顾总跟我要心眼还嫩了点。本来我开口向他借点钱渡难关,他得点高利息就算了,没想到他胃口太大想吞了我,天下哪有这种好事。结果,他不仅没有得逞阴谋诡计,反而买了我一大批房子,还是市场价,哈哈。"

杨梓修说:"你玩的是苦肉计?"

蒋总哈哈大笑起来,然后得意地说:"是的,老掉牙的把戏,没想到还真灵。我不仅度了难关,还卖掉了一大批房子。不过,还得谢谢你的配合。"

杨梓修说:"我?"

蒋总说:"我知道你和顾总的关系很好,他有事会和你商量的。告诉你,那天晚上是我让叶如玉深夜去见你的,并且让你和顾总都上了圈套。叶如玉对我来讲是有功之臣,我已经答应奖励她一笔现金。至于如何奖励你,那就是顾总的事了。我和你说这些不怕你告诉那个顾军明,他早晚会知道真相的。但是现在,他想改变已经来不及了。"

杨梓修明白了，他和顾总都被蒋总反算计了。

"你和叶如玉是什么关系？"杨梓修又问，这是他更关心的问题。

"我知道你和她的过去，但是我也知道你们现在已经没有什么关系了。现在，我和她之间即使有什么关系，也和你无关系的。你无权责问我，更无权干涉我。"

"我和叶如玉虽然已经不是恋爱关系了，但是，她还是我的朋友。你要是敢伤害她，我同样不会放过你。"

蒋总嘴里"哼"了一声，露出轻蔑的微笑："我不会伤害她的，她和我在一起很开心，不信你可以亲自问问她。"

杨梓修一时间无话可说了。是啊，她和他在一起开心的样子都看到了，还有什么可问的呢？杨梓修忽然感到了自己的愚蠢。

"好了，你的问题我都回答了。"说完，蒋总就转身进门去了。

蒋总刚走进门，叶如玉又走到了杨梓修跟前。

杨梓修问："这是你想要的生活？"

叶如玉回答说："是的。"

杨梓修用手指了指门里，又问："他没有强迫你？"

叶如玉说："没有。"

杨梓修说："没有就好，否则我不会饶了他。"

叶如玉哀求着说："你斗不过他的，你还是走吧。"

杨梓修忽然觉得，此刻，他和叶如玉说什么都显得多余。

杨梓修开车走了。他的内心很复杂。这个世界怎么会这个样子？人与人之间充满着尔虞我诈，再美好的情感也会变质。为什么？到底是为什么？

杨梓修感觉到自己连闯了几个红灯，情绪有点失控。他接着是一个急刹车，将汽车停在了路边。他下了车，蹲在路牙石上，双手抱着头，好让自己的心安静下来。他想哭，可是欲哭无泪，他想喊，可是有气无力。看到路边有个小超市,他过去买了一瓶二锅头。坐进车里,他一口气喝了半瓶,然后猛地趴在方向盘上。刺耳的喇叭声划破夜空。

31

生活还在继续。

顾军明这些天有点反常,在咖啡店里经常听到他打电话时大喊大叫的声音。有一次,杨梓修问叶如花怎么回事?她说,顾总是在骂潘刚没用,要了这么多天的外欠账,一毛钱都没要到,还经常拿着一大把吃饭的发票到公司报销。她还说,最近一段时间资金生意不好做,银行那边又拿不到新贷款,顾总手头的钱不够转的,所以很着急。那片门面房的房产证也一直办不下来,听说是消防方面出了问题,恐怕不是短时间能搞定的事。

确实,顾军明这段时间的烦心事够多的了。本来,他想今年的国庆节就和叶如花把婚事办了,可现在生意上屡屡出现问题,让他安不下心来和叶如花商量这事。叶如花也知道顾军明的情况,她并不是想着早点和他结婚,她是想着如何能帮顾军明渡过眼前的难关。顾军明和叶如花在咖啡店吃饭的时候突然接到潘刚电话,说搞铁矿砂的乔老板"跑路"了。顾军明气不打一处来,他骂道,这个龟孙子,上个月还从我这又借了五百万,现在就没钱了。国际经济萧条影响国内,扛一下就过去了。国内到处都在搞建设,对钢铁的需求量只会增不会减。这个王八蛋,就是不听我的话。放下电话,顾军明又骂了乔老板几句粗话。抬起头来,发现叶如花正愣愣地看着他,他才意识到自己情绪失控了。

又过了一天,潘刚打来电话,说那个做混凝土搅拌站的高总来借款,说欠人家厂家的水泥款不结清就停止供货了,要再借1000

万。顾军明说，让他从银行贷不就得啦。潘刚说，我跟他去过他们的开户银行，行长说和房地产密切相关的企业也在调控之内，暂时不放新贷款，要他另想办法。他说他没有其他办法可想，只有找你帮忙。

这时，段律师又打来电话，说委托法院执行的几个案件都搁置了，因为被告方都没有资产可执行。他明知道他们事先都转移了名下的资产，但没办法。

接连几个坏消息，让顾军明坐立不安。他立即召见公司的几个高管一个一个向他汇报工作，矛盾集中到一点上，就是银行在压缩信贷规模，今年基本上不追加贷款总量，老贷款原则上是只收不放。知道了，问题出在银行。担保公司是靠银行吃饭的，这样就等于断了粮。怎么办？还得从银行突破。他打电话给叶如花了解情况。叶如花告诉他，银行的现行政策是货币紧缩，对房地产行业更是严格控制信贷规模。我已经将瀚海的三笔贷款资料放到了仲行长的办公桌上，都一个星期了，他也没有批，甚至连审贷会都没有开。

离开银行贷款，担保公司的日子是没法过的。眼看着到了20号，是还银行贷款利息的日子。担保公司的账上是没钱了，顾军明安排人从民间借。

武会计提醒他说："顾总，从民间借的款已经快一千万了。"

顾军明说："贷款到期了可以展期，利息不能不给。我要保住银行信誉，不能留有不良记录，否则以后贷款就更难了。"

民间的钱是能借到，可都是高利息，救急时用一用还可以，如果被民间高利贷拖着，那只有死路一条。顾军明太知道了，那帮玩民间借贷的人，个个都像从牢房放出来似的，借款给你时是嬉皮笑脸，一旦你到期不还，那你的日子就别想过安稳了。最近就听说有个搞采石场的朋友被逼无奈跳楼自杀了。现在，他借高利贷还上利息，只能是争取到喘口气的时间，但解决不了根本问题。顾军明的心理快要崩溃了。

不行，还得从银行方面想办法。在和其他几个银行商量无果后，顾军明给仲行长打了电话，说他刚从外地带了二斤野生的玛卡。仲行长开始还推说不要，但在顾军明的一再请求下，他还是答应到咖啡店见一面。仲行长当然心里有数，顾军明还要他放款。他想，也好，见个面把话说清楚，免得顾军明对他还抱什么幻想。

寒暄几句后，顾军明刚要切入主题，仲行长先开口了。他说，军明啊，你这段时间光顾你的生意了，不知道国家金融政策已经做了重大调整，一再要求压缩规模，我们市行也开会传达了有关文件。还有，好多担保公司屡屡出现违约现象，市行也三令五申地要求我们对担保公司进行摸底。几天前我看了一下报表，光在我们行，你们瀚海的贷款或担保的贷款已经超过三个亿了，其中有一个亿是我违规给你办理了展期。现在，是我硬压着没和你摊牌。

顾军明问："怎么摊牌？"

仲行长两手一摊，不以为然地说："先还后贷呀，这是银行的老规矩你都忘啦？"

顾军明在银行干过那么多年，当然知道银行嫌贫爱富的德性，但这也是银行的生存法则，换哪个人当行长都是这样。但他知道，银行政策是控制规模，并没有一刀切死。按照以往的惯例，任何时候，行长手里都留有一些贷款指标的，因为如果有大领导出面为某人打关照，银行还是要放贷款的。就是说，还有一线希望。

到今天为止，瀚海为别的公司担保了多少钱，自己从各家银行一共贷了多少钱，自己用了多少钱，还有担保到期未还的有多少，顾军明是说不清楚的。但顾军明清楚要是银行不给继续贷款，麻烦就大了。一边是放出去的借款收不回来，另一边是借银行的钱或担保的钱到期要还。银行也不是仲行长一个人说了算的，他得听市行的。顾军明开公司以来第一次感到了巨大压力。

顾军明问:"仲行长,我现在确实是遇到困难了。看在老同学、老领导的份上,你给我指指路。我顾军明不是个忘恩负义的小人,你知道的。"

仲行长说:"你有本事,这我知道。本来你再等一年就可以坐我的位置了,但你不听我的话。当初,我们一起考察过浙江民间资本市场,我和你分析过,担保公司是个新生事物,国家不可能会放任自流的,会出台一系列的政策加以控制。前几年,赶上了国家的好政策,一下子投放四万亿刺激经济,算你运气好,狠赚了一笔。可是,现在风向变了,我看你还是见好就收吧。"

顾军明说:"仲行长,现在我是骑虎难下啊。再说,国家的政策是整顿规范民间资本市场,不是取缔,只是一次重新洗牌。以我们瀚海的资产和负债情况,长远看,对我们会更有利。"

看顾军明仍然执迷不悟,仲行长觉得自己是说服不了他了。仲行长已经得知省行正在考察要晋升他到市行当副行长,他不想收拾瀚海公司庞大的不良贷款,更不想这些事情影响他的前程。行里已经有人在传他和瀚海走得近,他也确实从瀚海得了不少好处,现在,是该抽身的时候了。

仲行长说:"军明啊,我当然希望你们瀚海好,能渡过目前的难关,但我确实不能违反规定再放款给你们了。你还是想想其他办法吧。"

既然话说到这个份上,顾军明觉得今天也没有必要再勉强了。不是他要放弃,而是他想到了另外一个办法。

顾军明还是很客气地说:"仲行长还是关心我的,帮不帮上忙,尽心就行,我以前对你的承诺还是要兑现的,你放心好了。"

仲行长连忙摆手说:"你的心意我领了,帮不上你的忙,我是不会再拿你的分红的。"临走的时候,仲行长有意将顾军明递过来的那包玛卡放在了桌子上。

送走了仲行长，顾军明独自坐在包间里的沙发上。看着那包玛卡，顾军明想到这个老色狼对叶如花垂涎已久，叶如花虽然是一肚子不高兴，但碍于顾总的面子，一直没有跟仲行长翻脸。她知道顾总曾给仲行长开房间送小姐，她也是睁一只眼闭一只眼。商人嘛，为达目的不择手段，这是可以理解的。顾军明想，叶如花没有最终审批权，她只能是报材料敲边鼓，所谓华山只有一条路，他还得从仲行长这条路突破。

顾军明用手指轻轻敲了几下那包玛卡。他苦笑一声，从牙缝里挤出几个字来："这个老狐狸。"

32

早上，顾军明先到苏宁广场买了一只名牌坤包，那是叶如花曾经看中的一款，当时他要把它买下，她觉得太贵没让他买。然后，顾军明约叶如花到罗马假日见面。

看到那个包，叶如花还是满眼放光，很是高兴的。她并不是个物质欲很强的女人，家里的衣橱里基本都是工作服，没有几件时装。她除了上班时间就是待在家里，同学朋友聚会她也不参加，更没有逛街的习惯，所以，买了好看的衣服也没地方显摆。她没有贪欲，平时接触到的客户中，也有主动送钱和东西给她的，她都婉言拒绝了。她也没有官瘾，这个信贷部主任，要不是当初顾军明极力推荐，她也做不了。其实，她也不感谢顾军明的一番好意，因为她的工作时间和强度都增加许多。不过，今天顾军明买了个包给她，她还是欣然接受的，不是因为这个包是个名牌，而是意义不同，这叫她很开心。

顾军明一点饭都没吃，也不说话，一副愁眉苦脸的样子。其间，他还接了几个电话，都是关于钱的事。他和对方说话时脾气暴躁，还大声说了许多脏话。

这顿饭吃得快结束了,顾军明才把和仲行长见面的事情和她简单说了一遍。

他然后说:"看来,仲行长那边只有你能帮我搞定了。"然后就是用祈求的眼神看着叶如花。

叶如花下意思地问:"我?"

她用眼睛看着顾军明,顾军明也看着她。他们在互相读着对方眼里流露出来的含义。虽然他没直接开口,但最终她还是读懂了他的意思。她有点不相信自己的判断,她觉得顾军明无论如何也不会用她作为交易的筹码。她心里开始崩溃了,她没有想到,自己深爱着的男人为了达到自己的目的,要将她拱手送入别的男人怀抱。怎么会这样?怎么可能?她收回目光,开始犹豫起来。眼前的这个男人,还是她爱恋的人吗?难道她要突破自己坚守的最后一道防线吗?

"现在,只有你能帮我了。"顾军明又重复着说了一遍。

"我能有什么办法?"叶如花假装不懂。

"你有办法的。"顾军明说得很肯定。看叶如花还在动摇,他接着说,"我不在乎,你怕什么?等我过了这道坎,我们就结婚。我们带上大把的钱去国外定居,去澳大利亚、美国,或者是南非、加拿大。随便你,想去哪就去哪,永远不回秦东门。"

女人,还能用什么办法?叶如花心里开始流泪。为了这份感情,她已经煎熬了这么多年,本以为顾军明离婚了,她看到了希望的曙光,可现在他又遇到了这么大的困难。如果他度不过眼前的这个关,不仅他会垮掉,她的希望也将随之破灭。自从顾军明开担保公司,她为他没少出力。贷款资料不齐时,她想办法为他补。好在仲行长也是睁一只眼闭一只眼,但哪天市行要是追究起来,仲行长会把责任全推给她。现在,自己也已经是骑虎难下了。帮他,也是在帮自己，她希望顾军明不要出事。

他以前真的爱我吗？如果真的爱我，怎么能让自己爱的人上别的男人的床？如果爱我，等我上过别人的床后，还能一如既往地爱我吗？叶如花不知道答案，她更害怕知道答案。她只知道，在她心里她是爱他的，自从到银行上班的第一天见到他。她曾经想过为他终身不嫁，到现在，她还是决心非他不嫁。她想，不管他爱不爱我，将来爱不爱我，我是爱他的，我可以为他做一切事情的想法始终没有改变过。

犹豫了再三，她终于说话了。她试探着说："要不，晚上我单独找仲行长谈谈，看行不行？"

顾军明的脸上终于露出了笑容。他说："你肯定能行的，你是我唯一的希望了。不管你用什么办法，只要把款贷下来。"

听到顾军明这句话，她觉得有点恶心，但很快就原谅了他。她想，既然自己认定是属于他的，那么他要我做什么都是可以的。他说不会嫌弃我，那我还考虑那么多干什么？爱情，是女人一生中最重要的一件东西，为了守护这份感情，女人往往会失去理智。叶如花已经深陷其中不能自拔。望着顾军明祈求的目光，她在心中暗暗做出了决定。

叶如花早早就到宾馆里开好了房间。她在大浴缸里泡了很长时间，也流了很长时间的泪，无声的泪水像一条小溪流淌进浴缸里。但她神智很清楚，很清楚自己将要做什么。因此，她显得异常的安静。她把自己的身体洗得干干净净，还在自己身上喷了点香水。她以前是从来不买也不用香水的，她认为，香水只能是自己的爱人买给她。今天用的香水，是她从妹妹的化妆台上拿来的。她想，无论如何，在自己一生当中很重要的时刻，要体面风光点。不是为别人，完全是为了自己。

吹干了头发，她躺到了被窝里，眼睛望着天花板，开始静静地等待。

其实，顾军明也秘密跟踪着她来到了这家宾馆，并在叶如花房间的对面开了个房间。

晚上九点钟，仲行长带着几分醉意敲响了叶如花的房门。

第二天早上，仲行长在宾馆的走廊上就给顾军明打电话，让他今天赶快把资料办齐了送银行来交给他签字。先放2000万，其他的4000万贷款，过几天给他话。挂上电话，仲行长又回头朝叶如花的房门望了一眼，脸上露出得意的笑容。

顾军明就站在房间门后边，他听到仲行长自言自语地说道："真没想到，她还是个'正处'。顾军明啊顾军明，你还是吃了我的下和，哈哈哈哈……"

顾军明使劲将手机摔在地上，嘴里骂道："妈的，畜生！6000万分几次办，看来，还要不断地用叶如花供着你。平时没少给你上贡过钞票，还是满足不了你的胃口。哼，等我过了这一关，看我怎么收拾你！"

33

拿到第一笔贷款后，顾军明立即召开了公司高层会议，他让大家说说用钱方案。有人说从民间借的款成本太高，应该先还上；有人说，有不少笔瀚海的贷款和瀚海担保的贷款到期，银行方面已经明确表示不再给展期了。这些如果不还，恐怕会影响到瀚海的信用等级，以后从银行贷款会更加困难，担保的权限也可能会被取消；还有人说，银行垫还的市场需求量最近很大，承兑汇票的价格这几天也波动很大，可以用这笔款大赚一把。大家七嘴八舌，顾军明没想到有这么多地方需要资金。简单考虑一下，顾军明做出决定，先用这些钱做几笔垫还生意，现在好要高价。过不了多久，还会有银行贷款陆续拿到，到那时再还民间的钱和银行的钱。

没几天，一个不好的消息传到顾军明的耳朵里。潘刚负责的一笔垫还 2000 万，和银行说好的第二天就出来，可已经过去三天了，银行还是没动静。据潘刚说，他是和那家贷款企业老总一起在那家银行的行长办公室谈妥的，那个行长当时拍着胸脯说保证没问题。顾军明急了，要去找人家当面理论。潘刚说，那个行长去省委党校学习了，估计得三个月后才能回来。

顾军明急得像热锅上的蚂蚁，在办公室里坐也不是站也不是，见东西就摔，见来人就发脾气。公司里的人都不敢大声说话。他们从来都没看过顾总发这么大的脾气，儒商形象一下子被颠覆了。突然，仲行长来电话了，要他下午一上班就到咖啡店见面。顾军明以为仲行长发善心了。昨天他还打电话问仲行长下笔贷款什么时候办，仲行长推说再过几天，然后就强行挂断了电话。顾军明听出来了，他是在搪塞自己。没想到今天仲行长主动打电话约他，看来有转机了。他心想，辛亏检举材料没有提前寄出去。

在咖啡店，他们对面而坐。

仲行长说："找你来是想跟你说个事，过两天省行一个检查组要来。要是被他们知道瀚海公司有那么多逾期的贷款和担保，我这乌纱帽要丢，你也别想再从我这贷一分钱了。"

顾军明说："那怎么办？你知道，我现在也没有现钱，正请你帮忙贷款呢。"

仲行长说："你是我的老部下，又是老同学，我当然会帮你的。上次你让我帮想个办法，我想了一个你看如何？"

顾军明急切地问："什么办法？"

仲行长不紧不慢地说，我联系了一家在本市有开发楼盘的中国十强房地产公司，他们有钱借给你暂时用一下，等检查组走了，我再贷款给你把人家钱还上。停顿了一下，仲行长接着说，不过，他们要求按行规办事，要求你用手中富煌的门面房做抵押，给你一个亿。你先用这笔钱行我们行，以显示你们瀚海的诚信。我知道，你的房子不止这些钱，但很快就可以把钱贷下来还人家，房子就又是你的了。顾军明想，也只好这样了，于是就一口答应下来。

顾军明很快就和那家房地产公司达成了协议，因为是很快就还钱的，所以虽然对方给的评估价低了，他也没有过分计较。也没有找段律师商量，顾军明就把合同签了。钱也是按照仲行长的要求直接汇到了瀚海担保公司在银行的户头上，接着就被银行划走了。

仲行长到市行开了一整天的会，回来后紧接着就召开会议传达上级指示精神，叶如花也参加了会议。仲行长在会上说要对一批担保公司进行清理，其中就包括瀚海担保公司。她感觉有点纳闷，仲行长是顾军明多年的上级，他们私下里还称兄道弟的，银行内部人都知道他们俩的关系不一般，后来还有传说仲行长在瀚海担保公司里有暗股。还有，自己已经做出了牺牲，一心想帮顾军明渡过难关的，仲行长现在怎么对瀚海用"清理"这个词？等他们散会后，叶如花就直接到仲行长办公室，她要问个清楚。

仲行长先是大吃一惊，但很快稳定住自己的情绪。他请叶如花坐下来说话。仲行长说，小叶啊，不瞒你说，我也是没有办法的，你看，我是一直在帮顾军明的。但是，省行检查组很快就要来了，我让他先把逾期的款还了，也是为了他将来的长远打算，我是不可能不帮他的。当然，在会上我当着那么多人面，肯定是要那么说的，要不人家还真以为我和顾军明有什么利益关系。会上的事情你不要乱说出去，说出去对谁都不好。再说，这也违反了行里的规定，你毕竟也是行里的一员。

听仲行长这么一说，叶如花是将信将疑，她问道："那我们行还贷款给他吗？"

仲行长说："贷，当然要贷，银行要是不放贷款吃什么？"

离开仲行长的办公室，叶如花还是想把今天的情况告诉顾军明，不管将来怎样，让他有个思想准备也好。但是，一想到自己和仲行长的那一夜，她就放下了手机。她觉得自己已经和顾军明变得陌生起来了。犹豫了再三，她没有打那个电话。

七天后，检查组一走，顾军明就约仲行长见面，但仲行长说到省里开会了，要十天才能回来。十天过后，他再约仲行长时，仲行长说，市行正在调整领导班子，天天开会。再约，他说刚调整过，他被任命为市行副行长了，不管信贷了，让顾军明另想办法。顾军明感到了问题的严重性。他给叶如花发了一份很长的短信说明情况，恳求她去了解实情后告诉他。叶如花想，仲行长确实到市行当副行长了，不过，他还是有权利帮顾总贷款的，除非他不想帮忙。

放下电话，叶如花立即去了市行，直接到了仲行长的办公室。

仲行长看叶如花来了，满脸堆笑说："欢迎欢迎，请坐，我给你倒茶。"

叶如花冷着脸说："不必了。"然后责问仲行长说，"你真打算不再贷款给瀚海公司？"

仲行长说："顾军明现在这种情况，我怎么还能贷款给他？他现在已经是举步维艰了，法院的朋友告诉我，好几家银行都在准备材料要告瀚海，要封他公司的财产。"

叶如花说："既然不能贷款给他了，那你为什么还要他急着还以前的担保贷款？"

仲行长说："他担保的贷款本来就有代偿的义务。你以为担保费就那么好收？再说，我要不先下手，恐怕就来不及了。"

叶如花急了，说："你这不是骗还吗？"

仲行长也急了："我能有什么办法？难道让他的名下财产以后给别人拿走？！我告诉你，以后所有担保公司的日子都不会好过的，不光是他顾军明的瀚海。我还告诉你，市行的纪委要调查你经办过的贷款,被我压下来了。我劝你也好自为之。"

见叶如花真的生气了,仲行长走到她的跟前,用色眯眯的眼神看着她,安慰她说:"我知道你们关系不一般,我理解你的心情。放心吧,为了你,我也会想办法帮他的。"话没说完,仲行长的一只手已经搭在了她的肩上。

叶如花说:"不需要你假惺惺地关心我。"说完,使劲甩开仲行长的那只手。

34

在咖啡店里,顾军明静静地听完叶如花的叙说。他预感到自己要完蛋了,不仅仲行长这条线指望不上了,连自己的那些门面房也难收回了。外边还有那么多的债权没解决,天天和潘刚联系,问收欠款情况,得到的回答永远都是人家说再等等,会连本带利还清的。顾军明心里骂道,等,等,等,等到哪一天是终点?

看到顾军明一筹莫展的样子,叶如花说:"我还有二十万元的存款拿来给你用吧。"

顾军明立即就拒绝了。他说:"我怎么能拿你的那点钱呢?再说,拿来也是杯水车薪,起不到什么作用的。"

晚上,潘刚到咖啡店找顾军明。潘刚告诉顾总,他在那个混凝土搅拌站要账时听高总说,他们做通了一家农村信用社的工作,愿意给他们1000万的贷款额度,开50%的敞口承兑汇票。高总答应了,说款一贷下来就先还我们200万,但是要你给他筹备那1000万的保证金。高总还说,银行就给他一个星期的时间,月底那家银行还要完成存款任务,所以必须是在月底前办完。顾总一听,一下了来了精神,连说两遍"好消息!好消息!"

顾军明叫潘刚去搅拌站告诉高总,就说我现在正在和一个香港的财团谈一笔大的融资事项,让他先自己想办法筹备那 1000 万的保证金,欠我的钱不用急着还的,等到我的融资款到位,就立即再借给他几千万让他扩大生产规模。顾总再三强调说,你一定要摸清楚高总保证金的到账时间,并立即电话告诉我。潘刚有点糊涂了,但还是一口答应照顾总的指示办。

潘刚走后,顾军明打电话叫段律师立即到罗马假日来一趟,有要事协商。

顾总对杨梓修说:"我根本不相信那个高总会先还我 200 万。"

杨梓修说:"那你还高兴什么?还说欠你的钱不用急着还。"

顾总只笑不答,老半天才说:"以后你会知道的。"

段律师来了,顾总让杨梓修回避一下。

顾军明好像又找回了往日的状态,悠闲自得面带笑容,一到咖啡店就问胖老板在不在。杨梓修陪他聊天,喝茶,他还问杨梓修承兑汇票的事。杨梓修告诉顾总,已经好长时间没有汇票生意了。顾总说,我知道,不是你没有生意了,是现在整个市场都没有多少汇票流通了。杨梓修问为什么?顾总说,一是因为各家银行放出的贷款少了,开出的票自然也就少了;二是最近公安在打击非法倒票,理由是没有真实的贸易背景,听说还抓了几个人。杨梓修一听急了。顾总说,你不用担心,抓的都是大鱼,你还不够格。公安就爱干这个,先放水养鱼,等鱼肥了,就收一网。顾总说得很轻巧,杨梓修倒是听出了一身冷汗。顾总说,没有票做就算了吧,等到我情况好转时,我看你还是来跟我一起干吧。杨梓修说,民间借贷的事我做不来。顾总说,我不是要你跟我做这个。我在打算,以后我投资点实体,比如圈几千亩地做个生态园,或者直接包座山栽树。还有,在一线城市周边流行搞民宿酒店,杭州附近的德清县就有个"裸心谷"很有名,我住过一次,生意好极了。我看,像我们这种小城市也有这个市场需求,我打算有空就去选块地方搞个民宿。孔雀沟就不错，很适合搞民宿酒店。听完，杨梓修未置可否，他说先了解了解。

一直等到这个月的最后一天，潘刚才传来消息说，今天上午十点钟1000万保证金到搅拌站的账上了，高总带着会计正准备去那家银行办理开票手续。顾总立即给段律师打去电话，然后就是坐在咖啡店的包间里坐等消息了。

约半小时功夫，高总和段律师几乎同时进了那家银行。段律师的身后还带着两个穿法院制服的人。只见穿制服的人拿出一张纸递给营业部主任，然后说，我们是人民法院的，依法来冻结这家公司账户，请你配合。高总傻了，资金被冻结了。高总气急败坏地给顾总打电话，但顾总就是不接。高总咬牙切齿地说："顾军明啊顾军明，你跟我玩阴的，好，你等着！我要叫你不得好死！！"

顾军明饶有兴致地要和杨梓修下盘象棋。直到这个时候，顾军明才把最近下的这盘好棋讲给杨梓修听。他最后说，看来，大形势对担保公司不利。有了这笔钱，先把民间借来的钱还上，我至少可以喘口气。

一周后，法院下了判决书。大体意思是，搅拌站和高总个人属于不同的民事主体，按照我国公司法的基本原则，公司财产只对公司自身债务承担责任。按照《民法》第154条和第227条之规定，驳回瀚海公司的诉讼保全请求，对冻结的资金立即给予解封。

顾军明急红了眼，责问段律师："怎么会是这样？！怎么会是这样？！"

段律师说："我当时没注意到一个原则性问题，当初高总是以个人名义签的《借款合同》，现在封的是他的公司账户，民事主体不同，封错了。"

顾军明听后，感觉头脑发沉，一个跟跄栽倒在地，接着吐了一大口血出来。杨梓修单腿跪在地上扶住他。等顾总稍微缓一缓，杨梓修就拿出手机要拨打120。顾军明忙把他的手按住，说："不用了，我心里有数。"

35

此后，顾军明是不敢去公司了，咖啡店也不敢去了，开始躲着向他讨债的人。他接连给仲行长打了几次电话，仲行长要么正在开会，要么就是出差了。最后，仲行长被逼急了才跟他挑明说，现在没有信贷规模，等以后有了再说吧。完了，顾军明以前在银行工作时也对不良客户说过同样的话，潜台词是不贷款给你了，不和你玩了。大骗子！顾军明咬牙切齿地说，可是现在说这些又有什么用？

欠银行的钱还好说，大不了就是上法院，打官司，经济纠纷，谁怕谁。可是，欠民间的钱就没那么容易对付了。

在火车站边上的一个小旅馆里，一个债主带一帮人逮到了顾军明，把他困在墙角，24小时换人轮流和他"谈话"。他们不让顾军明睡觉，要他必须还钱，否则，就要卸他一条膀子。还说前几天因为10万块就剁了某某人一个手指头。现在要他还本金60万，还有利息，顾军明哪里弄钱？就那辆宝马还能值点钱。顾军明提出拿车抵债。债主也算是宽宏大量，押着顾军明就去了车管所，办理了过户手续，算两清了。那辆宝马他是花了150万买来的，才开了一年说没就没了。虽然过了这一关，可这毕竟还只是个小债主，还有很多放高利贷的人在找他。他后来听说，公司的办公家具都被其他的债主们搬走了，公司关门了。反过来，欠顾军明钱的人现在一个都找不到，这个时候，公司里负责要外欠账的潘刚也不知跑到哪里去了，手机还经常关机。顾军明打电话还安排其他人马分头去要钱，都是两手空空回来，不仅没要到钱，还伸手向顾军明要工资。

躲在郊区的一个小镇上，顾军明是度日如年。反思自己这几年走过的路，他意识到自己有诸多的失误。以前的朋友一个都不见了，更别谈借点钱给他度难关。只有叶如花这段时间天天和他通电话。她开导顾军明，车到山前必有路，不要想不开再做出什么傻事。叶如花的话虽然解决不了根本问题，但还是能宽慰他的心。顾军明换了个新号码，是叶如花帮他办的，话费也是她帮付的。偶尔，顾军明会约叶如花在偏僻的地方见个面。每次，叶如花都会带些吃的和零用钱给他。他很高兴地接过食物，但是他不要叶如花的钱，只是在她的再三要求下，他才会拿一点点。他说他生活费还是有的，叶如花看出来他在说谎。叶如花也见过一些跑路躲债的人，他们都要把自己的口袋装得满满的钱才走的，不像顾军明这么傻，被钱逼得这么惨。她不好明说，怕伤了他的自尊心，所以每次也不过分强求他拿多少钱，够几天用的就行了，反正她会常见到他。

顾军明还跟段律师有电话联系，和他商量一些官司的事情。顾军明知道有很多外欠款需要追讨的，那也是他翻身的资本。

天气逐渐地凉爽起来，太阳也不像以前那么火辣了。到了晚上的时候，顾军明觉得身上的衬衫已经显得单薄了。他想着，等下次约叶如花见面时，让她带件外套来。望着夕阳，他自言自语地说，夏天已经快结束了。

顾军明住在小镇的一个小旅店里，条件不是很好，但很安静。他跟店老板说，自己要在当地搞养殖，这次是先来考察的，所以要多住些日子。因为身上带的现金不多，你店里又没有刷卡机，所以房费先欠着。老板说，我一看你就不是一般的人，是干大事的，你住吧，愿住多久住多久，房费无所谓的。

小镇边上有个小庙。一天下傍晚的时候，顾军明走进庙堂，跪在观音菩萨面前恭恭敬敬地进了一炷香。出了庙门看见一个老和尚正在一颗大树下打坐，他便走过去。

老和尚站起身来说："其实，我刚才已经注意到你了。看你面容憔悴，目光无神，遇到麻烦了吧？"

顾军明老实地说："大师说的是，我感觉身心疲惫，活得太累。"

老和尚说："活得太累，一是源于生存，二是源于欲望。你应该是后者。"

顾军明问："失去的东西，还能追回来吗？"

老和尚说："失去的东西，其实本不该属于你，不必惋惜。"

顾军明问："对于一个人的一生来说，什么最重要？"

老和尚说："心中有佛，知足常乐。"

顾军明问："身处逆境时，最好的办法是什么？"

老和尚说："放下！"

顾军明说："大师说具体点，好吗？"

老和尚说："放下对与错，放下是与非，放下责备，放下抱怨，放下恐惧，放下仇恨，放下借口，放下执著，放下一切过高的欲望……"

顾军明打断他说："等等，大师。如果放下一切，这人生还有意义吗？"

老和尚反问道："你觉得你的前半生，活得有意义吗？"

顾军明无言相对。他想，很多人都在追求那些虚无缥缈的东西，他们总是根据别人的观点去生活，包括荣誉、名利、地位，甚至是穿什么衣服开什么车。别人认为好的，朋友认为好的，老师认为好的，政府认为好的，媒体认为好的，甚至是敌人认为好的。他们忽视了事物本身的内在的声音，忽视了自己内心的呼唤。

那一夜，顾军明没有睡着觉。他的内心很矛盾，他觉得大师的话句句在理，但在每个具体的社会人身上，很难实现。听从内心的呼唤，谈何容易？为自己活着，谁不想活得更自在，更富有？顾军明不甘心，由于他的努力加勤奋，才得到拥有的一切，可眼看着得到的一切离他而去，到头来竟然是一场空，他怎么能够说放下就放下？他安慰自己，今天落魄到这种情况，顶多是人生的一次磨难。他告诉自己不去相信老和尚的鬼话，他顾军明不是孔子孟子这等圣贤之人。他拒绝平庸，他要东山再起。

36

段律师在电话里告诉顾军明，他手头已经准备好一个打官司必胜的案子，并且已经打听到被告方有资产可以冻结。他现在就准备上法院起诉，但是需要四十万元的诉讼费和代理费，要求顾军明赶快打钱来。律师是不可能垫钱帮人打官司的，没有钱送到他们手里，就甭想他们会大发慈悲打完官司再拿钱。世态炎凉啊！段律师也不是什么好东西，也是认钱不认人的。挂上电话，顾军明是仰天长叹。

顾军明用刚换的手机号码和几个以前的朋友和生意伙伴打去电话。对方接到他的电话基本上都是先惊喜，然后表示关心，好像是同一个剧本上的台词。但接下来，就是找各种理由拒绝借款给他。虽然理由不同，但表达的意思都一样：很想借，但没有钱。顾军明不想非赢不可的官司放在那里，也许是他东山再起的资本。犹豫再三后，他抱着试试看的态度给叶如花打了个电话。虽然是吞吞吐吐，叶如花还是听明白了他的意思，向她借钱。

叶如花一口答应将自己的二十万存款全给他。

顾军明很高兴，约在一天夜里咖啡店打烊后和杨梓修见了面，并让叶如花将钱事先放到杨梓修那里。顾总要的是现金，杨梓修知道，现在顾总是不敢朝银行卡上放钱的，还不知有多少人在盯着他的银行卡呢。杨梓修从柜台下面把钱拿了出来，他让顾总过过大数。顾总说，不必了。

段律师来了。顾总对段律师说："只能先给你二十万。剩下的钱我先欠着，等官司打赢后我就给你，可以多给你点的。"

段律师说："那怎么行？我的五万块钱代理费可以先不要，还差十五万。现在法院要求严，款不到齐不给立案受理的。"

顾军明说："你会有办法的。"

段律师说："那我只好修改起诉标的，等开庭时再追加诉求。"

顾军明松了一口气，说："我说嘛，你会有办法的。"

段律师拿着钱，很不愉快地离开了咖啡店。

杨梓修问顾总下一步的打算。顾总说，我不怕，因为我的资产远远大于负债，只要给我时间，让我把外欠款追回来，连本带利还清那些负债是绰绰有余的。现在，我只需躲一躲，不要让债主找到我。过段时间，我还是可以东山再起的。杨梓修说，等到你的外欠款都还齐了，就收手不干算了，过个安安稳稳的日子多好。顾总感叹道，老弟，人在江湖身不由己啊！我以前曾对你说过，我很羡慕你现在的状态，不是随便说说玩的，是真心话。我几次劝你参与民间借贷你不干，现在看来你是对的，我低估你了。

杨梓修说："其实，我也会把持不住自己，都是我父亲对我说的四个字让我有所悟。"

顾总好奇地问："什么四个字？"

杨梓修说："我善治木。"

顾军明重复了一句："我善治木？"

杨梓修说："对，就是谭木匠的广告语：我善治木。"

顾军明说："你比我幸运，有这么个好父亲。"

几天后，段律师那边就传来好消息了，说他按计划递交了起诉状，并且顺利地将被告的财产查封了。顾总听到这个消息后很高兴，一夜没睡着觉。但是，第二天醒来，段律师又来了一个电话，说他冻结的那笔资产被银行反冻结了。

顾军明问："是谁干的？"

段律师说："我看到是仲行长带着一个律师到法院递交的申请，

说你还欠他们银行不少钱，他们好像一直在注视着你的一举一动。"

顾军明骂道："姓仲的，你这个王八蛋！"

37

又过了些天。

顾军明那边好长时间没有消息了，杨梓修的生活也慢慢平静下来。他还像往常一样在咖啡店喝咖啡。太阳慵懒地照在身上，让人进入似睡非睡、似醒非醒的状态。杨梓修觉得，这个时候的人其实是最幸福的，可以什么都不想，什么都不做，只需把心静下来慢慢体会。只要你心静下来了，全世界好像也静了下来。咖啡店这个行业之所以存在这么多年，有这么多人喜欢进来坐坐，他们就是要寻找这片刻的安宁，在这片刻的安宁中调整自己的方向，然后去从容地面对人生。

晚上，杨梓修坐在一个角落里听小惠老师弹琴。他发现店里坐着一个年轻的老外，很专注地也在听小惠老师弹琴。马店长告诉杨梓修，那个是小惠老师现在的男朋友叫汤姆森，英国人，在海洋大学读研究生。汤姆森坐在那里喝啤酒，小惠老师好像也很开心，弹的曲子也都是欢快的。你还别说，咖啡店里有个大鼻子蓝眼睛的外国人坐着，好像更像一家咖啡店了。本来嘛，咖啡店就是外国的，舶来品。

杨梓修心想，小黄毛不见了，又来个老外，咖啡店还真是个出故事的地方。

经常，杨梓修一坐就是一个下午，一直坐到小惠老师来上班。马店长曾偷偷告诉过杨梓修，小惠老师经常向她打听关于他的事情。马店长是在委婉地向他传达钢琴师对他有好感。杨梓修听后只是笑了笑，他对小惠老师关于那方面的感觉是一点都没有的，而她，也许是想换换口味。像她这样的女孩，是不可能专注于一件事或一个人太长时间的。如果她心里萌生了一些不切实际的想法，最好的办法就是让这种想法自生自灭。优美的钢琴声在耳畔回荡，杨梓修眼睛望着窗外，想着最近发生的一切。

坐在那里，杨梓修突然又想到了顾军明。他觉得顾总这人本性还是不坏的，和自己朋友一场，也算是缘分。正想着，突然有个陌生号码打来。杨梓修接通电话，是顾总。杨梓修心里想，还真是和顾总心有灵犀啊。顾总说，今天夜里，在你店下班后，我去找你，你再帮我约叶如花到店里来，我要和她见个面。注意，不要让其他人知道这事。说完，顾军明就挂断了电话。

凌晨一点钟，咖啡店打烊了。杨梓修独自一个人坐在店里等待着。叶如花先来了。杨梓修让她坐下，然后给她煮了杯咖啡。

叶如花一边喝一边说："你以前是不是经常给我妹妹煮咖啡喝？"

杨梓修说："是的，她最爱喝我煮的纯品咖啡。"

叶如花说："她已经好长时间没回家了。"

杨梓修问："以前她是不是对你说过什么？"

叶如花说："她只是对我说，她对不起你。"

顾军明悄悄地闪了进来，杨梓修赶紧过去把大门关上。顾军明坐了下来。他人都瘦得不成样子了。看到他，叶如花眼泪掉了下来。杨梓修借故离开，让他们两人单独谈话。

顾军明说，我打算离开秦东门，可能永远都不回来了，所以想和你见见面。潘刚这小子一直在骗我，我打听到他陆陆续续要到一些款，但都被他私吞了，这笔账我会找他算的。另外，几家银行都到法院告我了，还有几个私人债主到公安部门告我诈骗。法院和公安都在找我，已经将我网上通缉了，所以我不能再露面，只好选择跑路。以我目前的状况，是没有人会帮我说话的，更别说帮钱了。

我只有到外地躲躲，躲到什么时候不知道，也许永远都这样躲下去了，所以，来和你告个别。看叶如花只顾擦眼泪，也不说话。顾军明接着说，我知道你心里一直对我好，只是我这个人不识抬举有眼无珠。像你这样的好女人让我给错过了，我很后悔，但事到如今也没有办法弥补了。我恳求你，不要再对我抱什么希望了。你都不小了，找个合适的男人嫁了吧。我就是到了地府，也会祝福你的，真的。叶如花还是一句话都不说，只是一个劲地掉眼泪。

杨梓修端上一杯茶过来。

望着眼前的顾军明，杨梓修心想，外债缠身，东躲西藏，惶惶不可终日。杨梓修很庆幸自己有个老爸时常提醒自己，要不，以他的阅历和智慧哪能抗得住诱惑，还不也是头破血流的结局。

顾军明一口喝完杯中的茶水，起身对叶如花说："我要走了，你多保重。"

叶如花突然拉住他的衣袖，说："我带了点钱给你，你一定要拿着。"

顾军明愣了一下。他接过叶如花递过来的两万块钱，从中抽出一沓装进口袋里，然后说："我确实需要钱，但我只能拿这些，够了，谢谢你。"此时，叶如花的泪水已经挂满了脸颊，只是看着顾军明说不出话来。顾军明也不敢正视对方，低着头对叶如花说："我对不起你。"说完，转身就走。

当他走到大门口时，叶如花突然大声喊道："你一定要好好地活着，我等你！"

顾军明拉门的手稍微停顿了一下，然后头也没回就走了出去。不一会，突然听到门外传来一个急刹车的声音"吱——！"。叶如花心揪了一下，一把抓住杨梓修的手背。杨梓修也吓出一身冷汗，心里有种不祥的预感。

杨梓修拉着叶如花迅速跑到大门外，只见顾军明正慌忙地从地上爬起来，然后绕过车头，脚步不停地消失在夜幕中。看到逐渐远去的背影，停在车里的司机好像突然缓过神来，伸出头来大声骂道："妈的，想找死啊！"

第三章　杨梓修的秋天

38

转眼间，秋天到了。

杨梓修正在店里和马店长说话，有两个男人进门就直接走到他的跟前。其中一个人问道："你是杨梓修吗？"

杨梓修回答："我是，你们是谁？"

那人举起手中的证件说："我们是公安局的，我叫孙业强。有一个案子需要你配合调查，请你现在就和我们走一趟。"

杨梓修用眼瞄了一下警官证，还没开口说话，就被另外一个人上前架起了胳膊。就这样，杨梓修稀里糊涂地就被带走了。马店长感觉到情况不妙，立即让小厨师邵兵骑上摩托车跟着警车过去看看。

到了公安局，杨梓修被直接带进了审讯室。

孙警官说，顾军明因涉嫌非法吸收公众资金罪和涉嫌非法套取银行贷款诈骗罪，早已经被公安机关网上通缉。据我们初步掌握的情况，你涉嫌共同犯罪。带你来是让你说说你和顾军明之间的事，以及你所知道的关于顾军明的一切，希望你老实交代清楚。

原来是这回事。杨梓修清楚自己并没有做过什么违法的事，所以心里很坦然。他说，我和顾军明只是一般的朋友，我没和他做过什么违法的事，他做过什么违法的事情我并不知道。孙警官说，一般朋友，一般朋友能送一辆奔驰越野车给你？杨梓修说，那辆车，只是借给我使用，不是送给我的。孙警官追问道，你为他做了什么事？他不会无缘无故送车给你用吧。杨梓修说，我真的没给他做过什么。

停顿了一下，杨梓修接着说："有件事不知你们感不感兴趣。他让我为他跑了几趟临沂，帮他把银行承兑汇票拿过去贴现。"

孙警官说："这就对了，你接着往下说。"

杨梓修就把详细经过都说了。孙警官认真地做着笔记。等杨梓修讲完了，孙警官说，你能配合我们办案就对了。对于你交代的情况我们还要进行核实。现在时间已经不早了，依据法律，我们将对你实施拘押。今晚就先送你到看守所去。杨梓修还想争辩，孙警官已经走出了审讯室。

过一会，孙警官带进来两个辅警，他们直接给杨梓修带上手铐，把他带上了一辆警车。这时候天色已晚，杨梓修看不清路，大脑也是一片空白。半小时过后，警车在一个郊区的小医院门前停了下来。那两个辅警带他下车，把他带进医院的一个检查室里。那里的医生好像跟孙警官很熟，也没说几句话，就过来给杨梓修做简单的体检，量个血压，听了听心跳，然后给了孙警官一张检验报告。孙警官拿着报告又押杨梓修上了警车。大约过了二十分钟，警车开进了城南看守所。

孙警官到窗口办手续，另外两个辅警带着杨梓修进了一个房间。杨梓修坐下，然后过来一个穿白大褂的人给杨梓修剃了个光头。看着自己长长的头发落地，杨梓修意识到，他即将要被关进牢房了。他没问也没反抗，显得异常冷静。剃完头，杨梓修又按照要求脱掉了外套和鞋子，只穿着内衣和袜子。有个狱警扔给杨梓修一件马甲，马甲上写着三个数字：372。接着，杨梓修光着脚就被推进一间牢房，身后的铁门重重地关上。

闹房里只有一张大通铺，铺上十几双眼睛都在看着他。有一个人说，看着像是个干部，贪污的吧？另一个说，我看像是个诈骗的。还有一个说，一看就像是打人的，是不是女朋友被人玩了？突然有个很凶的声音传过来说，过来，把我袜子拿去洗了，喂，叫你啦！杨梓修看到一个带着脚铐的汉子凶狠狠地看着他。杨梓修站着没动。那人不耐烦了，又大声说，没听见啊！妈的。杨梓修用目光和那人对视着。这时，房间最里边传来一声大喊，你们都安静点。然后指着杨梓修说，你过来，登记一下。众人都安静下来。

杨梓修走到里边，看见一个人半躺着正看着他。那人用脚指指床边说，会写字吗？这是登记表，领导说了，新来的都要登记。杨梓修拿过登记表看看，然后填写完毕。

那人坐起来，抬头问到："你家住在西苑小区？"

杨梓修说："是的。"

那人又说："我常去，我女朋友家也住那儿，你几号楼？"

杨梓修说："六号楼。"

那人说："噢，她家住12号楼。我叫大恒子，是这里的头。"

大恒子的态度显得温和起来。他告诉杨梓修，三天之内你要背诵出《监规》，领导要检查的。这里的人对狱警统称"领导"。虽然我们都是犯罪嫌疑人，还没定罪，但领导们都不把我们当好人看的，你要小心点。另外，我们这里都要排值班的，三天后开始排你的班。在这里，有什么问题随时问我好了。你去睡吧，你的床铺在最后边一个。

杨梓修到了最后边，也就是最靠门的那一头。靠他最近的一个长得像瘦猴似的人说，我是昨天刚进来的，被子都是以前的人留下的，将就着盖吧。瘦猴把被子给了他一半边。棉被上散发出一股霉味，还有臭脚丫味。杨梓修把被子朝肚子上拉拉。

杨梓修问那个瘦猴是怎么进来的，他说他昨天偷了村里人家的九只羊，运气不好，还没出手就被公安抓了。杨梓修说，九只羊也值不了几个钱。瘦猴说，你不懂，现在羊肉贵得很，接近三十元一斤呢。我这批羊要是出手了，起码能赚两万。杨梓修说，不对吧，我平时喜欢吃街边的羊肉串，一串才一块钱。瘦猴说，你吃的哪里是羊肉，羊尿泡过的死猪肉死猫肉而已。杨梓修觉得恶心了，说，什么？真是这样的吗？瘦猴说，那还假！

这时，大恒子喊话道，时间到了，都睡觉吧，值班的两个人起来站岗。杨梓修闭起眼睛，想到自己现在竟然和一个偷羊的人睡着一起，一行泪水从眼缝间流了出来。

这一夜他根本没睡着，他想了很多很多。他不明白自己怎么就一下子成了顾军明的同案犯，不明白自己哪些做法构成了犯罪，不明白自己要在这间牢房里呆多久，不明白他家里人是不是已经知道了他的处境。他从小到大做过不少错事，但从来没有去做犯法的事情，他知道犯法是要坐牢的，是要受到惩罚的。一个坐过牢的人，不仅给父母亲脸上抹黑，将来自己有了儿女，他们也会背上黑锅受人歧视。思前想后，他觉得是被顾军明利用了。他觉得应该要为自己申辩，他要等到孙警官提审他的时候说个清楚。

39

早晨六点钟准时起床，杨梓修对着房间里的水龙头，用手接水洗洗脸，然后漱漱口，再用衬衣的袖头擦擦脸，好了，洗漱完毕。六点半钟，开始吃早餐，稀饭馒头和咸菜。稀饭很稀，看不到几粒米；馒头像石头，又硬又无味；咸菜很咸，简直不用牙咬，就用舌头舔舔，那咸味就足以下饭。杨梓修想，没什么好埋怨的，吃饱要紧。他像其他犯人一样，低着头将一碗稀饭两个馒头全放到了肚子里。

《监规》是一个小本子，就几页纸，杨梓修盘腿坐在大炕上翻看着里边的内容。他一字一句地看了起来。看守所是无产阶级专政机关，为了保证看守所的安全，保障监管工作有秩序地进行，根据中华人民共和国刑法、刑事诉讼法的有关规定，特制定本监规。在押人犯要严格遵守。接着是八项规定具体内容。

望着眼前巴掌大的小本本，杨梓修意识到自己现在的身份是"犯罪嫌疑人"，是失去自由的了。他想不明白，自己怎么就成了人犯呢？人的生命是最宝贵的，但是自由比生命还要宝贵。生命诚可贵，爱情价更高，若为自由故，二者皆可抛。他读过这诗句，但以前并不能完全理解，现在，他有了深刻的感悟。

虽然是初秋，但空空荡荡的大房间里阴森森的，杨梓修感觉有些冷。大恒子走过来撂了两件衣服给他说，你家里还没有送衣服来，这两件旧衣服你先穿吧。杨梓修接过衣服，心里一阵感动。以前听说号头的种种恶习，在这里却完全相反，就因为他的女朋友家和自己是一个小区的。

早操是在牢房的门外。原来每间牢房后边都有一个小院子，上边被铁栏杆围成网状。他们在大恒子的带领下做操。操的动作标不标准无所谓，反正没人看见，但大恒子要求大家的是口号一定要喊得洪亮，因为在隔壁，还有隔壁的隔壁，还有一群群人也在喊着相同的口号。他们互相间看不见，但是在比赛，看哪间牢房的人声音洪亮有力。杨梓修开始只张嘴没声音，他还不习惯，没有把自己当成这个集体中的一员。他觉得，他和他们不同，他没有罪，是很快就会出去的。而他们，可能将面临着长期的牢狱之苦。

自由活动的时候，大恒子走到杨梓修身边。大恒子说："我看你喊口号的时候没用劲，既来之则安之，不管你心里怎么想的，既然到这里了，就别把自己憋着，憋出毛病没人可怜你。"

杨梓修说："我没犯罪，我很快就会出去的。"

大恒子说："你现在不是还在这里吗？接受事实吧。"

杨梓修问："你因为什么原因进来的？"

大恒子说："打架，我把人家打残了，全凭哥们义气。多赔点钱就可以出去了，我不想赔钱，更不想给那些贪官送礼。现在钱很难赚，我打算坐几年牢抵罪。不过，这次等我出去后就退出江湖，好好找份工作，成个家过个小日子。"

杨梓修对他有点刮目相看了："没想到，你是个有思想的人。"

大恒子问："你呢？怎么进来的？"

杨梓修说："我一个朋友涉嫌非法集资还有诈骗，我被叫来问话，其实跟我一点关系都没有。"

大恒子说："我看你也不像是个犯人，在这里，你就当是人生历练，上个大学吧。"

杨梓修听后觉得有点好笑，但在这种环境下是笑不起来的。大恒子很自信地说，在这里待过，你能悟出很多东西，等你出去后就明白了。我们这是待审犯人牢房，按照惯例，你要是真没问题，最多三天你就可以出去了，否则，你就可能再被关在这里一个月。一个月你还没出去，那你就很可能要被判刑了。大恒子压低声音对杨梓修说，那个带脚铐的人外号叫"二毒蛇"，你不要去惹他，他被关在这已经好长时间了，是毒贩子，因为"大毒蛇"没抓到，公安方面缺少证据，所以一直没审判他。听说他身上有两条人命案，估计是死路一条了。

又过去了一天，还是没有人来提审杨梓修。他除了早操、吃饭、睡觉和背《监规》，其它时间就是盘腿坐在大炕上思考。他把从记事的时候到现在全部回忆了一遍，反省自己这一路走来的得与失。这两天来，杨梓修觉得还过得去，饭菜虽然简单，但正好减肥。床铺又脏又硬，但他睡眠好，一觉到天亮。唯独是耳朵里老痒痒，这是他的老毛病了。他平时家里、车上、办公桌抽屉里都备着一个掏耳耙子，出差旅游的时候更是包里必备的东西。现在，这个小小的东西可把杨梓修憋死了。这小玩意是不能在这里出现的，可以把它当成凶器，也可以用它开锁，电视剧里常看到它的功能。没办法了，杨梓修就用小手指掏耳朵。可是越掏越痒，不一会儿，他耳朵里边像是冒火似的。很快，疼痛掩盖了瘙痒。

第三天，杨梓修有点着急了。要按大恒子的说法，过了第三天，就有可能要在这里再待上一个月了。那怎么可能？两天时间就够他受得了，如果再熬一个月，那他就可能精神崩溃的。不行，他已经把自己知道的都说了，为什么还要关他在这里？他要求见孙警官，领导也答应他帮传话出去，可等到天黑的时候也没有传来消息。记得那天他是晚上九点钟的时候被带到这里的，现在离72小时还有不到一个小时的时间，那个孙警官还能来吗？大恒子看出了杨梓修的焦虑表现，他凑过来说，我看，你得做长期打算了，明天我就要排你值班。还有，你把《监规》背好了没有？明天领导要检查的。杨梓修没理他，躺倒床上望着天花板发呆。

杨梓修在想三天后的事。这时，"二毒蛇"用脚踢踢他说，死胖子，起来把我的碗洗洗。杨梓修没理会他。"二毒蛇"又说，你以为你是谁呀？你他妈劳动劳动会死呀。不听话是吧？老子教训教训你！说着就把臭脚驾到杨梓修的头上来。杨梓修伸手抓住铁链往边上一甩。"二毒蛇"说，呵呵，来真的了是不是？我反正是死罪，找个垫背的也不错。说着就抱着杨梓修的双腿，将他压在大床上，两人扭打起来。牢里其他人开始起哄，都围过来看热闹。大恒子赶过来想分开他们，可是没成功，主要原因是杨梓修不配合，他正有一肚子的冤屈没处发泄，乘机在"二毒蛇"的头上身上猛踹拳头。其实,杨梓修也不会打架,但是"二毒蛇"的双脚被铁链拴着,所以还是让杨梓修占据上风。不知谁喊了声"领导来了!"于是大家呼啦一下全闪开了。

有个狱警在门上的窗口向里张望,杨梓修躺在床上顺手拿过《监规》大声朗读起来。"二毒蛇"气喘吁吁地看着他,不敢动作。狱警看没什么情况,干咳嗽两声就走开了。"二毒蛇"恶狠狠地说,你个死胖子还真有两下子,大爷明天再收拾你。说完,朝杨梓修的身上吐了口血水。杨梓修还要反击,被在一旁的大恒子拉住。大恒子小声说,他嘴巴出血了,要是让领导知道了会关你禁闭的。杨梓修于是就忍了下来。

不一会,有人来开门。站在门前的狱警说,372号出来。杨梓修跟着走了出去,他以为是刚才的事要关他禁闭,心里有点害怕起来。

狱警把他带到出口交给了上次审问他的那个孙警官。杨梓修看到孙警官的身后还站着瀚海公司的段律师。孙警官说,根据你所交代的情况,我们这两天做了调查,确认你只是到临沂为顾军明送过承兑汇票,没有参与他的违法行为。在你交代的停车地点我们也找到了顾军明的那辆奔驰汽车。不过,车我们已经扣下了。如果以后有关于顾军明的消息要立即通知我们。

段律师说,那天你被带走后,马店长就打探到你被关这里了。她通过叶如花找到了我,让我出面帮你解围。你在里面没受罪吧?段律师问。杨梓修没有回答。望望夜幕下的高墙,忽然想起大恒子说过的那句话,大学毕业了。此时的他,没有欢喜也没有悲伤。

40

生活还在继续。

光头的杨梓修在家里足足待了半个月。他不好意思到店里,也没心情出外旅游。和爸爸妈妈整天生活在一起，他们也从不提那档子事。他们相信自己的儿子是清白的，不会做违法的事。杨梓修每天都在自己的房间里看书。到了吃饭的时间，妈妈就大声喊他出来吃饭，像他小时候一样。这段时间里，杨梓修的生活表面上显得很平静。

这天下午，杨梓修先去了趟理发店，将自己渐渐长出来的头发修剪了一个高平头发型，然后来到咖啡店。刚进店门就看见王海燕正在给服务员们分蛋糕。杨梓修进吧台煮一杯纯品咖啡，然后端着咖啡走到窗口边的位置上坐下来。

马店长过来告诉杨梓修，几个月前，王海燕满怀喜悦地去上海找她的那个男同学，没想到，他已经在大学期间谈了个女朋友，王海燕知道这个消息后一下子懵了。回到家，她把自己关在屋里。她以泪洗面，想了好多天，还想到过自杀，现在总算熬过来了。老板，你的好机会到了，你可要把握住啊。

不一会儿，王海燕端着一份蛋糕走过来，她坐到杨梓修的对面。

王海燕说："今天是我的生日，就买了个蛋糕来。"

杨梓修说："让我赶巧了，谢谢你的蛋糕。"

王海燕说："还有，我想先在罗马假日打工一段时间，等找到一份合适的工作再离开。我哪都不去了，就在秦东门，也好照顾我妈。"

杨梓修仰起脸笑着说："喜欢您来罗马假日！"

第二天王海燕就来上班了。没几天，原来的一个收银员辞职了，马店长安排王海燕当了收银员。在罗马假日咖啡店，收银员是兼做服务员工作的，所以，虽然收银员的工资比服务员每月只多了两百块钱，但她们是身兼两职，付出的劳动要比服务员多得多。这是杨梓修在刚开业时就定下的规矩。

杨梓修是有酒店工作经验的，他常说，一家店开业时的第一批员工，一定是这家店最好的员工。当然，这是和以后招进店的员工总体比较而言的。第一批员工开业前都要经过集体培训，虽然没营业就发了点工资，但是她们的稳定性肯定比后来单独招的员工好。开业以来，第一批员工走了大概有一半，但是，第一批员工好的传统和作风都留了下来，这一点上，杨梓修是极其满意的。其实，餐饮这种服务行业和部队一样，叫做铁打的营盘流水的兵，好传统是可以代代相传的。干餐饮的服务员都是些刚出校门的小丫头，她们的年龄段都要遇到恋爱结婚生子的过程，你想让她们干长久也不可能。有人形容说，服务行业是吃青春饭的，这样说一点也不过分，所以不要怪服务员，更不要怪老板。这是这个行业的特殊性所在。对于开业后陆续新招的服务员，杨梓修的要求还是蛮高的。他觉得，要想营造一个良好的店堂气氛，服务员素质是个重要因素。

到底是大学毕业，只两天时间，王海燕就把收银机搞熟悉了。和以前相比，王海燕成熟多了，无论是对客服务，还是与员工相处，她都能做得很好。她真是一只快乐的小燕子，在店里飞来飞去，把快乐带给每一个员工，也带给每一个到店里来的客人。杨梓修平时常说，一个好的老板，就是要让每一位员工快乐地工作，只有这样，员工才能把快乐带给客人。在员工会上，杨梓修"言传"过他的这个观点好多次，但效果还不如王海燕的"身教"，他从内心里服了这个小丫头。

马店长私下里和杨梓修说："我年底就要回家了，我老公家很传统，要我一定给他们家生个男孩好传宗接代。所以，你得想办法把王海燕长期留下来。她的能力比我强，她一定能成为你的好帮手。"

杨梓修说："算了吧，人家一个好端端的大学生，能在咖啡店干长久？要真是这样，那么多年的书不就白读啦。"

马店长神神秘秘地说："我知道有一个办法可以留住她。"

杨梓修问："什么办法？"

马店长小声说："让她做老板娘。"

杨梓修说："别为我瞎操心了，人家能看上我？她迟早会走的。"

王阿姨已经被调到后厨做洗碗工。王海燕下班的时候，就帮她妈妈洗碗。王海燕曾对她妈妈说，你不要再工作了吧，现在该是我来养你了。妈妈说，现在就不干还早了点，我还想为你攒点钱好置办嫁妆呢。等你结婚了我再不干活，专门为你带孩子。说到这，王海燕就会立马岔开话题。一般女孩子是不喜欢干洗碗的活的，但王海燕一点也不介意。她经常把妈妈安排在一边坐着，看自己洗碗。这一点确实让杨梓修刮目相看。她还是个极其孝顺的女儿，在杨梓修眼里，对于女人来说这一点很重要的。自从看到她的表现，杨梓修回家的时候也主动帮妈妈洗碗了。他妈妈感到奇怪。他说，没什么呀，不就是洗洗碗嘛。

日复一日，杨梓修每天都要到咖啡店看看。一到店里，他就默默地用目光搜寻着王海燕的身影。如果没有看到她，他也不问别人，自己走到员工就餐的地方，看看墙上贴着的服务员排班表。马店长每个星期都要将一周的服务员排班情况贴在墙上，王海燕上的是什么班，几点到几点，哪天休息都一目了然。在店堂里，如果看到王海燕从身边经过，杨梓修也没有言语，倒是那个王海燕会很礼貌地对他说一声"杨总好"。每当这时，杨梓修也只是"嗯"一声。然后，他或是找个地方坐下来，或是离开咖啡店，好像看到了她，自己一天都显得很轻松。

王阿姨以前患有腰椎间盘突出病，只要长时间站立就腰疼，洗一会儿碗就要直起腰来用拳头捶捶。王海燕多次催促妈妈去医院看看，妈妈总是说，老病根子了治不好的，就别花冤枉钱了。后来，在王海燕的一再要求下，王阿姨还是辞职回家了。王阿姨心里是美滋滋的，因为，女儿确实长大了。

41

一天晚上，派克厅包间有个客人投诉说，他的手臂被小火锅烫了一下，在房间里大喊大叫的要叫老板来讨个说法。杨梓修不方便出面，恰巧那天马店长休假，领班一下子没了主意。王海燕自告奋勇地站出来说，我去处理。

王海燕进去后说她是值班经理。她首先耐心地听了那位客人的抱怨，然后她说，先生，对于你在我们店里发生这种事情我首先表示抱歉和同情，你看你是否需要先到医院包扎处理一下？那位客人说，现在就解决。在交谈的过程中，王海燕观察了一下房间里的其他三位客人，他们始终没说话，表情也比较平稳，而这位投诉的客人好像带点醉意，就是说，他们刚打完牌还没开始吃饭，那么他有可能是中午在别的地方喝过酒之后才来我们店里的。同伴们对他的情况是了解的，只是不便于说。好了，王海燕心里有底了。她说话的时候有意给其他三位客人一起听。

她说，这位先生，我进来之前专门问了为你们服务的那个员工，她说，接到你们的通知之后才开始上菜的。她端着这个小火锅进来的时候，你们中有人说，就放桌上吧，牌马上就结束了。我们的那位服务员就把小火锅放在了桌子上。可是，当这位先生打完牌起身的时候，也许是没注意这边，膀子碰到了小火锅。情况大概是这样的吧？其他三人中有人回应说，是，是这样的。王海燕接着说，那么，我们服务员的工作流程是没有问题的。但是，既然是在我们店发生的这种不愉快的事情，我们也不会坐视不管。看你们有什么要求，如果我能做主，就立刻照办，如果超出了我的权限，我也会尽快和我们老板取得联系，会给你们一个比较合理的答复。

听完王海燕的讲解,其他三人中就有人说,算了吧,为难人家小姑娘干什么。另一个人说,我看,让店里派人把他带去医院包扎一下就行了,也没伤着怎么样。投诉的客人不让,他说,你们开的条件也太低了吧?我就要让他们老板来,当面给我个说法。要不我立马就打110,报警。

僵持住了。王海燕不卑不亢地说,我们老板不在店里。既然你想让110来处理,这是你的权利。不过,你们都是出来寻开心的,要是惊动警察来,恐怕他们处理起来就复杂多了,我们可能都得到派出所去一趟,那样会耽误你们很长时间。我倒是不要紧,因为这是我的工作。在场的一个人有点不耐烦了,他说,算了算了,多大点事啊,到派出所还要一个一个录笔录,按手印,麻烦死了,我可不想去。其他两个人也表示了不要打110。

这下,那个投诉的客人有点软了,他问王海燕说:"那你看怎么办?"

王海燕说:"我提个建议,你们看怎样?为了表示我们的歉意,这个小火锅就算是我们店送给你们吃了。"

投诉的客人说:"那我的手臂怎么办?"

王海燕说:"如果你觉得有必要,你就去医院包扎一下。如果你觉得需要我们店里来承担包扎费用,等明天也可以来找我们老板谈的,反正事实就摆在这里。"

好了,其他三位客人等不及了,都开始动筷子吃起来。王海燕正好找个借口,她说:"你们慢慢吃,你们随时可以叫我来。"说完就退了出去。

出来后她去找杨梓修简单回报,然后说:"没经过你的同意,送一个小火锅给客人是不是过分了点?"

杨梓修说:"没事,主要是客人不要再提无理要求。"

王海燕说:"我仔细观察过,他的伤其实并不重,就是起了几个小泡，过几天就会消下去的，谁小时候没被开水烫过。"然后她不忘叮嘱一句，"我刚才说谎说你不在店里，你可千万不要出来给他们看见。"

杨梓修说："好的好的。"

这件事就这么过去了。

还有一件事情，让杨梓修是忍俊不禁。经常有外国客人光顾罗马假日咖啡店。一次，一位年轻的老外吃完牛排又喝了杯咖啡。到收银台结账时他用英文说，多少钱？王海燕是学外贸的大学毕业生，这点英语水平不成问题，于是回答说，一共一百零二元，人民币。那位老外说，两块钱算了吧？王海燕立即回答，可以。只见那老外朝柜台上只放了两块钱硬币，然后做出转身要走的样子。王海燕赶忙说，你理解错了，我的意思是说，两块钱可以免。老外也笑了，他说，我到中国旅游已经快一个月了，今天终于碰到一个会说英语的人，和你开个玩笑的，你紧张的样子很可爱。说完，又掏出一百元钞票放台上，然后扬扬手对王海燕说，拜拜。王海燕说，喜欢您再来罗马假日！

老外走后，服务员都围过来问："你们刚才说了些什么？"

王海燕笑着说："他说和我开了个玩笑，这个 OLD 外，还真幽默。"

刚才的一幕，都被坐在 B 区看报纸的杨梓修看得一清二楚。他想，这个女孩还真是不简单，有头脑又有文化。

42

马店长的老公将第一批成熟的玫瑰香葡萄送到了店里，那红红的小葡萄十分诱人。杨梓修摘下一粒放进嘴里，仔细品味着，然后脸上露出了笑容。站在旁边的刘柱心里的一块石头也落了地。

杨梓修说："这葡萄能酿出上好的红酒。"

马店长在一旁也说："谢谢杨总照顾我们家生意。俺家刘柱不会说话，我帮他说了。"

王海燕说："马店长，好葡萄不愁销的，只怕以后杨总要买你家的葡萄，还要托你说话走后门呢。"

当然，最开心的还要数刘柱了。能种出好葡萄来，这也许是他的梦。

杨梓修执意要留刘柱吃饭，说上次来没有好好请他吃顿饭，今天要和他喝一杯。但刘柱推说家里还有很多事情，要立即赶回家去。马店长说，杨总，你的心意我们领了，他确实回家有事。于是，杨梓修就不好再勉强了。

等刘柱走后，马店长走过来对杨梓修说，刘柱现在天天死在葡萄园里，两个女儿只好交给她奶奶带。那叫什么带啊，就是一天三顿饭吃饱。孩子现在正是学知识、培养性格的时候，我不在身边，总是不放心。上次我回家看到她们，都快成野孩子了。所以，我得回去，为了这个家，更是为了孩子。

杨梓修说："你不是为要回家生儿子吧？"

马店长说："是又怎样？两个三个还不是一样带。"

杨梓修说："我听说农村的老人过世后遗产都留给儿孙的，女孩没有份。"

马店长说："我可不是稀罕他家老的那点财产。"

可是，杨梓修觉得这个店离不开马店长，自己毕竟是个大男人，她来管理这个店比自己管合适。他还想挽留马店长。

最后，马店长说："我也不是说走就走的，只是你先要选择一个合适的人来，我带她一段时间，等她能行了我再走。"

杨梓修说："你还真负责任，可是我没有合适的人选啊。"

马店长说："上次和你说的王海燕怎么样？"

杨梓修说:"她当然行了,可是人家找到好工作就要走的。"

马店长说:"我先找她谈谈,先让她当领班。"

马店长好像看出了老板的顾虑,她说,我看你们两人还是蛮般配的,你要是和她谈恋爱结婚了,那是你的福气,你尽可以做你的甩手掌柜,满世界旅游去。马店长说的话都有道理,即使不能和王海燕谈恋爱,让她当个店长也好。她有这个能力。

王海燕其实心里也一直在想着一个问题。她感觉得到杨梓修看她的眼神一天天发生着变化。有一天,她嘴里哼了几句《传奇》,没几天后他在大厅钢琴上就弹了这个曲子,她能感觉到他是专门弹给她听的。她发现这个大胖子身上有很多优点,成熟稳重有事业心,有幽默感,人还是蛮好的,就是胖了点而已。人胖其实也不算是什么缺点,而且有许多种办法可以减肥。她曾经侧面问过她妈妈对杨梓修的看法,妈妈说,杨梓修这个人本质上是个好孩子,听说他以前走南闯北经历的事太多,有点复杂,但是,我还是挺喜欢他的。于是,王海燕在心里告诉自己,继续观察他。

一次,在店里没客人的时候,马店长把王海燕偷偷拉到一个包间里关起门,神神秘秘的样子,王海燕还以为发生了什么事情。

马店长说:"你看我们老板人怎么样?"

王海燕说:"挺好的呀,怎么啦?"

马店长说:"我告诉你,他对你有意思。"

王海燕说:"什么意思?"

马店长有点不耐烦了,说:"这你都不懂?真是的,他喜欢你!上次你有点感冒了,我给你一小袋药还记得吗?其实是老板买来的,他不让我告诉你。别看我们老板平时爱和我们开玩笑,我发现,他从来不和你开玩笑,甚至说话都很少,知道是为什么吗?"

王海燕问:"不知道,你说为什么?"

马店长说:"根据我的经验判断,当一个男人爱上一个女人时会故意保持距离，距离产生美，这你懂的。"

王海燕听明白了马店长的用意，但她不好多问，何况，她还受过一次伤害。明明是和自己海誓山盟的一个男孩，几年后就变心了。再说，她的父母当年也是很恩爱的一对，到头来还不是分开了？她怀疑这世上是否有真爱存在。

看王海燕表情冷漠，马店长有点失望。

马店长说："我比你年长几岁，读的书虽然没有你多，但看人还是可以的。作为大姐我要奉劝你一句，你可要想好了，杨总可是千载难逢的好男人，现在摆在你面前了，可千万不要错过。"

王海燕低头想了想，问："是他让你来告诉我这些的吗？"

马店长说："没有，不过也算是吧。"

那天晚上下班后，到家里已经是凌晨一点多了，王海燕躺在床上一点困意都没有，她在头脑中反复想着杨梓修这个人。那次从上海回来后她把自己关在屋里好些天，最后是以大不了一辈子不嫁才解脱出来的，没想到又要面临着一份感情的开始。其实，她的理智是让她拒绝的，至少过几年再说。但是，感情这东西好像不太听话，说来就来了，这叫她如何是好？她一时间拿不定注意。

夜深了，看到女儿的房间还亮着灯，妈妈以为她忘关灯了就推门进来。

妈妈看到女儿还睁着眼睛，就问："怎么还不睡觉，明天是星期一，不是急转班吗？"

这句话提醒了王海燕，明天她开始转早班，要起早的。她说："我这就睡了。"然后，她好像突然想起了什么，问道，"妈，你相信爱情吗？"

这句话把妈妈问住了，好像一下子刺到了她的痛处。妈妈犹豫了一下，然后慢腾腾地说了两个字："相信。"

43

　　保险公司的张总打电话给杨梓修，说他们公司要开个表彰大会，地点在他们公司的大会议室，参加的人员大约五六十个，都是本市市区及各县的高层管理人员，问杨梓修能不能提供会议外包服务。杨梓修一口答应说，没问题。

　　自从上次帮叶如玉和戴先生搞过订婚酒会后，在店里，还陆续接了几次类似的专题酒会，都受到客户的一致赞许。杨梓修早就有过外包服务的想法，今天终于来了第一单生意。杨梓修把马店长和王海燕叫到一起商量起来，最后决定由王海燕带两个服务员和一个吧师共四个人成立外包服务小组。王海燕开始准备起来。

　　杨梓修去健身房锻炼身体虽然也有一段时间了，可是效果并不明显，主要是自己三天打鱼两天晒网，没有个系统性。现在有了王海燕这个追求目标，他又开始重新规划了。他还请了个私人教练。他和教练商量了一下，提出自己的目标要求，最主要的是在短期内将体重减到180斤。

　　杨梓修问教练："降到180斤，能办到吗？"

　　教练说："我负责教，我没问题，关键还是看你怎么练，能不能按我的要求去做。"

　　杨梓修说："如果我按你的要求完成每天的训练内容，估计要多长时间能减到我希望的体重？"

　　教练说："三个月吧，当然还要你饮食上科学控制。"

　　杨梓修说："好的，我一切都听你的，接下来的这几个月，我就交给你了。"

　　说说容易，练起来可就苦了。每天上午九点钟，杨梓修是准时到健身房报到。他先是在跑步机上热身半小时，其中一半时间是慢跑。对于一般人来说也不算太难，可是对于一个二百多斤的大胖子来说，就不那么容易了。肚子上的赘肉上下颠簸，汗水一个劲地往下淌。很快，衣领和裤腰都湿透了，关键是教练还让他少喝水。半小时下来，他是又累又渴。从跑步机上下来休息三分钟，他就在教练的带领下来到器械面前，每天选择身体的三个部位强化练习，每个部位四组，每组大约十二个动作重复，每组中间只让杨梓修休息一分钟，只够喘口气的时间，接着就又上器械。杨梓修咬牙坚持着，心里想着王海燕的笑脸，想着如果自己不努力不争取，那张笑脸可就会离他而去了。有压力，有动力，他在心中一直给自己打气。教练反复强调说，健身要达到理想的效果，除了动作上科学规范，剩下的就只是坚持了。坚持坚持再坚持，坚持就是胜利，这是真理。

每天训练内容完成后，教练都要他趴在垫子上给他拉伸，肌肉放松，这是最幸福的时刻了。以前他也到桑拿或按摩房做过推拿松骨，和这差不多，感觉很舒服。现在，一堂训练课下来后再做做，感觉是更舒服了。接着是按教练的要求喝上一大杯蛋白粉，补充身体能量。以前他也喝过类似的东西，当时还觉得味道怪怪的，现在喝起来，真是好喝极了。最后是到跑步机上再慢跑和疾走半小时。冲完澡后看看时间，已经是中午十二点了。

这几天，晚上睡觉的时候他觉得很香，一觉醒来感觉浑身有劲。他尝到了健身的甜头，他告诫自己一定要坚持。

王海燕这几天也很紧张，她没有搞过外包服务，甚至以前都没听说过这个名词。杨梓修也没有经验可以传授给她，一切只好自己想办法。既然接受了这项任务，那就得把它做好，做到主观努力能够达到的最好程度。这就是她的性格。她查阅网上所能查到的有关资料图片，然后自己设计方案流程，以及每个小组成员的分工内容。基本的服务规范是不用再培训了，她们平时在店里都学过，关键是根据现场情况灵活运用，那就靠临场发挥了。她去现场看过一回，回来后带着她们开了几次小会，让每个人都发发言，说说自己的想法，然后是她总结决定。好在大家都很配合，都服从她的指挥。

那天，王海燕一大早就带着她的外包小组出发了。张总的公司派了辆面包车来，她们连人带器具，还有准备好的食品都装了进去，满满一大车。杨梓修看着王海燕她们离开，隔着汽车窗户玻璃，她向他竖了竖大拇指，他也给她竖了个大拇指。也没捞到说句话，就用这种手势相互鼓励一下。送走了他们，杨梓修才匆匆忙忙地赶去健身房。

杨梓修还是按照教练的要求中午吃份牛排，可是今天一点都不觉得饿，也没有胃口。他几次想给王海燕打电话，但拿出手机又放下，他估计她现在正忙没空接电话，说不定还要说他添乱。

等到下午两点钟，杨梓修实在忍不住了，给王海燕打了电话。王海燕在电话里说，刚刚忙完，正准备将带来的器具清点装车，还让杨梓修准备些吃的，她们都还没吃午饭。

杨梓修急切地问："任务完成的怎样？"

王海燕得意地说："能打九十分！"

等她们回到店里，一个个就狼吞虎咽地吃起饭来，看来不仅是饿了，而且还很累。杨梓修吩咐厨房给她们加两个菜，然后说，你们辛苦了。一个服务员说，最辛苦的要数王海燕了，她今天还临时充当了主持人呢。杨梓修问王海燕是怎么回事？王海燕说，原来他们邀请了电视台的一位主持人，可人家临时有事来不了了，于是张总就和我商量，让我顶替。我答应了，救场如救火嘛。杨梓修问，结果呢？有个服务员抢着说，结果张总很满意，还说，比原先请的那个电视台的主持人还要好。他主动提出给我们加服务费，可是王海燕没要。杨梓修说，不要是对的，我们提供了超值服务也是应该的。

当晚十一点，客人基本走完了，罗马假日的全体员工举行会餐，庆祝首次外包服务圆满成功。杨梓修把自己酿的红葡萄酒拿出来，告诉大家今天管够，大家都拍手叫好。从不喝酒的王海燕今天也喝了一小杯。

44

第二天下午，杨梓修接到张总的电话，约他去下盘棋。杨梓修问王海燕，是不是昨天的外包服务出了什么问题？王海燕说，没有啊，不可能。杨梓修有点纳闷了，不可能只是下盘棋吧？不知张总找他是什么事，但还是开车去了。

前边说过，这个张总曾经做过杨梓修的老师，那是在高中的时候，张总是他的数学老师。杨梓修的数学成绩一直在班级拔尖，所以很得张老师的喜爱。这位张老师还喜欢下围棋，这也是杨梓修的强项。于是，张老师没事就叫杨梓修到他的办公室或者宿舍去。当然沟通也就多了。张老师是南师大毕业的高材生，一直不满足在一所普通中学当个老师，所以早有改行跳槽的想法。他不仅劝杨梓修辍学，后来自己也已辞职了，到一家保险公司当上了销售部经理，还曾劝说杨梓修跟他干。杨梓修拒绝了，因为社会上流传一句话：一人干保险，全家不要脸。杨梓修爱面子，做不来。张老师也没勉强。杨梓修不顾家里人的反对，怀揣着一千块钱南下了。

他刚回秦东门后又去找到了张老师，人家已经是一家保险公司的老总了。两人到一起喝酒时还是那么亲热，下盘围棋后张老师问他对于当初的辍学后悔不？杨梓修回答说，不后悔，但也没有像你所说的成功。张老师说，你不要狭隘地认为赚了很多钱才叫成功。杨梓修说，你是老师，我说不过你。张老师又问，接下来有什么打算？要不到我的公司上班吧，如果当初是我的错，现在就让我弥补一下，我不会亏待你的。杨梓修说，你的好意我心领了，我现在算是有一技之长的人，我要开一家咖啡馆，我喜欢这个。

杨梓修想着想着，已经到了保险公司的大楼前。走进气派的大厅，按照前台接待的指示上了电梯。敲敲总经理室的大门，就听张总在屋里大声说："请进。"

张总端坐在他那大大的办公桌前没起身，只是歪着头慢慢打量着杨梓修。一副得意洋洋的样子，他对杨梓修露出一脸的坏笑。

杨梓修环顾了一下超大豪华的办公室，然后说，房间大约120平方，如果在咖啡店，除去分摊的公共走道，还可以做成5个包间。按每个包间每次消费200元计算，每天用一次半计算，这样，一天的营业额是1500元，一年大约就是54万元。咖啡店的综合毛利率是70%左右，毛利额就是大约38万元，再除去人员工资、税金及其它费用开支大约8万，余下的净利润就是30万。张老师，你这也太浪费了吧？

张总说，我手下有大约300名员工，没人每月大约3000元工资和劳保福利，每年支出是1000万，他们为公司创造的价值大概是支出的三倍，也就是3000万元。你说的30万，只占1%，这个百分比，你还觉得高吗？

一个是数学老师，一个是数学高材生，对这点算术计算真是太简单了。他们说完，也不去继续争论，只是哈哈大笑一番。张总到这时才走出他那宽大的办公桌，上前给了杨梓修一个大大的拥抱。然后拿出软中华招待杨梓修。

杨梓修说："这是腐败烟，不抽白不抽。"

张总说："抽点好烟够不上腐败，这是正常的工作招待烟。"

杨梓修说："工作？你是不是有事求我帮忙？"

张总说："还真给你说对了。"

杨梓修说："说吧，什么事？"

张总说:"先礼后兵,明人不做暗事。我想挖你一个服务员。"

杨梓修问:"都用'挖'字了,还不够是暗事?说吧,看上我店里哪个了?"

张总说:"王海燕。"

张总接着说,昨天王海燕带队到我们公司会场服务,她的谈吐举止,还有工作能力和态度都给我留下了很好的印象。我打听过她了,还是个大学毕业生。在你那儿是埋没人才了,我们公司正缺一个办公室主任,我想请她过来做这个职位。在我们公司做中层干部,工资肯定比你给的高多了。当然,没有经过你的同意,我是不会和她说这些的。

杨梓修开始还很不耐烦,听着听着慢慢认真起来。确实是个肥差,可为什么偏偏是王海燕呢?显然,张总并不知道王海燕在他心目中的位置。

杨梓修说:"张老师,我得好好考虑考虑,她现在可是我的左膀右臂啊。"

张总说:"我知道,所以才先和你先商量商量嘛。"

谈完了正事,张总又提出下盘围棋,杨梓修推说店里还有事。其实他是一点兴趣也没有。张总也没勉强,说等他回话。临走时,张总给了杨梓修两条软中华,用报纸包着。杨梓修也没客气,用胳肢窝夹着离开了。

45

杨梓修并没有和王海燕说这事。忍了几天,他告诉了马店长,并让她和王海燕说,毕竟对于人家是个机会。马店长说,把王海燕推荐给别人,你傻呀?这事不能让她知道。我再探探王海燕的口气。

马店长把王海燕叫到房间说话。王海燕以为她又要提杨梓修的事，可马店长说，你不要紧张，我不会强求你和老板谈恋爱的，其实上次和你谈那事，要是老板知道了可能还怪我多嘴呢。王海燕这才放下心来。

马店长说，最近有个领班提出辞职了，我和老板商量了一下，觉得你做领班比较合适，但考虑到你是个大学生，在咖啡店里长时间干下去算是埋没了人才，所以征求一下你的意见。王海燕说，在上星期市里的秋季招聘会上我已经把求职报告送到了几个单位，他们很快就会给我回话。咖啡店我是临时待的，来之前我和杨总说过。马店长说，我知道，我是问你现在是不是改变了计划，是不是可以留下来继续干，做这个领班。其实到哪里都一样打工，要是遇到一个差的老板还要有气受，不容易的。

王海燕问："杨总是什么意见？"

马店长说："他没说什么，只是让我征求一下你的意见。"

王海燕说："即使我暂时留下来，可将来还是要走的。"

马店长说："那你还能干多长时间？"

王海燕说："说不准。"

杨梓修每天依然不定时来到咖啡店，前前后后巡视一番后就要一杯咖啡，依然是坐到靠窗的位置上，一边喝咖啡一边翻看当天的报纸。有时，杨梓修在王海燕下班的时候到大门口，把他的汽车停放在一个最佳的观察位置，坐在里面等她出现。几次下来，他发现王海燕的生活服装没什么变化，都是同一款式，只是颜色不同。他估计是从网上买来的。他在淘宝网上搜索了一番，还真发现了她穿的外套，一件88元，两件可以打八折。杨梓修恍然大悟，怪不得她有两件。

有一天晚上下起了小雨，等到王海燕下晚班的时候已经是凌晨一点钟了，雨还在下。杨梓修也不好主动提出开车送她，又怕她路上滑倒或遇到不测，于是就开着汽车尾随着。出了店门，王海燕穿上雨衣骑上电瓶车就向右边拐弯，到了苍梧路后就一直向西。过了几个红绿灯到了中医院路口，她左拐弯后就停下了车。杨梓修也在她不远处停下车观察。只见她走到路边的一个烤山芋摊点买了个山芋，然后就推着车一边走一边吃，没几步就进了一个叫银苑小区的大门。

不好再跟了，杨梓修下车躲进烤山芋的大伞下，让大爷给他挑个烤山芋。大爷问他要多大的？杨梓修说，就和刚才那女孩要的一样。大爷从炉子中掏出一个，然后称称重量说，四块九。杨梓修付了五块钱说，一毛钱不用找了。大爷说，那不行，该多少钱就多少钱。说着，就把一毛钱递了过来。杨梓修拿过来没剥皮就吃，还真香。他抬头看到"福友山芋"几个大字，好奇地问大爷还有自己的品牌？大爷自豪地说，福友是我的名字，烤了一辈子山芋，这一带的人都认我。杨梓修对这个大爷有点刮目相看了。谭木匠和福友山芋一样，都是专注小生意，靠良心和口碑生存。

杨梓修问："大爷，刚才那个女孩经常来买烤山芋吗？"

大爷朝他望了望说："你说小燕子啊，从小就爱吃我的山芋。你认识她？"

杨梓修说："她是我女朋友。"

大爷说："那你怎么不直接问问她？"

杨梓修不好正面回答了，于是撒谎说："我们吵了一小架，还没和好。今天下雨，我怕她路上出什么事，就跟踪了一下。"

大爷说："小伙子还真细心。"

马店长看得出杨总最近的心情有点低落，估计是想到王海燕要走了，他心里不好受。人家两人谈不谈恋爱她不好掺和太多，其实她也没什么办法。每天有信件来，马店长就怕是招聘单位寄给王海燕的，她甚至想如果是她的信就藏起来不让她看到。

一天下午，马店长告诉杨梓修，说自己今天过生日，晚上要约几个店里的同事一起吃四川火锅，邀请他一定参加。杨梓修说，晚上我没事，我也喜欢吃火锅。搞定了这边，马店长又去找王海燕说，晚上我的生日派对，你一定要参加。王海燕说，好的，我给我妈打个电话说一声。两边都搞定了，马店长暗喜。

八点半钟，杨梓修按照马店长约定的时间来到六子火锅店。一看房间没人，就打电话问马店长。马店长说，我们马上就到，你先等等。王海燕是八点半下班，她换好衣服后马店长让她先过去点菜，她们随后就到。于是，王海燕骑着电瓶车也到了那家店。

进了包间，王海燕看到杨梓修一个人坐在那里。她有点不好意思了，她从来没有和他单独待在一个房间里，但又不好退出去。

她说："马店长说他们马上就到，让我先来点点菜。"

杨梓修也觉得有点尴尬。他笑自己，走南闯北的一个人，在一个女孩子面前怎么会有紧张的心情。装着若无其事的样子，杨梓修说："那你就点菜吧。"

王海燕说："我也不会点，要不你说我在菜单上画勾？"

杨梓修说："好的，我常吃火锅的，有经验。"于是，他一边说，王海燕一边在菜单上找。

杨梓修点了鸳鸯锅底，然后点了自己最爱吃的鸭血、豆皮、平菇和泥鳅四大菜，估计她们女孩子还喜欢宽粉和生菜，于是也点上，羊肉卷和鹌鹑蛋也各要一份。

看差不多了，杨梓修问："你喜欢吃什么？""

王海燕说："你点的大部分我都喜欢，我最喜欢的是笋尖，我可以加上吗？"

杨梓修说："你还客气什么，点两份，反正不是你我买单。"

王海燕笑了笑说："你还真让人家马店长买单啊？"

杨梓修说："当然，今天是她生日，她请客。"

点完了菜，杨梓修叫服务员拿去配了，他们俩干坐在那里。杨梓修觉得有点冷清，就主动和王海燕说话。

他问："你平时也经常吃火锅吗？"

她说："不经常，只是偶尔，不过我喜欢吃，我还喜欢在街边摊上吃麻辣烫。"

他说："其实我也喜欢在小摊点上吃饭喝酒，改天我专门请你去吃。"

她说："我们两个人？那多不好意思啊。"

他说："没关系的，我们晚上去吃，没人认识我们，你看行吗？"

王海燕笑而不答。

等了好长时间，马店长他们还是没来，菜都上齐了。杨梓修感觉可能是马店长搞的恶作剧，王海燕也有点急了。于是，杨梓修给马店长打电话。马店长说，我们在路上了，马上就到，要不你们先吃着。放下电话，杨梓修问王海燕饿不饿，要不先吃？王海燕说，还是等等他们吧。杨梓修说，那就等吧，我怕你饿着。要是有个烤山芋先给你垫垫肚子就好了。话音刚落，杨梓修就意识到自己说漏嘴了。

王海燕问："你怎么知道我喜欢吃烤山芋？"

杨梓修突然觉得说漏了嘴，忙说："因为我喜欢吃。"

王海燕笑着说："算了吧，大爷都和我说了，说有个又高又胖的小伙子送我回家的，我一猜就是你。"

杨梓修问："他还和你说了什么？"

王海燕笑着说"他还说，一看就知道你心眼好。"

说完，两人都笑了。

九点半才终于等来了马店长他们七八个人。一进包间，马店长就号召大家开吃，她还说，今天是我请客老板买单。杨梓修用奇怪的目光望着她，马店长靠着他的耳边小声说，今天不是我过生日，我的美意你懂的，出了咖啡店你就不是我老板了，让你出点血也是应该的，是吧？听了这话，杨梓修全明白了。他说，行呀你，你把我也一块涮了。

46

王海燕答应当领班了，但没说干多久。她对马店长说，等我接到聘用单位的通知就离开。马店长说，可以的，保证让你走。马店长是过来人，她想先把王海燕留住，日久生情，等她和杨总真产生了感情，她就不会再提走的事了。

服务员每天都有个班前会，领班要和大家说说工作要求。王海燕作为员工也不是一天两天了，天天看着以前的领班讲，她当然知道要讲些什么内容。但是，第一次对大家讲话，她心里还是就有点紧张。于是，她在家里换上黑西装，对着镜子练习起来。

妈妈听到女儿一个人在房间里说话就推门进来问："你和谁说话呢？"

王海燕说："没有人啊。"

看见她身上的服装，妈妈知道女儿当领班了。于是她说："燕子，咖啡店的领班虽然不算是什么官，但你当一天就要像样一天，别给我丢脸。"

王海燕说："我知道了。妈，你放心好了。"

下午四点五十分，班前会开始。马店长首先宣布新领班的任命，然后大家拍手欢迎，齐声说，王领班好！王海燕讲话了。她说，我们班加我一共六个人，是一个小团队，从今天开始，我将带领大家一起完成好当班工作，我自己也会努力工作，希望大家支持我。今天是周五，按照惯例是一周内客人最多的时间，我刚才在吧台查过，包间基本都订满了。希望大家打起精神，工作中避免失误。好了，班前会就到这里，大家各就各位。员工们按照惯例齐声说："喜欢您来罗马假日！"然后是有节奏地拍手七次。

咖啡店的领班，除了有自己固定的卫生区域和看位这些内容，还要眼观六路耳听八方。在前场要不停地巡视，发现问题及时解决。后厨和前场还要协调好，顾客的特殊要求不仅下单时注明，还要口头传达一遍。对新入职的员工，领班还要在工作中培训。看起来都是小事，可得面面俱到。不干领班不知道，做了才知道领班真得不容易干，小腿不停地跑，嘴巴不停地说，生怕在那个环节出差错。如果有客人投诉了，首先也是领班先上去解决问题，解决不了的时候店长才出面。整个高峰期的两个小时，王海燕的神经一直是绷紧的状态，不仅眼勤、嘴勤、腿勤，还要一直保持面部微笑。

反观杨梓修是恰恰相反，他是悠然自得地坐在一个角落里，喝着咖啡看着一本书，只是偶尔用眼睛扫视一下全场。有时间还会点一份牛排或煲仔饭吃吃，俨然把自己当成一名普通的客人。如果是正忙的时候王海燕开始还会生气，本来服务员就够忙的了，他还要点餐添一忙。但事后想想，谁让人家是老板呢。老板吃饭不叫吃饭，叫试餐，是为了检查饭菜质量和服务规范。他还有个习惯，就是每次到店里坐一段时间后就会留个小纸条给马店长，把发现的问题写在上面，提出问题并附改进意见，然后马店长就传达给两个领班和全体员工。杨梓修一般不和员工正面交流，也不会当面指出哪位员工做错的地方，按他的话说，他只管店长一个人就够了。

第一天下来，王海燕觉得腰酸背痛，恨不得马上回到家里洗个热水澡。午夜，当她骑着电瓶车到小区大门口的时候，发现杨梓修站在那里。

她吃惊地问："你怎么在这？"

杨梓修用脚踢踢跟前的一个大塑料袋说："我送你一个按摩床垫，我知道你需要这个。我可是煞费苦心抱来的，你可不要拒绝啊。"

王海燕说:"你还真搞笑,这么大的东西,叫我怎么拿呀?"

杨梓修说:"没关系,我送货到家。"

王海燕连忙摆手说:"不了不了,我妈在家会看见你的。"

杨梓修说:"没事的,送到你家门口我就走。"

看杨梓修那执意的样子,大半夜的也不好推攘,王海燕只好同意了。

王海燕家住的是六楼,楼道灯也没有。她就拿出手机当照明,引着杨梓修蹑手蹑脚地爬到六楼。杨梓修心想,这东西真重,要不是他送上来,王海燕真得很难把那大包抱上来的。好在是夜里没人看见,他才可以送货上门。其实,他自己也累得够呛。

杨梓修轻轻地放下大包,对王海燕摆摆手,然后又是蹑手蹑脚地走下楼去。太晚了,王海燕也不好留他进屋坐坐。怕妈妈听见,她连声谢谢都没敢说出口。但她心里是甜滋滋的,她觉得有个人关心自己,真好!

47

又是一天午夜,等客人们都走了,杨梓修让服务员先下班走了,然后叫王海燕等一等。

王海燕问:"有什么事吗?"

杨梓修说:"想给你看看什么叫浪漫情调。"

王海燕搞不清他说的是什么意思,但还是按照他的吩咐把店门反锁上。等她上楼来时,看见杨梓修正在吧台里面煮咖啡,她也没打扰,就悄悄地站在吧台外边看着他操作。

杨梓修做的是两杯拿铁,娴熟的手法把王海燕都看呆了。以前听说过他曾经是个吧师,但她还是第一次看他亲自上手。杨梓修也好像是面对着电视观众的现场直播,他是那么的专注,每个动作都力求潇洒到位。看得出,他很享受制作过程。

不一会,两杯咖啡呈现在王海燕的面前。杨梓修说,品尝一下。王海燕很认真地端起一杯放到嘴边闻了一下,刚要喝,就听杨梓修说,等一下。王海燕不解,看着他迅速走出吧台来到钢琴边,示意她边喝咖啡边听他弹钢琴。接着,《风居住的街道》这首旋律在大厅飘荡起来。此时的王海燕完全陶醉其中。大厅里昏暗的灯光,曼妙的琴声,她确实感觉到杨梓修为她营造的浪漫氛围。生活是美好的,生命是美好的,有一个爱她的人在身边是美好的,虽然,她也有烦恼和痛苦伴随,但更能衬托出这些美好。

一曲终了,杨梓修轻轻走到她的身边,挽起她的手,搂住她的腰,她们跳起了华尔兹。身体挨着身体,面贴着面,感受着对方的呼吸和心跳。王海燕觉得如入仙境一般。她就是那个传说中的灰姑娘,而杨梓修就是那个王子。

正在王海燕遐想时,杨梓修问:"刚才那首曲子,我是专门为你练的。"

"是吗?很好听的,谢谢你。"

"可以请求你一件事吗?"

"什么事?"

王海燕话音没落,杨梓修的嘴唇已经贴了上来。王海燕被这突如其来的举动吓坏了。她的脸都憋红了,使劲推开杨梓修,大声说:"你坏蛋!"

杨梓修放开她,说:"你别生气好吗?"

王海燕说:"接吻就接吻呗,你为什么把舌头伸进我嘴里?害得人家痒痒死了。"

杨梓修听后有点哭笑不得,说:"我说大小姐,接吻都是这样的。"

王海燕疑惑地问:"真的吗?"

望着王海燕童真般的表情,杨梓修笑了。天下还有这种女子,都二十多岁了还不知道接吻是什么样子的,这也太纯情了吧?

王海燕的情绪慢慢平静下来。她问:"你刚才说求我一件事,是什么事?"

杨梓修说:"就是求你给我吻一下嘛。"

她反问道:"我还没答应呢,你就来了。"

他逗她说:"那你现在答应了吧?我再吻你一次?"说着,又将王海燕抱在怀里。王海燕这下有防备了,她迅速抽身躲到一边。

她们坐到沙发上。杨梓修先是坐到她的身边搂着她的腰,她不高兴了。于是杨梓修又坐到了她的对面,深情地看着她。王海燕手指玩弄着杯子,低着头,很认真地说,其实,我早就知道你喜欢我,我也把你当成朋友了。但是你对我不要有过分的要求。我妈和我说过,她就是因为在结婚前答应了我爸每个要求,所以我爸才不珍惜她,才和她离婚的。我妈还说,男人都一样,婚前一旦和女人上过床,婚后就会不珍惜了。我不想为这事和你分开,我想永远和你在一起,一辈子。"

杨梓修说:"你妈说的也不全对,但是我并不强求你和我婚前上床。"

王海燕问:"为什么?"

杨梓修一字一句地说:"因-为-我-是-真-的-很-爱-你!"

杨梓修提出要骑着店里的那辆比亚乔摩托车送她回家。她问,你不是对店里的员工讲过,那车没牌也没油吗?杨梓修说,没牌是真的,没油是假的。

杨梓修让王海燕在后座坐稳了,双手抱住他的腰。其实,她伸展开双臂也没有将手合拢,她就抓住他的衣服。杨梓修一加油门,摩托车就一下子窜出很远。夜深人静,发动机巨大的轰鸣声在夜幕下越来越远……

48

这天，咖啡店突然来了一大帮人，进门就大声吆喝着"跑得了和尚跑不了庙"、"父债子还"。马店长不明事理上前把他们拦住问情况，原来是来找一个叫顾海燕的人讨债的。马店长说，我们店里只有王海燕，没有什么顾海燕，你们搞错了。那个领头的人说，我们找的就是她，她原来姓顾，改了姓也没用。马店长认识这个领头的人，他叫张峰，外号"疯子"，是混江湖的人，坐过几年牢，现在带一帮小混混专门为别人讨债。

马店长回过头来，找到了躲在后厨房的王海燕。

王海燕说："他们是来找我的，这帮人昨天已经到我家去过了，是我爸在外面欠了人家的钱。"

马店长又问："你爸人呢？"

王海燕说："早跑路了。"

马店长一听，傻了眼。事关重大，她立即给杨梓修打了电话。杨梓修此时正在健身房，一听也傻了。他说，你保护好王海燕不要受到伤害，我马上赶到店里去。马店长问，要不要打110报警？杨梓修说，先等等，等我到店里再说。

杨梓修很快进了店门，看见一伙人光头的、纹身的，都是凶煞煞的样子，好像要把王海燕吃了。杨梓修站到他们面前，然后好言相劝那些债主，告诉他们等他了解一下情况再说，事情总要有个了断，会给他们一个满意的说法。但疯子并不给杨梓修面子，还嚷嚷着要找王海燕谈谈。

杨梓修发火了，大声说，你们要是再这样闹下去我就报警啦！我是这家咖啡店的老板，还是王海燕的男朋友，你们应该相信我，等我了解了情况后会给你们一个满意的答复。没想到,杨梓修发起威来还真够狠的。讨债人群这才安静下来。

杨梓修把王海燕拉到一个包间里问情况,她就一五一十地说了。

最后,杨梓修问:"你爸人呢?真的跑路了?"

王海燕说:"是的,早跑路了。"

杨梓修又问:"你爸叫什么名字?他们为什么叫你顾海燕?"

王海燕说:"我爸叫顾军明。"

杨梓修一听,简直不敢相信自己的耳朵,追问道:"什么?顾军明是你爸?"

王海燕说:"是的。"

杨梓修要求每个债主都将手里的欠条复印件放他这儿,还留了电话号码,对他们保证说,只要这些欠款是事实,他会想办法还他们的。那些债主们以怀疑的眼光看着杨梓修。杨梓修说,顾军明是我未来的老丈人,我不会坐视不管的。听了这话,他们才肯相信,临走的时候疯子还撂下话来说,好样的,有种你就扛到底。我们就认你了,不过,你要是敢耍我们,有你好看!

讨债的人走后,杨梓修的心并没有安定下来。他仔细算了一下,本金就接近1000万,这还没算利息。顾军明是找不到了,即使找到,现在他的情况也没有能力还欠债的。要面对那么大的一笔债务,杨梓修确实无能为力。但是,为了王海燕,他得勇敢地面对,得想出个解决办法。

王海燕说:"我一直瞒着你,顾军明是我的父亲。他和我母亲离婚后我就改了姓,这事我本来打算找机会和你说明的。没想到今天……"

杨梓修安慰她说:"我不会怪你的,你肯定有你的难处。"

杨梓修觉得首先要和顾总联系上,可顾总跑路后一直没有联系过。于是,他想到了叶如花,也许顾总和她有联系。叶如花在电话里说，她已经被银行停职，现在在家等待组织上的调查处理。顾军明跑路后一直没有和她联系过，她让杨梓修去找段律师联系一下看看，估计他们之间会有联系。杨梓修又立即给段律师打电话。

段律师很快就到了咖啡店和杨梓修以及王海燕见了面。段律师早已知道王海燕的身份，现在又知道了杨梓修和她的关系，于是就毫不隐瞒地说了一些情况。顾总确实一直和段律师有电话沟通，主要是处理瀚海公司遗留的债权债务问题。通过和段律师的沟通，杨梓修知道，如果不把民间的借款还上，顾军明将面临着非法集资的罪名，这也是当下公安机关严打的重点，估计法院那边不会从轻发落，就这一条就够判五年以上有期徒刑的，另外还要附带民事责任。就是说，顾军明要坐牢，欠的钱还是要还的。

杨梓修大大低估了讨债人的忍耐性。几天后，他们又来了。领头的疯子代表所有的讨债人和杨梓修谈判，要求杨梓修立即还钱，否则就立马封了咖啡店，根本不容杨梓修解释。段律师和他们谈法律，他们根本不听。疯子说，打官司费钱又费时，我们要到公安局报案，告顾军明诈骗。段律师对杨梓修说，这帮放高利贷的人还真够狠的。杨梓修突然想起在牢里认识的大恒子，估计他们混江湖的人都认识。果然，一听是大恒子的朋友，疯子的态度立即发生了变化。

疯子问："你真是恒哥的朋友？"

杨梓修学着江湖上人的口气说："那还有假，都在一个山头待过，我也是刚下山。"

疯子说："恒哥现在怎么样啦？"

杨梓修说："还在吃公家饭。"

疯子小声说，哥，小弟拿了人家的钱了，我也没有办法。这样吧，再给你十天时间筹款，如果到时候没钱，即使我不出面，恐怕大哥你也过不了这一关。轻者叫咖啡店关门，重者就要把顾海燕绑了，逼她家里人还钱。我告诉你，到那时可能就由不得我了，那些讨债人如果急红了眼，撕票都有可能。杨梓修说，兄弟给面子，那就说好给我十天时间。于是，疯子大声吆喝着，带领那帮要债人走了。

王海燕看出了杨梓修的难处，也知道他没有这个偿还能力，虽然债主们答应给杨梓修宽容几天，但是到时间还是没有钱还债的。怎么办？她不想连累杨梓修，本来也和他无关，只是因为她，杨梓修才被拖进来。她不忍心看到杨梓修为了她受苦受累。于是，她暗暗下决心将所有事情都揽在自己身上，毕竟，她才是顾军明的女儿。

王海燕私下里单独找段律师谈话。段律师告诉她，事已至此，要想保住咖啡店，那杨梓修就得从这件事情上抽身，他们要是再敢来闹事，杨梓修就可以打110报警了。她才是追债人的目标。于是，她把所有欠款单子的复印件拿到自己手上，那上边有每个债权人的姓名和电话。她给每个债主发了一封手机短信，信上说明顾军明不还就由她来还，但她现在确实没有那么多钱，并请他们相信，她一定不会赖账的。她还告诉那些债主们，她已经辞掉咖啡店的工作，和杨梓修也不是什么男女朋友关系，希望他们不要再到咖啡店找她，更不要对咖啡店杨老板提无理要求，这不关他的事。

信件全部发出去后，王海燕只对妈妈打个招呼，谎说外地的一个同学帮她介绍了一份不错的工作，专业也对口，她要去外地打工了，等安定下来就接她也过去。

看王海燕没来上班，杨梓修就打电话给她，但她已经关机了。他有一种不祥的预感，于是，他跑到她家。王阿姨说，她也不知道海燕到哪里去了，只说是外出打工。也许王海燕早料到杨梓修会去问她妈妈，所以对她妈妈也保密了。

夜晚，杨梓修走在空无一人的秦东门大街上，看着偶尔有出租车从身边经过，司机误以为他要打的，还有意按几下喇叭提醒他，杨梓修也不理会。他不理解王海燕为什么对他不辞而别，为什么不告诉他去了哪里，他在她心里到底是什么位置？

49

夜深了，杨梓修躺在床上怎么也睡不着，满脑子都是王海燕的身影。眼看着一包香烟快要抽完了，这时，手机突然响了。他以为是王海燕，看一眼，发现是一个陌生的号码。但他还是立即接通电话。

"我是顾军明。"电话里说。

"是你？"杨梓修大吃一惊。

"段律师把情况都告诉我了。对不起，前不久害你坐了三天牢，现在你为了保护海燕，又被一帮债主紧逼。"

"现在说这话有什么用？王海燕不知跑哪去了，得想办法赶快找到她。"

"这事，只有靠你了。"

顾军明好像是刚喝了酒，说话有点激动。借着点酒性，对杨梓修讲了他的经历。

我和王玉田原来都是孔雀沟林场人，我俩可以说是青梅竹马。高考后在等待分数的那段时间里，我们两个人就在山上的树林里偷食了"禁果"，私定了终身。我发誓要对她负责一辈子。后来，我考上了北京财经大学。我大学毕业后被分配到秦东门的一家银行工作，有了铁饭碗，但我并没有嫌弃仍在农村的她。我们结婚了，生了个女儿。我把王玉田接到了城里，还帮她找了份临时工。她先在一家幼儿园做饭打杂，后来在一家公司的仓库当保管员。时间长了，面对着家庭琐事和柴米油盐，两个人的感情也就很自然地慢慢淡了下来。再后来，王玉田怀疑我外面有女人，说我对她也不像以前那么好了。也没和我吵架，她提出离婚要求。我不同意，我说夫妻关系发展到一定时候是要变成亲情的。至于常和女人在一起聚会、吃饭等等，那都是逢场作戏工作需要。再说了，孩子过几年就要参加高考了，父母离婚会对孩子造成心灵伤害的。后一条倒是王玉田很在乎的。于是她提出，等孩子上大学再办理离婚手续。我也就勉强答应下来，我想拖拖再说，或许能有转机。就这样，我们过了几年有名无实的夫妻生活。

四年前，女儿如愿地考上了大学。在王玉田的一再要求下，我们办理了离婚手续。我是心甘情愿地净身出户。其实家里也没有什么财产，就有一套银行分的房子。留给王玉田和女儿住我一点也没有怨言，倒是过意不去自己没有多少存款留给她母女俩。就在那一年，我从支行副行长的位置上辞了职，开了家担保公司。我当时想，自己已经是快五十岁的人了，在银行干下去也没有什么大的发展前途，倒不如自己干一番事业。几年下来，我确实赚了不少钱，但每当我拿些钱想接济她母女时，都被她们拒绝了。海燕也和我渐渐疏远了关系，还改了姓，跟她妈妈姓王了。

顾军明接着说，本来，我拥有一家本市最大的担保公司，担保额度一直在五个亿左右，按平均收取担保费百分之二计算，光这一项年收入就有1000万元，而这和我做民间借贷的收入相比只是个小头，钱越挣越多。可是我越干越觉得没劲，常常一觉醒来有种莫名的惆怅感。我曾经提出复婚，但王玉田不答应，原因就是我身边现在又多了一个狐狸精，她指的是叶如花。其实，叶如花是个好女人，我离婚前我们一直只是工作上的关系，连一顿饭都没有单独吃过。我觉得，王玉田就是太传统、太保守，她要是能大度点，好日子是过不完的。我知道她们母女俩日子过得艰难，她们又太要强，我实在没办法，就和一个慈善基金会商量好，给了他们一大笔钱，并以他们的名义资助海燕读完大学。我今天的处境，都是我一手造成的后果，当然由我一个人承担。我只希望不要给她母女俩再带来什么麻烦。其实，那天我一到咖啡店就看到了王玉田，她也看见了我，我几次想和她说话，可是她总是回避我。她要是知道我常来你店里，我估计她也不会去你的店打工的。在你店里，我趁没人注意的时候塞给王玉田两万块钱，她还是没要，这事你知道的。海燕也来你店里打工，看到我也不理我。我知道，她一直认为是我抛弃了她妈妈，抛弃了她。海燕连给我一个解释的机会都没有。

听顾总讲着他的故事，杨梓修也不插话，只当个听众。

最后，杨梓修才开口说话。他说："顾总，我们以前已经成了朋友，现在我还是你女儿的男朋友，你的事我不会不管的。"

顾军明说："我了解你，你是个好人。"

杨梓修问："我们以后怎么联系？"

顾军明说："你不要和我联系，我号码常换。还是我联系你吧。"

放下电话，杨梓修更睡不着了，头脑里一直想着顾军明、王玉田，还有王海燕。本来应该是和和美美的一家人，有过那么多甜蜜的往事，可是现在怎么会变成这个样子？

岁月啊，真是个大魔术师。

50

连续三天，杨梓修天天等王海燕的电话。她到底跑哪里去了呢？去了她家几次，王阿姨还是说不知道，从她的言语和表情上看，她没有说谎，心里也很着急。王阿姨说，我现在就海燕一个亲人，如果她出什么不测，我也活不成了。这个死丫头是我的催命鬼，这是想把我害死啊！这话严重了，杨梓修觉得非要找到王海燕不可。王阿姨问要不要报警？让警察帮着找海燕。杨梓修说，一旦报警会惊动很大，而且对王海燕的名声也不好。王海燕不会出什么事的，她现在就是心烦，估计是躲到什么地方清净清净了，你不要担心，我一定会把她找到的。他和王阿姨每天通一次电话。

杨梓修每天只是到店里转转，停留几分钟就离开了。他在她可能出现的地方都去找了，还是没见她的身影。白天在大街上开车观察，晚上到一家一家夜店去看。他明知道王海燕不会到夜店这种场所的，但还是抱着一线希望去找，像个无头的苍蝇。

五天过去了，杨梓修对于在本市找王海燕的可能性已经失望，于是他想到了外地，到外地去找。他问王阿姨，王海燕有没有特别要好的朋友，他们都在哪个城市，姓名和电话号码是什么。王阿姨说，海燕好像没有特别要好的朋友，只知道她中学时有个男同学和她好过。那个男同学叫陈武，但并没有他的电话。于是，王阿姨把陈武家的大约地址告诉了杨梓修。

在古城的一条小巷子里，杨梓修找到了陈武的家。他敲敲门，只听到里面有咳嗽声。等了好长时间，门终于开了。一个中年妇女伸出个头问，你谁呀？什么事？杨梓修说，阿姨，我姓杨，是你儿子陈武的中学老师，我们要搞校庆活动，要求同学们都到校参加庆典，可是，你儿子一直联系不上，所以就来你家问问，把他的电话号码告诉我好吗？那位妇女一听是儿子的老师来了，就让他进了门。从床头柜上找来了电话号码。杨梓修如获至宝，拿出电话打过去。

杨梓修说："你好，冒昧地给你打这个电话。我想问问王海燕是否在你那儿？"

陈武说："你谁呀？怎么知道我的电话号码？"

杨梓修说："我是王海燕的一个朋友，我在你家，是你的母亲告诉我号码的。王海燕离家出走好几天了，她家里人很着急，所以就打电话问问你。"

陈武不耐烦地说："我没见过她。你把电话给我妈接一下。"杨梓修把电话递给那位妇女，只听电话里说，"妈，你怎么让一个陌生人进家门，还把我电话号码告诉他？现在骗子很多的，让他立即走，否则你就报警，打110。"说完就把电话挂了。

杨梓修失望地离开了陈武家。

杨梓修忽然想起他们旅游过的孔雀沟。看天色还早，他开车过去了。刚到景区大门口，就见颜主任走过来，问他干什么来了，怎么不事先打个电话？杨梓修谎称说，路过这里，顺便来看看你。

颜主任提出陪杨梓修一起去茶园看看。杨梓修拒绝了。颜主任说，茶园里的茶叶生长得很茂盛，绿油油的一片，很快就可以采摘了，估计今年的秋茶是个好收成。杨梓修没心思谈茶的事，他和颜主任随便找块石头坐了下来。

看到杨梓修愁眉苦脸的样子，颜主任问："老弟是不是遇到不顺心的事了？"

杨梓修说："是有件不顺心的事，但是你帮不上忙。"

颜主任说："什么事？说出来听听。"

杨梓修就把王海燕失踪的事说了一遍。最后，杨梓修说，她和我们店里的员工一起来过你这儿旅游的，就是那个大学生，很活泼的女孩，她的耳朵上还一直带着个耳机。颜主任说，你说的这个女孩我有点印象。

回到公寓里，杨梓修开着电视，躺在床上，怎么也睡不着。电视上正在播放着一部外国电影大片，厮杀的场面一个接着一个，杨梓修根本进入不了剧情。突然，电话响了。他迅速去拿电话。

"睡了吗？"是颜主任，"我刚才突然想起了一件事，可能你感兴趣。"

"什么事？你快说。"

颜主任说，几天前，我看到我们家茶园里的杂草被人锄过了，就是咖啡店的茶园基地。我就问隔别的老刘，是不是他帮我锄的。他说，不是他，是他家新雇来的帮手给锄的。没想到，那个女孩子每天不仅帮老刘家的茶园照看好,还将靠边上的我家那片茶园也一起照应着。

杨梓修急切地问:"那女孩叫什么名字?"

颜主任说:"不知道。"

杨梓修又问:"她长什么样?"

颜主任说:"那女孩每天都戴着纱巾把脸挡住,没看清。不过,我感到有点奇怪,为什么一个女孩跑我们这里打工?为什么要把我家那块茶园也管理着?"

放下电话,杨梓修决定天一亮就去孔雀沟,不管是不是王海燕,去看看就知道了。

51

天刚朦朦亮,杨梓修就来到了孔雀沟。

他走到罗马假日咖啡店的茶园看了看,园里被收拾得整整齐齐,看不见一根杂草,园子的四周还被拢了一圈土堰,土堰上放了被涧水打磨过的石头。一看就知道,这块茶园是被细心照料着的。在那块茶叶基地的木牌旁边,杨梓修坐了下来,望着眼前的一汪湖水。水面被一层薄薄的雾气笼罩着,泛着粼粼波光。有几只野鸭从湖里的芦苇间进进出出,它们好像是在觅食。远处是郁郁葱葱的山坡,有高高的大树,也有矮矮的茶树,在阳光的照映下显得生机勃勃。偶尔还能看见几只小鸟从林间、水面飞过。整个山谷都是静静的,杨梓修的心此时并不平静。他在等待颜主任所说的那个女孩的出现。

耳边忽然响起王海燕喜欢的一首歌,那是西域歌王刀郎唱的《西海情歌》:

还记得你答应过我不会让我把你找不见

可你跟随那南归的候鸟飞得那么远
爱像风筝断了线
拉不住你许下的诺言
……

听着听着,杨梓修感觉那歌声越来越近。他抬起头循着歌声望去,看见不远处有个人正向他这边走来。只见那人戴着一顶草帽,草帽的四周围了一圈白色的薄纱,薄纱跟着那人的脚步有节奏地飘动。从那人的身形和步伐上来看,是个年轻的女子,但是从那人的一身肥大的衣服来看,杨梓修不敢确定那人就是王海燕。

在距离杨梓修大约十米的地方,那人突然站了下来。在两人对视的几秒钟,杨梓修看到了一根白线从草帽里延伸到她的口袋里。是耳机线,是王海燕。杨梓修刚要喊出口,只见那人掉头就跑。杨梓修大喊一声"海燕!"他迅速起身就追过去,可是没跑几步脚下一滑,杨梓修倒地后顺着山坡滚到湖边。听到身后的异常声音,那人调转身体跑了过来。

"怎么样?摔着了吗?"是王海燕的声音。

"没有,就是手上擦破了点皮。"杨梓修说。

"叫你减肥减肥,就是不听。"

"幸亏我胖没有腰,否则肯定要被扭弯了。"

"现在还开玩笑。"

王海燕想把他扶起来坐着,可他那么重,动都没动。杨梓修也不急着起来,还躺在地上,看着王海燕。这时,王海燕把草帽取下来。

杨梓修问:"刚才你是不是在听刀郎的《西海情歌》?"

王海燕诧异:"是啊,你怎么知道?"

杨梓修说:"我听到的。"

王海燕说:"不可能。耳机声音那么小,我又离你那么远,你不可能听得见。"

杨梓修说:"可我确实是听到了。"

杨梓修说,其实,人类有很多东西科学是无法解释的。我看过这样一个报道,说一个女孩半夜里突然肚子痛得厉害,就打电话给远在千里之外的孪生姐姐,结果,姐姐说,她也正因为肚子痛睡不着觉,你说怪不怪?这叫心灵感应。

坐起身来,杨梓修问王海燕为什么看见他要跑。她说,她也不知道,其实这几天一直都在想着能见到他,可是真的见到了又害怕了,本能地做出逃跑的举动。她之所以选择不辞而别,主要是不想因为她爸爸的事情连累了他。其实已经连累到他了,要债的人找到了咖啡店来,都是因为她,咖啡店正常的营业都受到了影响。她当时想,只要她离开了,那些要债的人就不会到咖啡店闹事了。这事如果跟他商量,他当然不会同意,于是就选择默默离开,对妈妈都没告诉实话。她想,躲过一阵子也许就好了。可是,躲到哪里呢?她想过到外地去,可是妈妈怎么办?她曾试探过妈妈喜不喜欢去别的城市生活,妈妈说,她哪里都不想去,都这么大年纪了,还是恋故土的。几天前,她来到孔雀沟,在知青林里坐了一个下午,想了很多很多。傍晚的时候,她看见刘大爷还在茶园锄草,就走过去帮忙。谈话中得知他家就在附近,家里也缺人手管理茶园,于是就说谎自己是学茶艺的,正想找份工作,于是就留在了刘大爷家。刘大妈对她也很好,她这身衣服就是她儿媳妇的,刘大妈说,穿这身衣服干活泼辣。

杨梓修说:"你就这样躲下去也不是个事呀?"

王海燕说:"我和刘大爷说好了,等采完了秋茶就离开。"

杨梓修说:"海燕,可是你也不能不让你妈妈和我知道你在这里呀。你知道你妈妈有多担心吗?你知道我这几天是怎么过来的吗?"

听到这里，王海燕的眼泪掉了下来。是的，本来以为一走了之，可是，这几天来她的心一直不清静，牵挂的人太多，怎么能清静下来？躲，无疑是最无奈的选择。

杨梓修说："你还是跟我回去吧。"

王海燕说："我已经答应刘大爷给他家收秋茶了。"

杨梓修说："这好办，等到收茶的时候，我和你一起，还有我们店里的员工都来帮他家收茶，你看好不好？"说到这里，杨梓修一把将王海燕抱在怀里，他把头埋在王海燕脖子后边的长发里，用哀求的语气说，"海燕，我不能看不到你的，一天都不能，跟我回去吧，好吗？"

王海燕无语了，流下了泪水。

52

十天到了。杨梓修拿出父母给的五十万存款付了讨债人的一部分利息。疯子和那帮讨债人看出了杨梓修的诚意，于是答应可以再给杨梓修一些时间筹款。事情总算是暂时平静下来。但要想彻底了结此事，还得尽快还上本金。现在，唯一的办法就是将咖啡店卖了，给顾总还民间的债务。这事，他没和王海燕商量，估计商量了王海燕也不会同意。于是，他自己悄悄操作起来。

一天夜里，十二点钟刚到，杨梓修在店里正交代员工们收拾一下准备打烊。这时，电话响了，他看到有一个陌生电话打来。只听电话那头说："我是顾军明，估计你这会没睡，实在闷得慌，找你聊聊天。"

杨梓修压低声音说："你知不知道警察正在到处找你，我的电话可能也被监听。"

顾总不慌不忙地说："我常换地点和号码，他们是找不到我的。"

杨梓修说："是找不到你，但他们能找到我。你不怕我告诉他们你和我联系的事？"

顾总说："你不是那种人。"

杨梓修说："我不想问你在哪里，我想知道你还打算躲多久，你躲得过初一躲得过十五吗？你知不知道有多少人在找你，在打听你的下落？"

顾总在电话里一声长叹。

杨梓修说："我告诉你，叶如花给我打过电话问你有没有和我联系过。她说，你要是需要钱她那儿有。还有，你的女儿王海燕也问过我知不知道你的情况。"

顾总有点吃惊地问："海燕真的问过我的情况？"

杨梓修说："真的。其实，她虽然表面上没有认你这个父亲，但在她心里是一直有你的，关心你的。她现在正在班上，要不我让她来接电话？"

顾总忙说："不了不了，有我这样的父亲只会让她觉得伤心丢人。不说了，我以后还会和你联系的。"说完就挂断了电话。

杨梓修放下电话，抬头看见王海燕就站在不远处。

她走过来问："是我爸吗？"杨梓修点点头。

王海燕又问："他还好吗？"

杨梓修说："他现在还好，但是再好又能好到哪里去呢？东躲西藏的日子不比坐牢好受。"

王海燕说："我知道他害你坐了几天牢。你恨他吧？"

杨梓修说："我不是这个意思，其实他对我也一直不错的。我只是觉得躲总不是个办法，我们一起想办法让他回来投案自首吧。"

王海燕说："我们能做点什么吗？虽然他辜负了我妈，但他毕竟是我的父亲。"

杨梓修当然不会将顾军明给他打电话的事告诉警察，但他要和王海燕一起努力，让顾军明回来投案自首。虽然顾军明会面临着牢狱之苦，但这总有个盼头，可以重见天日，从头再来。他想好了，等顾军明下次再给他电话时，他要将这种想法告诉顾军明。也许他的话没有什么分量，但是王海燕的话一定会起作用的。对，用亲情打动顾军明。

杨梓修想为顾总追债。通过段律师的传话，瀚海的人都知道了杨梓修和顾总女儿的关系，他出面处理顾总的事也就理所当然了。

杨梓修先打电话约见瀚海的武会计。说明情况后，武会计第二天就将整理好的公司账目都带到了咖啡店。杨梓修和王海燕一起见了武会计。武会计是个很本分的人，自从公司被人家抄了，她就把所有的账本偷偷带回家里保管好。她和杨梓修一五一十地说明了情况。她还说，以前顾总在时外欠款都是交给潘刚经办的，具体情况你们可以找潘刚了解一下。武会计现在已经到另一家公司上班了，但是她表示，只要需要，她会积极配合的。杨梓修和王海燕都表示感谢。

杨梓修打电话约潘刚见面。他还以为杨梓修已经知道了他和叶如玉的那档子事，几次推说很忙，没时间。后来还是段律师告诉他，杨梓修想从他嘴里知道有关顾军明跑路前债权债务的事。潘刚心里的一块石头落地了，于是才答应和杨梓修见面。

潘刚带着一份应收账款的清单来见杨梓修。

杨梓修仔细看了一下清单后问潘刚："我听说，这些欠款是由你负责要的，现在要的情况怎么样了？"

潘刚心里有鬼，他反问道："顾总委托你了吗？"

杨梓修说："顾总没委托我，但是他的女儿委托我了。"

顾总以前曾当着好几个人的面说过王海燕是自己的女儿，潘刚于是一下子就没了脾气。他吞吞吐吐地讲了以前要账的情况。他说有的人没钱，有的找不到人了，他只要到几笔小账，也就几万块钱，但都作为自己的工资和要账开销用完了。他还补充说，有时候要账时是要请帮手的，他们要吃要喝还要好处费，所以没落下钱。王海燕听了觉得明显有破绽，气不打一处来。杨梓修用手拉拉她，暗示她忍一忍。

杨梓修说："我们要接手顾总的债权债务事宜，有什么需要了解的我还会找你，希望你看在顾总对你不错的份上多多配合。"

潘刚说："那是一定，那是一定。"

送走了潘刚，杨梓修对王海燕说，潘刚肯定有问题，但现在还不是动他的时候，我们要忍耐一段时间。

段律师告诉杨梓修和王海燕，瀚海担保公司已经被几家银行告上了法庭，当然都是瀚海公司败诉。但是，大部分是瀚海给别的公司担保的业务，瀚海只是负有连带责任。经查，那些贷款的公司大都有抵押物，因此，银行会对抵押物申请执行。像瀚海公司现在这个样子也是其他担保公司共同的情况，据说，银行也已准备了大量的资金来处理这些不良贷款。银行内部人士透露说，他们将用"坏账准备金"逐步消化。除了这些，剩下的就是瀚海公司自己用的贷款了，但瀚海的债权远远大于债务。段律师建议将瀚海担保公司申请破产，就可以规避一些责任了。不过申请破产的程序比较麻烦，要是顾总在就好办多了。剩下的就是最头疼的民间借来的钱，那都是私人的钱。只要顾总一露面，他们就会不择手段地向他要钱，甚至是要顾总的命。你们处理顾总的遗留问题时也要有充分的思想准备。

杨梓修说，我和那些放高利贷的人有过接触，感觉他们中的大部分人也不是得理不饶人的，让他们看到希望就可以稳住他们。杨梓修当场表示，继续请段律师担任瀚海公司的法律顾问，律师费由他承担。

53

　　一边在想办法卖掉咖啡店为顾军明还民间借款,一边还要想办法催要欠顾军明的款。追欠款这事以前是交给潘刚办的,可他一直没有什么收获。杨梓修和王海燕要再次约见潘刚,想弄清楚问题到底出在哪里。

　　潘刚来了,一见面就诉苦,好像有一肚子委屈。他说,我天天是电话不停、车不停地追讨欠款,无奈那些欠款人个个都是赖账高手。就说以前和顾总关系很好的那个朋友孙龙吧,前段时间一直说出差在外地,一周前我在一个桑拿中心看到了他。他很客气地说,出差刚回来,也知道顾总跑路的事情了,很同情顾总。他还说,不要说我欠顾总那么多钱,就是不欠,我也要帮顾总一把。最后,他让我第二天去先拿十万块钱。

　　王海燕问:"结果呢?"

　　潘刚摇着头说:"结果我不说了,说了你们也许都不相信。你们还是自己看看我手机里的短信吧。"说着,他就把手机打开,放在了桌子上。

　　第一天短信内容:

　　潘刚:龙哥你好,我是小潘。我到哪里去找你取钱?

　　孙龙:我把这事忘了,真对不起,一早出门银行卡忘带了,明天行吗?

　　潘刚:龙哥你客气了,我也不在乎迟一天,那就明天我再找你。

　　第二天短信内容:

　　潘刚:龙哥你好,这么早就打扰你。我现在到哪里找你?

　　孙龙:真不好意思,你嫂子今天早上才跟我说,她把我卡上的十万块钱借给她弟弟急用一下，说是透支卡到期要垫还，第二天就刷出来还给她。你再等一天行吗？

第三天短信内容：

潘刚：龙哥，现在可以了吗？

孙龙：明天吧，今天我有事，没有时间。明天一定给你。

第四天短信内容：

潘刚：不好意思，又打搅你了。

孙龙：是我不好意思，一早就想给你电话的。你嫂子跟我说，他弟弟的透支卡被银行冻结了。这样吧，我现在就给我大哥打个电话，让他先借点钱给我，你等我电话。

潘刚：那就让龙哥费心了。

（一小时后）

潘刚：龙哥，你那边情况怎么样？

孙龙：我正要给你短信，我和大哥说好了，他说明天把钱打到我卡上。我让他直接打给你好了，你把卡号发给我。

潘刚：好的，我现在就发给你。

第五天短信内容：

潘刚：龙哥，钱还没收到。

孙龙：不可能，我大哥说已经打过去了，你到银行查查，是不是银行那边出了问题。

潘刚：好的，等我消息。

（半小时后）

潘刚：龙哥，银行根本没有打款给我的记录。你不是在耍我吧？

孙龙：老弟，我怎么可能耍你呢？你龙哥是这样的人吗？可能是我大哥把你卡号写错了。这样吧，明后天是大礼拜休息，下周一上午，如果你再收不到钱，我就提现金去见你。否则，你要怎么样就怎么样!

潘刚：对不起，龙哥，我也是着急，有得罪的地方请你原谅。

孙龙：没关系，老弟。你为顾总办事也不容易。你真有耐心，顾总没有用错你。

潘刚：那我就下周一和你联系。希望龙哥不要再食言。

下周一短信内容：

潘刚：钱准备好了吗？

孙龙：钱放我车上带到了公司，可是正好赶上公司发员工工资，我就给会计先用了。我们有笔工程款说好就这两天到账，再等几天，你看行吗？要不我让我大姐带我先垫上还你？

潘刚：你到底有多少个哥哥姐姐？你还有弟弟妹妹吧？我劝你不要做出连畜生都不如的事情来，那样的话，谁都不好看。

孙龙：老弟，你怎么这样说话？钱我一定会还上的，不讲信誉的人怎么能在社会上行走？我是人，不会干出连畜生都不如的事。

看到这里，杨梓修和王海燕抬起头相互望望，然后又一同看着潘刚。潘刚说，你们知道后来怎么样？我告诉你们，他电话关机了。这家伙是软硬不吃，我也很难的，希望你们能理解我。

这显然不是潘刚编造出来的故事，手机短信显示着时间和日期。杨梓修和王海燕算是深刻地感觉到，要账真是太难了。

54

关于卖店的广告在报纸上已经登出了好几天，杨梓修只接到三个电话，对方问问店名和价格，然后就挂了。看来，只是在报纸上登广告还不行，他想着是不是在店门外贴一张大广告。这事要考虑好，如果让员工们知道了会不会有负面影响？他想先和王海燕商量一下再做决定。

杨梓修拿出电话给王海燕打去，对方关机。他又打电话问马店长，马店长说，海燕一整天情绪不好，没精打采的样子，可能是生病了，所以我劝她下班后去看一下医生。杨梓修判断是她可能正在某一家医院打吊针，手机没电了。他应该在这个时候守在她身边才对，一个女孩子在生病的时候最需要有人关心她的。

一家一家的大医院都找遍了，没见她的身影。杨梓修想，王海燕是个会省钱的人，小毛病是不会到大医院去看的，她可能在家门口附近的小医院。于是，他又开车来到银苑小区门口。他先去问那个烤山芋的大爷，大爷说，我一直在这烤山芋，没见到小燕子。附近有一家私人小医院，你沿着这条街往南走找找看。杨梓修步行带小跑一路向南。他看到了那家小医院，可没有发现王海燕。等他再回到小区门口时已经是大汗淋漓了。他一屁股坐在了"福友山芋"的摊位上，大口喘气。

大爷好像看出了些端倪。他说："小伙子，你把她弄丢了？多好的一个姑娘啊。"

杨梓修说："我对她很好，今天她突然生病了，也不知去哪里看病的，连电话也关机了。"

大爷说："电话现在谁手里没有？我都有个老年机，她要是想让你知道她在哪儿，随便找个人借用一下就可以打给你的。"

杨梓修想想，还真是在理。算了，不找她了，她是有意不想让他知道自己在哪儿。想到这，他买了个烤山芋，边吃边朝汽车走去。

其实，王海燕根本就没有生病，也没回家。她最近心情一直不好，前段时间发出的应聘材料，有两家单位给她打了电话，让她去面谈一下。有个叫大陆桥的外贸公司条件还不错，工资当然比在咖啡店高多了，就是单位在港口，离家远了点。还有就是那家保险公司，张总派人来店里找过她，她也拒绝了。因为，她的心里已经有杨梓修了。现在，杨梓修为了她，连咖啡店都可以卖，她怎么能在这个时间离开呢？

　　杨梓修除了人胖了点，其他方面都还是不错的，是一个可以托付终生的男人。她也是抱着这种心态想慢慢和他相处下去。她也感觉得到，杨梓修很喜欢她，而且那么认真，执著。从上海回来后，她本打算终身不嫁了，就这样和母亲过一辈子也不错，相互都有个照应。但冷静下来想想，她还是要恋爱结婚的，这也是妈妈的想法。可是，突然间她父亲的事牵扯进来，搞得她和杨梓修整天焦头烂额。

　　她谎称身体不适提前离开了咖啡店。不是下班的时间，她也不好回家，于是就独自来到盐河边上，整理自己的思绪。她估计杨梓修会找她，还关掉了手机。

　　远处的大楼和灯光，倒影在河水里熠熠生辉，偶尔还会听到远处传来几声嬉笑。城市是美丽的，生活在这座城市的人们也是幸福的，虽然每个人都有自己的烦恼，每家都有一本难念的经。远处传来了午夜的钟声，王海燕打开手机看了一时间，十二点了。她立即骑上电瓶车回家。

　　到小区大门口时，王海燕下车去买烤山芋。大爷看到她吃惊地说，小燕子，你可回来了，那个胖哥来找过你，听说你生病了，可把他急坏了。你们联系上了吗？王海燕应付一声，嗯，联系上了。没事的，大爷，谢谢你关心。

　　躺在被窝里，王海燕打开手机，看到杨梓修给她发来十几条短信。

　　王海燕犹豫一下，回了一个：我睡了。

　　杨梓修立即就回信了：你病了？

　　王：没有。

　　杨：我们见个面吧？

　　王：不必了。

　　杨：你不想理我了？

王：没有，你想多了。

沉默了一会，杨梓修又发来一条短信：你睡吧，明天到咖啡店见面谈。

55

第二天，王海燕并没有去咖啡店上班。

杨梓修打了个电话给王海燕，她又关机了。于是他打给王阿姨，王阿姨告诉他说，海燕在家，还没起床。杨梓修问，她是不是身体不舒服？王阿姨说，我看过了，她身体没事，只是情绪有些不好。杨梓修说，我知道了，那就让她在家好好休息吧。

晚上，杨梓修带了一些水果来到王海燕家。王阿姨很客气地让杨梓修进门来，还把海燕从床上喊起来。看在家里说话不方便，王阿姨提议海燕带杨梓修出去散散步。

他们在小区门口买了两个烤山芋，边吃边聊。他们随便谈着话，谈天气，谈行人，谈路边的树，都在有意避开那不愉快的事情。这时，顾军明又给杨梓修打电话了。他已经知道杨梓修正在卖咖啡店要为他还债。他说，你们就别费心了，没有用的，即使那些民间借贷还清了，银行那边数字太大没办法解决的。与其回去坐牢到死，我不如在外面饿死。杨梓修说，顾总，你可以继续躲，但你一定要让我们试试。现在也不需要你做什么，你就写份委托书给我就可以了，剩下的事都有我来办。顾军明不同意，他说自己已经成这个样子了，不想再连累杨梓修。

王海燕在一旁实在是听不下去了，她抢过杨梓修的电话大声说："爸，你不能自暴自弃！你以前对我说过，没有过不去的坎。难道你以前是在骗我？"说完，王海燕就抱着电话哭了。

顾军明停顿了好长时间才说话，他说："燕子，你刚才是喊我

'爸'吗？你终于肯叫我一声'爸'了。在我心里，你一直是我的好女儿，永远是。"

放下电话，王海燕还在哭个不停。杨梓修安慰她，搂着她的肩，把她贴近胸口。在杨梓修的怀里，王海燕毫无忌惮地大声哭了起来。杨梓修很高兴她哭，因为她太需要一场大哭来排泄心中的苦闷。等她哭完了，杨梓修才说话。

他说："没有什么过不去的坎，一切都会好起来的。"

王海燕的泪水还挂在脸上，她说："你也在骗我。"

杨梓修说："我不是在骗你。人这一辈子，总会有一些不如意的时候，既然躲不过去，那就只好面对了。就像我在藏北无人区那回，车坏了，本来已经到了绝望的时候，我看到了绝美的风景。当那绝美的风景出现在我的眼前时，我首先想到的是，我这回已经是不虚此行的。"

"你差点走不出来了。"

"是的。幸亏那只灵狐指引了我。"

"又是那只狐狸。"

"是的。后来，我终于又见到了那只狐。而你，就是那只灵狐。"

王海燕听到这句话后，破涕而笑。

几天后就收到顾军明的委托书，杨梓修立即约见段律师。他们商量了几点意见，第一，配合银行方面对被担保企业的抵押物进行公开拍卖。第二，对瀚海担保公司和顾军明个人借出去的钱进行追讨、起诉。第三，稳住民间要债人。

对欠债单位或个人起诉追讨，要想拿到钱恐怕也不是件容易的事。民间的债权人还是隔几天就到咖啡店来一趟。办理顾军明案子的那个孙警官也来咖啡店找过杨梓修，问顾军明有没有和他联系过。杨梓修当然是一口否定。孙警官说，像顾军明这类案子最近一段时间出现很多，有的人投案自首后得到了宽大处理，只要主动投案自首，他们还是可以从宽处理的。并再三告诫杨梓修，知情不报不一定是在帮顾军明，也可能是在害他。

怎么办？杨梓修所能想到的唯一办法就是将自己的咖啡店尽快卖掉。他估算一下，除去还没有付清的房贷部分，能拿到手的现金大概能有一千二百万。于是，他在咖啡店门口贴了个卖店广告，并将实情告诉了马店长，让她稳定员工思想。他保证说，即使卖店成功，他们照样留在这里继续工作，工钱一分也不会少的。

接连几天，杨梓修天天都接待看店的人，但是对于杨梓修1200万的出价都说太高了。他们找出种种理由压价，什么中央在一个劲地打压房价，以后房子的增值空间不大了，房产税马上要开始增收了，所得税也很高的，等等。还有个人提出先付一部分款，等房子过户给他拿去抵押贷款，贷款到手后再付清余款。在这一点上杨梓修是绝不松口的，一是他现在急需现金，二是怕交割过程时间太长容易出现问题，所以坚决要求一次性付清全款。到最后，在价钱方面杨梓修都快崩溃了，他不能再坚持自己的1200万底线了，哪怕是少点，他也要卖出去的，有缺口也只好想其他办法了。

他不好去找王海燕商量，因为卖咖啡店的事，她到现在还是持反对意见。杨梓修心想，再坚持一个星期看看，如果没有出高价的人，就低价把房子出手了。

王海燕把杨梓修要卖咖啡店的事情和妈妈说了。

56

这天，王海燕带着一批员工去孔雀沟帮刘大爷和颜主任家采秋茶，回来时还带来一大口袋的野生板栗。晚餐时，杨梓修拿了一碗熟板栗在大厅吃着。小惠老师还是坐在那儿弹她的钢琴。好长一段时间来，杨梓修难得有空边吃饭，边听音乐。

服务员领了一位女士走到他跟前。杨梓修一看，是叶如花。杨梓修让座，并让服务员煮杯咖啡来给她。叶如花忙摆手说，不用不用，我马上就走。

叶如花说："我刚刚接到淮安警方的电话，说叶如玉在那里出了车祸，人已经被送进了医院。我马上就要去，想来跟你说一声。"

杨梓修一听头都炸了，他说："现在的情况到底怎么样了？"

叶如花说："我也不知道。"

那还等什么？杨梓修决定立即开车带着叶如花马上就走。他们正说着话，王海燕突然走到了跟前。她吃惊地说："叶阿姨，还真是你，你怎么在这？"杨梓修听王海燕说过，其实，她心里并不恨叶如花。

叶如花立即站起来说："海燕，我来找杨梓修谈谈关于我妹妹的事。"

杨梓修说："我们还有急事要出去，等我回来以后再说吧。"

等杨梓修和叶如花赶到淮安已经是夜间十点多了。当地的警察在医院里和他们见了面。有位女警察自我介绍说她叫朱明琴，是负责这个案子的。但朱警官并不急着带他们去见叶如玉。

叶如花意识到情况不妙，突然失去了理智，冲着朱警官大声喊道："我妹妹在哪儿？你们把我妹妹怎么啦？快说，我妹妹在哪儿？她在哪儿？"

朱警官对叶如花说："其实，给你打电话的时候你妹妹已经死了，是当场死亡。我们怕你和你的家人受不了突然的打击，所以说了谎，说她在医院抢救。"

叶如花说："死了？这怎么可能，这么可能？你们还我妹妹，还我妹妹！"

叶如花不知哪来的那么大的劲，使劲拉扯着朱警官的衣袖。杨梓修上前抱住叶如花，让她不要胡来，挡着她挥向朱警官的拳头。

可是，朱警官并没有躲的意思，任凭她的拳头雨点似的落在自己身上。等叶如花慢慢泄劲了，身体一下子软了下来，杨梓修赶快扶住她。朱警官对杨梓修说，我能理解她的心情。真是个好警察，杨梓修心里说。

朱警官说："经过调查后基本可以确定，叶如玉是严重超速，汽车失控后撞毁隔离带，车翻人亡。车上有大量的现金，还有时装设计画稿撒落一地。从她的那辆崭新的POLO车里我们找到了你的电话号码。她的所有物品我们都保存完好等你验收取走。"

好一会儿，叶如花才缓过神来，她抽泣着问："我妹妹人呢？"

朱警官说："她人已经被安放到医院的太平间。"

来到太平间，昏暗的灯光下一块白布映入眼帘。叶如花停住了脚步，双手捂面，哽咽着坐到了地上。杨梓修跟着朱警官走上前去。杨梓修轻轻掀开白布，看到叶如玉脸上挂满了血迹，血液已经凝固了。杨梓修下意识地闭上眼睛，打了个寒颤，心想，生命真是太脆弱了，一个活生生的人，说走就走了。现在，他只有在心里对她说，如玉，我没有把你照顾好，对不起。如玉，你一路走好！

朱警官向叶如花征求对尸体的处理意见。叶如花说，我看，就在淮安火化了吧，等我带着骨灰盒回去，再慢慢向我的父母说明发生的一切。她又问杨梓修，你看这样处理可以吗？杨梓修点点头。

叶如花自言自语说："我妹妹的命真苦。"说着，眼泪又掉了下来。

回来后，杨梓修连续好几天情绪低落。王海燕知道他心里想着叶如玉的死，给他不小的打击。她并不是嫉妒杨梓修还在想着前女友，相反，她觉得杨梓修是个有情有义的好男人。人和人相逢就是一种缘分，在茫茫人海中相识并成为恋人，更是一种难得。珍惜曾经拥有的那份情感，不仅是对死者的一种怀念，更是对生者的一种慰藉。每当杨梓修一个人坐在角落里发呆的时候，王海燕就有意不去打扰他。杨梓修也感觉到王海燕的良苦用心,从这件事情上,更能体现出王海燕的善良和善解人意。

杨梓修想,虽然,叶如玉并不完美,做过许多错事,但谁又能是完人呢?既然逝者已逝,那么生者,更应该好好地活着,快乐地活着。

回来后,杨梓修连续好多天情绪低落。王海燕知道,他心里一时还放不下前女友叶如玉。关于叶如玉的一切,杨梓修以前都和她讲过,她没有什么好责怪他的。现在,叶如玉死了,她心里反而同情起叶如玉来。都是女人,都有自己的梦想和追求。其实,人要是死了,一切都失去了意义。

57

甘肃,偏远山区,某稀土矿,集体宿舍。

顾军明正在准备行装时听到一个工友在门外大声喊道:"哑巴,有人找你。"顾军明一听,觉得有点不对劲。他到这个矿上打工这么长时间,从来没有人来找过他,今天怎么有人找他呢?何况他已经向矿上老板提出了辞职。

他正在纳闷的时候,门被一脚踢开,随后冲进来两个男子汉上去就把他按在地上。这时,只见一个戴墨镜的男子慢腾腾地走进屋里。他摘下眼镜说,顾军明,我们终于逮到你了。然后掏出一个黑本本亮了一下说,我们是秦东门警方,你是网上通缉犯,你被捕了。然后对那三个人命令道,把他铐上,带走。

顾军明知道,他是被捕了,真的被捕了。

走出了房间,顾军明抬头望望天空,又望望眼前的大山和矿井,然后是长吁一口气,好像是千斤重担从双肩卸下。很快,周围聚集了围观的矿友。一个干部模样的矿工上前和那个戴墨镜的警察说了些什么,然后挥手示意大家闪开。顾军明被推上一辆警车。围观的工友们一副莫名其妙的表情,望着警车慢慢驶远。

车上,那个警察摘下眼镜,从口袋里掏出香烟,点了两支后递给顾军明一支。顾军明有点受宠若惊,他用带着手铐的手接过去放在嘴上抽起来。

顾军明抬头问那个警察:"请问你贵姓?"

警官说:"我叫孙业强。你的案子由我负责。"

顾军明说:"其实,我天天都害怕你们来抓我,可是真的被你们抓到了,反而感觉一下子轻松了。在外躲藏的日子没有个头,身心都很疲惫,真的被判刑坐牢了,不管是多少年,反而有个盼头。"

孙警官说:"那你为什么不回去投案自首?"

顾军明说:"杨梓修和我女儿一直在劝我回去投案自首。其实,我正准备回去的。你看,我的行李都收拾好了,口袋里还有买好的火车票。"说着就抬手掏口袋,但是带着手铐别扭,不好掏。孙警官帮他从上衣口袋中掏出了一张今天去秦东门的火车票。孙警官信了,用手指在火车票上轻弹一下。

孙警官说:"你把这张票留着回去交给你的律师,让律师在法庭上呈现出来,或许法官能认定你有投案自首的动机,争取宽大处理。"

顾军明连声说:"谢谢,谢谢你。没想到你们当警察的办起案来还是有人情味的。你一定是个好警察。"

孙警官笑了笑,然后说:"其实,我也有办错事的时候,比如说,就不该让杨梓修坐那三天班房。有机会我还是要向他表示一下歉意的。"

顾军明说:"你也是按规矩办事,即使做错了也是难免的。"

孙警官说:"他要是能像你这样理解就好了。对了,今天那个工人怎么喊你叫'哑巴'?你到这里做工还装成哑巴?"

顾军明说:"我来的时候谁都不认识,只是在路边看到一个招工广告就过来了。平时很少和他们说话交流,我已经知道了被网上通缉,怕说多了暴露自己的身份。时间长了,他们就给我起了个外号叫'哑巴'。"

孙警官说:"噢,原来是这样。你们这些跑路人啊,是享不尽的福受不尽的罪呀,何苦呢!再说了,不管你跑到任何地方,我们都是会抓到你的。现在科技那么发达,想抓一个人还不容易。"

顾军明说:"你不知道,什么叫被逼到无奈。人啊,只有经历过了,才能活得明白。"

孙警官说:"看来,你有许多人生感悟,等你哪天事了了,我们可以在一起好好交流交流。不瞒你说,我正在写一本《犯罪嫌疑人的心理解析》。"

顾军明说:"这个年代读书的人都少见了,你还写书,说明你的心态很好。想想,我也好几年没有正儿八经读本书了。人啊,要不断地学习和反思。"

顾军明望着车窗外,两行泪水不知不觉地就从眼眶里流了出来。

汽车在高速公路上奔驰。现在已是深秋,草木变黄,树叶也开始凋零,风吹在脸上已经有些许寒意。顾军明觉得,等待他的就像这天气一样,即将迎来一个漫长的冬季。

早晨,杨梓修开车去火车站。一路上他想着见到顾军明后就带他去公安局自首。

按照约定的时间来到火车站,可是那趟列车下来的客人都走完了也没见顾军明的身影。杨梓修想,难道顾军明反悔了吗?

手机响了,杨梓修一看是段律师打来的。段律师告诉他,顾军明被警察抓了,现在被带回来关在看守所。杨梓修立即开车去和段律师见面。

段律师告诉杨梓修,现在警方要将案子移交检察院,对顾军明提起公诉。如果在法院开庭之前将顾军明所欠的私人借款还上,法院在量刑的时候也会从轻判决。

杨梓修问:"我可以到看守所去见见顾总吗?"

段律师说:"不可以。"

杨梓修又问:"他女儿可以见他吗?"

段律师说:"也不可以。按照法律规定,在法院判决之前只有律师才可以见犯罪嫌疑人的。不过,你有什么话我可以带给他。"

杨梓修说:"我只是想见见他。"

段律师说:"你的心情我能理解。"

那边,段律师忙着跟顾军明见面准备开庭辩词。这边,杨梓修分别约见民间债主商谈还款的事。王海燕也跟着杨梓修与债主见面。看到杨梓修的卖店广告,债主们都觉得有盼头了,于是给杨梓修又宽延了一段时间。

一切都准备好了,就等着法院开庭的日子到来。

第四章　王海燕的冬天

58

冬天，在它该来的时候就来了。

这天中午，狮子座的客人点名要王海燕去为他们服务。杨梓修听到这话后有点来气了，他让马店长告诉客人，咖啡店不是大酒店，没有专门的值台服务员，更没有陪酒小姐。但是，马店长回来后说，客人并不要求王海燕一直站在包间里，只是要求王海燕给他们点单。杨梓修说，有点勉强，但可以答应，并要求马店长站在包间门外注意动静，一旦有情况立即进去给王海燕解围。

王海燕拿着《菜单》进去为客人点菜。包间里坐着两个男人，一老一少，都是外地口音。那位长者很礼貌地让她推荐一下本店特色菜。王海燕就推荐了两份香煎鹅肝牛排。客人问，还有呢？王海燕说，估计你们两个人够用了，不够的话可以再加。那人又指着桌上的餐牌说，你们这里还有自酿的红酒，好喝吗？王海燕说，是我们老板酿的，客人普遍反映不错。那位长者说，那就上一瓶吧。

等王海燕出来后，杨梓修上前一步问她有什么情况。她说，没什么情况，他们很文明的。杨梓修这才放心，要求王海燕服务好。

一个小时后，等他们吃完了，王海燕进去撤台。那位客人又要点一壶云雾茶。王海燕再次进去上茶时，那位长者说，请你们老板进来一下说几句话，可以吗？王海燕说，我去看看老板在不在。王海燕找到杨梓修说明了情况。杨梓修说，我也正想见见他，看看他是哪路神仙。

杨梓修敲了一下房门后就推门进去了。看见那位长者正在打电话，于是就站在一旁。等他放下电话，杨梓修说："你好，我就是这家咖啡店的老板，我姓杨。"

那位长者说："对不起，我刚接到电话，要急着去孔雀沟谈点重要的生意，这是我们公司拓展部的吉部长，他和你谈就可以了。我先走了，再见。"说完拿着包走了。

吉部长介绍说，刚才走的是我们老板，在南京做六家快捷连锁酒店，在苏南的几个城市还有八家连锁店。最近我们公司刚收购了一家南京的旅游公司，我们老板计划下一步还要将连锁扩大到苏北和全国。我们这次来并不是为开连锁酒店的，我们计划将秦东门的孔雀沟承包下来进行大规模旅游开发。刚才，你们市旅游局的领导已经到了孔雀沟，要和我们老板现场谈判。

杨梓修问："这和我有什么关系？"

吉部长说："我们来秦东门已经好几天了，老板无意间看到了你门前打的广告，于是就过来了。我们有意把你的咖啡店盘下来，作为孔雀沟旅游项目的配套。今天就是想当面问问你开的条件。"

明白了。杨梓修说，我就实话实说吧，罗马假日自从开业以来生意一直比较稳定，我们已经培养了一个忠实的客户群体。咖啡店周边的环境你也看到了，是秦东门大街最繁华的商业圈。无论是房价还是生意都有很大的上升空间。我要是不急着用钱，是绝不会卖的。吉部长说，这些我们都了解。今天进店，看到你的硬件设施和软件服务都还蛮好，可想而知，杨老板一直是用心在做这家店。

杨梓修仔细把咖啡店的投资、房贷、面积、经营等情况向吉部长做了说明。

吉部长又问了一遍："你开的条件是什么？我是说，我们全盘接收你这家店，除去你的全部投入，还要给你多少钱？"

杨梓修说："一千二百万。现金。"

吉部长说："有点高了。价格还可以商量吗？"

杨梓修说："不还价。我急需在么多钱，否则也不会卖店的。"

吉部长说："好的，我会如实向我们老板汇报的。"

杨梓修最后说："不过，我还有个附加条件。"

吉部长问："什么条件？你说。"

杨梓修说："转让合同中必须注明一点，你们不能改变店名。"

望着杨梓修坚定的目光，吉部长良久才说话。他说："看来我们老板的判断是对的，你果然是那种人。好了，我们谈完了，你就等消息吧。"

等那个吉部长下楼时，杨梓修好像才突然想起来，追问道："你们老板姓什么？"

吉部长回答说："姓王。"

59

下午的时候，吉部长给杨梓修打来电话，说他们老板已经决定了，就按1200万元成交，让杨梓修尽快拟好《合同》，他明天抽时间到咖啡店来签字付款。

没想到会这么快。杨梓修赶忙把段律师找来草拟合同内容。

合同拟好后，杨梓修说："我怎么感觉这里边有问题？"

段律师问："什么问题？"

杨梓修说："我也说不上来。就是觉得有点太顺了。"

段律师说："只要你先拿到1200万，你就不要担心什么了。该担心的应该是对方，你就放心好了。"

想到咖啡店明天就要成为别人的了，杨梓修心里很难过。当天晚上，他让厨房炒了两个菜，自斟自饮起来。王海燕看在眼里，心里也很难过。但她并没有过去打扰他，她觉得此时此刻，他需要一个人待着。

杨梓修曾无数次讲过咖啡店对他的重要性。那是他的梦，他生命中的一部分，承载了他人生太多的东西。他曾和员工们说，这家店，他要开一百年。他活不到那么长时间，将来他的后代会继续开下去。这个房子是由钢筋混领土组成的空间，本来并没有生命，但自从他装潢起来，并且给它取了个名字，那么它就有了自己的生命。他希望来咖啡店打工的人也像他一样爱上这个店。等将来，五年，十年，或是更长久的时间后，希望员工们还能再来店里看看，带上自己的爱人和孩子，看看当年自己工作过的地方。他会保留现在的模样，不去做大的调整，让员工们若干年后还能找到以前的记忆。

杨梓修抚摸着沙发，还用手使劲向下按了按坐垫，试试它的弹性。他想，弹性还很好，以后沙发布如果破了，换块布就可以了。然后，他又伸手摸摸身边的木质墙裙，那是他特意让木工师傅做旧的，手摸上去很光滑，估计十年二十年都不会变形。如果有破的地方，只要修理一下就行了，不需要全扒掉重新做。保留它的沧桑感，这样的咖啡店会更有味道。抬头看看吊灯，那是他到灯具店挑了又挑的东西，因为喜欢，又因为太贵，他反复去了那家店四五趟，就是为了和灯具店的老板压价。最后，那位老板被他的恒心感动了，打过5折后又去掉零头，还是让他拉走了。

来到一楼大厅，杨梓修坐在那辆比亚乔摩托车上。为了弄到这辆车，他是煞费苦心。这是古董级车了，市场上早已无处可买到。他曾经想自己动手用铁皮做个模型，后来终于打听到北京有个比亚乔俱乐部，于是就跑过去和那个姓常的头头交朋友，好不容易从他那里高价转让了这辆，和《罗马假日》电影中的那辆一模一样的仿制品。现在，这辆摩托车成了罗马假日咖啡店的镇店之宝。

杨梓修觉得，为这家咖啡店付出的一切都是值得的。他想得很远，他觉得这家咖啡店不仅是属于自己的，还属于其他人，不仅包括在这里工作过的员工，还包括来过这家咖啡店的每一位客人。

王海燕好像读懂了杨梓修的心思。站在远处看着他，她的心也感觉酸酸的。她暗下决心，以后和杨梓修好好生活，好好挣钱，一年，十年，一辈子，一定攒够了钱将咖啡店重新买回来。等到她和杨梓修都老了，每天就坐在窗户边晒太阳。那时，他们的儿子或是孙子，或是女儿孙女在打理这家咖啡店。

就这样，杨梓修在店里一直坐到午夜打烊的时间。在王海燕的催促下，他才依依不舍地站起身来，走出店门。

第二天，一直等到晚餐的时候那两个人才来。杨梓修拿出拟好的合同给他们看。王老板接过合同朝旁边一放，对杨梓修说，我们先吃饭吧，边吃边聊。今天点几个中餐菜，我们喝点你酿的红酒。我昨天只喝了一小杯，感觉不错，今晚和你多喝点。杨梓修安排王海燕点了几个菜。他们边喝边聊。

王老板问："吉部长告诉我，你坚持要保留'罗马假日咖啡'这个店名，能告诉我为什么吗？"

杨梓修说："不瞒你说，等我以后有钱了，我还想出高价把店买回来。"说到这里，杨梓修的眼睛里闪过一道泪光。怕伤到杨梓修的自尊，王老板假装没看见。正所谓英雄惜英雄。

王老板说："在合同中我也要加一个条件。"

杨梓修问："什么条件？"

王老板说："你不能走，要继续管理这家店。"

杨梓修有点不相信自己的耳朵。他问："为什么？"

王老板笑着说："因为，我还想能一直喝到你酿的红葡萄酒。不知这个理由是否充分？"说完，两个人相对而笑。

他们一边喝酒一边交谈，不仅谈咖啡店的经营思路，还谈人生观、价值观。他们越谈越觉得投机，红酒也喝了好几瓶。《转让协议》签完字后，王老板丢下了一张银行支票。杨梓修没敢用手去碰那张纸片，沉默了许久。

送走了王老板，当杨梓修把他和王老板的谈话内容告诉王海燕的时候，她开心地蹦了起来。她说："我们是遇到贵人了。"

杨梓修说："是的，自从遇到你，我好像顺风顺水的，是不是你上辈子做的善事太多，这辈子得到回报了？原来，你就是我的活菩萨啊！"说着，就在王海燕的脑门上迅速地亲了一口。

王海燕急忙躲开，开心地说："去你的。"

60

中级人民法院。顾军明案子第一次开庭。

杨梓修和王海燕也坐到了旁听席上。当看到自己的父亲一脸憔悴的样子出现在被告席上时，王海燕泪如泉涌，以前对父亲的怨恨一下子都化为乌有。她希望父亲坚强地迈过目前的困境，勇敢地站起来重新做人。杨梓修也在用目光和顾总做交流，给他信心和力量。看来，他们为他所做的一切，段律师都已经传达给了顾军明，所以，顾军明和他们也有目光上的交流互动。

检察院作为公诉方对被告顾军明提出两点指控，一是涉嫌非法集资罪，二是诈骗银行贷款罪。公诉人列举了大量证据加以说明。

然后是段律师作为被告方律师，有针对性地逐一进行辩解。看来段律师准备充分，在法庭上是慷慨陈词。

段律师说，关于非法集资罪，我方觉得这个问题已经不存在。就在几天前，我方已经和所有民间债权人进行过沟通，并已全部还清欠款。可以说，这方面已经没有争议，我这里有一份他们写的证明材料，请法官和公诉方确认。接着，他把有关资料递了上去。等法官和公诉方看完后，段律师接着说，关于公诉方提出的非法集资罪名，显然是不成立的，不知公诉方和法官还有什么异议。

看公诉方和法官都没有提出异议后，段律师就骗取银行贷款罪进行辩护。

段律师说，骗取贷款罪的法律渊源来自于刑法第一百七十五条，是指以欺骗手段取得银行或者其他金融机构贷款，给银行或者其他金融机构造成重大损失或者有其他严重情节的行为。我认为，被告顾军明及其瀚海投资担保公司在整个经营过程中，并没有主观上的欺骗银行行为。我们都知道一个常识性问题，就是任何企业或者个人要从银行获取贷款，都有一系列手续和材料需要填写和申报的，而向银行所提供的所有手续和资料，银行方面也是层层审核把关的。据我所知，银行有个所谓的三级审批制度，也就是说，最后贷款发放都是集体研究后确定的，被告方没有能力也不可能欺骗所有调研审批的人，所以，骗取贷款罪也是不成立的。

公诉方辩称，骗取贷款罪系2006年刑法修正案六增设的，根据立法意图，该罪是刑事司法领域对贷款诈骗罪难以证明以非法占有为目的的补救性立法。在司法实践中，本罪的实用情形主要有两个层面：一是直接适用，二是间接适用。本方认为，在缺乏充分证据的贷款诈骗行为面前，也可以间接适用本条法规。因为，法律讲究的是事实，事实是被告已经给银行造成了严重损失或具有严重情节，从而已经严重危害金融管理秩序。据我方了解的数据显示，被告人及其瀚海公司有贷款和担保逾期未还,且数额巨大。而被告人因无力偿还跑路。可以说,其行为后果已经出现。

段律师辩称,事实上,贷款不能按期归还的原因纷繁复杂,市场经济瞬息万变,经营不善乃至行情变动,包括国家金融政策的调整,都可能使企业盈利计划无法完成,从而导致瀚海公司及其担保的公司不能按时还贷。因此,在司法实践中,不能简单粗暴地将贷款到期不还和骗贷联系在一起。

段律师说,我方认为,骗取银行贷款罪不成立。银行在整个实现贷款完成的过程中也有不可推卸的责任,或者说,许多不够条件的贷款是在银行默许的情况下完成的。现在造成逾期还不上,不能把责任全部推给被告方。我方认为,银行在贷款审批时把关不严,甚至有故意帮助贷款人伪造资料的嫌疑,不仅是对被告方这样做,就是对其他贷款客户也做过同样的事情。在这一点上,只要公诉方和法官在社会上稍加了解就可以得到肯定的答案。因此,银行方面造成那么多的不良贷款,主要责任应由银行方面承担。

段律师接着说,还有一点我方要强调的是,从被告方的《资产负债表》上显示的数据上看,资产是远远大于负债的,没有偿还能力的说法也是没有道理的。只能是说,被告方目前陷入了资金链断裂的困境,一时无力偿还贷款。最后,关于跑路一说也不成立,被告只是迫于压力,选择暂时性的躲避,在公安部门的界定报告上已经写得很清楚了,在被告方被捕前已经购好了回来的火车票,基本可以界定,属于有主动投案自首的主观意愿,不是严格意义上的畏罪潜逃。

随着法庭辩论的继续,越来越向顾军明有利的方向发展。最后,法官提出双方就以上问题停止辩论。对于被告骗取贷款罪是否成立,等待双方在下一次开庭时进一步举证。

没想到的是,公诉方随即又提出了对顾军明新的指控罪名。

公诉方辩称，根据 2010 年 5 月 7 日最高人民检察院、公安部《关于公安机关管辖的刑事案件立案追诉标准的规定（二）》第二十六条，以转贷牟利为目的，套取金融机构信贷资金高利转贷他人，就可以追究其刑事责任。

段律师辩称，公诉方可能没有说清楚，担保公司是可以从事民间借贷业务的，也可以按照国家标准利率的四倍以下收取利息的。我想，公诉方是对被告方在收取利息方面觉得超出了国家规定的标准吧？

公诉方回答，是的，据我们所掌握的情况显示，被告方一直在从事高利转贷业务。也就是说，被告方利用从银行骗取的贷款放高利贷，又涉嫌高利转贷罪。

段律师最后说，公诉方又提出了新的罪名，高利转贷罪。请出示证据，否则，我方不会接受这一指控。

段律师思路清晰，振振有词，对公诉方的有罪诉求一一进行反驳。在双方继续着激烈的辩论时，法庭上鸦雀无声，都在全神贯注地听着双方的发言。随着法庭按程序一步步地进展下去，顾军明的双眉也慢慢舒展开来。他好像看到了希望。

经过三个小时的法庭辩论后，审判长敲锤宣布休庭，第一次开庭结束。

当顾军明被法警带走的时候，王海燕忍不住大喊一声"爸——"。话音未落，立即有法警过来制止。杨梓修一边对法警说对不起，一边拖着王海燕朝门外走。听到了女儿的呼唤，顾军明一边走，一边侧过脸望着女儿，内心里是五味杂陈。

61

杨梓修和王海燕刚到咖啡店，段律师就跟了过来。

他们边吃饭边沟通刚才的开庭情况。段律师分析说，由于欠民间的钱已经还上，所以非法集资这条罪名不成立了，但在欠银行的那些款上，估计罪责难免。杨梓修说，那笔款太大了，我们根本没有还清的可能。不过银行方面也有责任，每笔贷款都是经过银行严格审核后才发放的，你说的有道理，他们银行也要承担一部分责任才公平。段律师说，我在法庭上已经表述过了，但是力度不够，要是银行方面能在暗中和公诉方斡旋一番，主动承担一部分责任，那对顾总的处境就好多了。

杨梓修提出找仲行长谈谈，但立即就被叶如花否定掉了。

叶如花说："我最了解仲行长了，他现在不仅见死不救，还会落井下石。"

杨梓修问："不试试，怎么知道？"

叶如花肯定地说："你不用试了，我已经找过他了。"

段律师让她讲讲事情的经过，她只是摇头，不愿讲。

杨梓修看出了她的难处，于是说："算了，还是赶快想其他办法吧。"

叶如花说："看来，只有我到法庭上作证了。"

她的话音刚落，段律师和杨梓修都惊呆了。她是信贷科长，最了解顾总的贷款经过了，但她是银行的职员，公然站在银行的对立面为被告辩护，那要承担多大的风险啊！叶如花说，我现在已经被停职检查了，估计也不会有什么好结果。我到法庭上作证，只是要证明我们银行审贷方面确实存在漏洞，我希望法庭能给顾总一个正确的判决。

仲行长这些天也没闲着。他听到了检察院的朋友告诉他关于第一次开庭情况，庆幸自己留了一手，追加顾军明放高利贷的罪名。他内心是想看到顾军明坐牢，最好一辈子都不要出来。这样，他从顾军明手里拿的贿赂就可以瞒过去了，也可以将叶如花揽入自己的怀抱。叶如花几天前请他吃饭，想让他找检察院的朋友为顾总疏通疏通。这怎么可能？但他并没有一口拒绝，他提出让叶如花做他的情人作为条件。叶如花没有答应。他就把事先准备好的迷魂药放进了她的水杯里，等她迷糊时，就在餐厅包间的沙发上把她强奸了。等她醒过来时知道了他的所作所为，愤然地指着他说，老天爷会报应你的！女人狠起来真能排山倒海。他觉得，叶如花之所以不从他，根源就在顾军明身上。

为了把顾军明的罪名做实，仲行长想来想去，终于又想到一个方法。于是，他拿起电话，给混领土搅拌站的高总打去，说有要事面谈。

一周后，第二次开庭。杨梓修和王海燕还是坐在旁听席上。

首先，法庭就骗取银行贷款罪进行调查。果然，作为证人的叶如花出现在法庭上。亮明了自己信贷科长的身份后，她承认银行方面有责任，承认在放贷审核上存在漏洞。由于她的特色身份，在公诉方和法官面前很有说服力。

事情并没有那么简单。公诉方向法庭提出了新的证据证明被告还犯有高利转贷罪。证人就是那个做混领土搅拌站的高总。高总当庭出示了顾军明和他之间的一份《借款协议书》，借款1000万，月利息五分。本来已经是柳暗花明，没想到杀出这个程咬金。这大大出乎段律师的预料，杨梓修也觉得这里面必定有蹊跷。顾军明以为是高总在报复自己，没想到这是仲行长一手安排的。在事实面前，顾总不得不点头承认。

法庭上，公诉方和被告方都做了最后的陈述。

休庭后，段律师又和杨梓修在咖啡店见面。段律师说，根据两次开庭情况分析，第一条非法集资罪名已经被法官当庭否定掉了。第二条，银行方面客观地承担了贷款审核方面的失误，法官也认可了银行贷款造成的损失应该由顾军明和银行两方面来共同承担。但是，为什么今天高总突然出现在法庭上？段律师最后说，我们该做的都做了，现在，只有等法院的最后判决了。

又过了一周，判决书下来了。一、非法集资罪不成立。二、对于给银行造成的不良贷款和担保，顾军明和银行均负有一定的责任。判决对瀚海投资担保公司进行破产清算，并处没收顾军明个人和瀚海公司的所有财产。三、高利转贷罪成立，判处被告顾军明有期徒刑两年。段律师对杨梓修和王海燕说，现在的判决，已经是最好的结果了。要不是你们把他欠的私人款还上，估计得判十年以上，而且附带民事赔偿责任。对于这个结果，顾军明表示不再上诉。

但是，有一个疑问缠绕在杨梓修的心里，就是那个高总为什么突然出现在法庭上。杨梓修知道顾总曾经封过高总的账户，但最后还是高总胜了。难道仅仅是为了报复？杨梓修心里想，为了保顾总免去牢狱之灾，他和王海燕吃了那么多苦，他甚至把咖啡店都卖了。杨梓修暗下决心，一定要弄个明白。

62

停顿了几天，杨梓修开始实施自己的计划了。

他先是连续跟踪了高总好几天，摸清他的行动规律。然后，他去找到疯子，让他带几个小弟兄当帮手。在一个漆黑的夜晚，杨梓修来到一个偏僻的小区大门外等候。按照事先踩点，夜里十二点钟，高总将从他的情妇家出来，然后开车回自己的家。

果然，高总的汽车准时在十二点钟出了小区大门。杨梓修开车尾随着。看要到前面的路口了，杨梓修拿出手机，给在前面拐弯处埋伏的疯子打了电话。高总嘴上哼着小曲，看绿灯亮了，便慢慢启动车子，向左边拐弯。刚过路口，就见路中央有两辆汽车横在那里，他估计是出了交通事故，于是放慢车速。这时，疯子过去敲敲他的车窗。高总毫无防备地降下车玻璃，以为那人要跟他说什么事。只见疯子手突然伸进了车里，迅速地打开车门，人进来了。几个动作连在一起，高总根本没反应过来。疯子将一把刀抵在高总的腰上，要他把车靠路边停下。高总乖乖地照办了。

高总以为是遇到抢劫的了，停下车就要拿放在脚底的小包，口里说，小青年不要激动，我给你钱，给你钱。就在这时，又有几个小青年围住了汽车。接着，后车门被打开了。杨梓修坐了进去。高总回过头来也看到了杨梓修。

杨梓修拍拍刚才上车的疯子说："疯子，你们在车外等着，我和高总单独谈谈。"

疯子用刀指着高总的鼻子说："老实点。"然后下了车。下车前还将汽车钥匙拔了下来装进了口袋。

杨梓修说："我并不想伤害你，但是，你要是不老实，他们对你做出什么我就不管了。我告诉你，他们可都吸毒，正缺钱，什么事情都能干得出来。"

高总说："你要干什么？"

杨梓修说："一点小事。告诉我，你为什么要到法庭指证顾军明。"

高总说："他，他放高利贷给我，这是事实。"

杨梓修说："我相信，是事实，但我也知道，那是你们商量好的条件。你需要钱时想着人家，现在人家倒霉了，就落井下石。"

高总说："是他先不仁不义，封我账户。"

杨梓修说："你还嘴硬。好吧，看来我也问不出什么了，我让这帮小弟兄收拾你吧。他们可没有我这么耐心。"说着，他下了车。

疯子带着两个人上了车，二话没说就一顿拳头，高总抱着头狂喊饶命。然后，杨梓修又上了车。

高总擦擦嘴角的血，说，还是你狠，我告诉你吧，其实我并不想对顾总报仇。他虽然害过我，但毕竟他也还帮过我。我是受人指使才去法院作证的。杨梓修问，那人是谁？高总说，告诉你也无妨，是银行的仲行长。一天，他约我见面，要我去法院做证人。仲行长说，顾总知道的事情太多，如果不坐牢出来了，不仅对他没有好处，对我老高也不利。我知道仲行长指的是我还欠顾总一大笔钱未还。仲行长还说，等事情过去了，他只要坐稳行长的位置，还可以贷款给我用，我就一口答应下来。我还要求他写了个保证书给我。杨梓修问，保证书呢？高总说，在我包里。说着，就从包里拿出了一张纸。杨梓修看了一眼，然后折叠一下放进自己的口袋。

杨梓修刚要下车，高总一把将他拉住。高总说，你能把那张保证书还给我吗？仲行长答应贷款给我，这对我很重要，我怕他反悔。我知道仲行长的为人不地道。

高总说："我有更重要的东西和你交换。"

杨梓修问："什么东西？"

高总说："手机，仲行长的手机。"

杨梓修说："你什么意思？"

高总说，那天，我无意间发现仲行长的手机忘在了我的车上。我打开一看，发现仲行长发给叶如花的短信内容。他在勾引、威胁她。他在短信中还说，如果她要把迷奸她的事说出去，他就杀了她全家，让她在社会上也永远抬不起头来做人。仲行长后来问过我看没看见他的手机，我说没看见。我不敢还给他，因为如果还给他，他肯定会怀疑我已经看过了他的手机短信内容。说着，高总从包里拿出一部手机递给杨梓修。

高总说："我想，这个可能你更感兴趣。但是，你千万不要说是我给你的。你可以说是捡的，也可以说是别人给你的，就是不能说我。"

杨梓修说："好的。不过，这两样东西我都需要。用完后我一定还你。"

高总还想哀求，杨梓修已经下了车。

下车后，杨梓修让疯子把车钥匙还给高总。趴在车窗口，杨梓修说，今晚的事你可以去公安局报案，但如果你那样做了，你老婆很快就会知道你这边还有一个家。高总说，你也不要把我出卖给仲行长。

看着高总的汽车驶远，杨梓修从口袋里掏出一沓钞票递给疯子，说，带你的小弟兄们去喝酒吧。疯子结过钱，笑嘻嘻地说，胖哥大方，以后有需要的地方尽管开口。说完，他们一伙开车也离去了。

杨梓修约见了段律师。段律师说，仲行长真够坏的。但是，即使向法院提出复议，也无济于事，因为顾总放高利贷是事实。至于你说的关于他迷奸叶如花之间的事，我看还是不要让顾总知道为好，让他在牢里好好表现，争取早日出来。

杨梓修想了想，段律师说的有道理。

63

王海燕申请探监得到许可。

她和杨梓修准备一些衣物和食品到鱼烂沟监狱去探视。杨梓修还是开着他的那辆桑塔纳，在去监狱的路上，颠簸起来四处叮叮当当响。杨梓修说，本来我换车打算在十年后等咖啡店的房贷还齐了再考虑的，现在店卖了倒是成了好事，等我攒够了钱就把这车换了。王海燕说，不要，我就喜欢坐你这个破驴，四处透风不晕车，还有种坐越野车在山地上颠簸的快感。我想好了，以后我们一起努力打工攒钱，不仅买辆新车，有朝一日还要把罗马假日买回来。听到这话，杨梓修哈哈大笑起来，说，你这是痴人说梦吧，靠打工能买得起罗马假日？你真要发扬愚公移山精神呀，老子不行儿子上，儿子不行孙子上，那真是子子孙孙没有穷尽了。要知道，那两座大山最后并不是愚公移走的,是他感动了上帝,是上帝把山搬走的。所以,关键是要上帝知道,去感动上帝,否则事情成不了。

王海燕显然被杨梓修的一片歪理气坏了,她说:"你说完了?你说完了吗?好,我告诉你,我一个人也能把罗马假日买回来,还你。"

杨梓修说:"你看看,你看看,我也就是开个玩笑,你别生气。其实,我比谁都想重新得到罗马假日咖啡店。"

王海燕说:"这还差不多。我们一起努力吧,奋斗吧。"

他们又开始有说有笑了。其实,生活就是这样,谁都不会一辈子一帆风顺的,按时下流行语"痛并快乐着",这才是正确的人生态度。人不能没有梦想,但在追逐梦想的过程中别忘了生活本身带来的快乐。也像是攀登一座高山,别只想着顶峰的无限风光,其实,沿途的风景也不容错过,也一样美丽。

不知不觉中,他们到了鱼烂沟。进了监狱高墙,他们一下子严肃起来。在家属探视室内,他们见到了顾军明。

顾军明尽量露出一副轻松的表情。王海燕和杨梓修坐在他的对面,表情凝重。父女俩见面时并没有多少话说,可能是在法庭上的目光交流已经够多了。顾总对杨梓修点点头表示谢意,段律师已经告诉他关于杨梓修为他所做的一切。

杨梓修在牢里待过三天,能理解顾军明的心情。他首先用号头大恒子的话开导顾军明,让他既来之则安之,不要把自己的神经绷得太紧。既然改变不了困境,那就好好适应面前的处境。俗话说,来日方长,没有过不去的坎。但是,这些话从一个晚辈的嘴里说出来,分量显然不够。顾军明只是听,没有一句表态的话。

杨梓修说:"顾总,我今天来看你,不是为了要钱的。你就当没这回事吧。还有件事我要亲口告诉你,我和海燕已经正式确立了恋爱关系。"

顾军明说:"这是好事,你们会幸福的。"

杨梓修说："我为你做的一切都是应该的，因为我们将要成为一家人了。现在，我和海燕只希望你在牢里好好的，不要再出什么事。今天既然走到了这一步，你也不要过分地自责自己，一切都可以重头再来的。目前，法院已经介入瀚海担保公司的破产清算工作，听段律师说，你和银行之间的债权债务可以说已经两清了。"

顾军明说："我现在要好好表现，争取立功，早日出狱。我欠你一个咖啡店。你放心，我出去后一定还给你。"

杨梓修还告诉顾军明，那个潘刚已经被公安机关抓起来了。听说你交给他负责要外欠账，结果他要到的钱都装进了自己的腰包，有的还和欠债人达成默契，让人家给一部分钱然后把借据销毁。法院对你的判决是没收一切财产，包括债权，法院的人找到债务人时人家说早给那个潘经理了，于是潘刚露出了马脚。顾军明说，我也早就发现他品行不正，只是我碍于他父亲的关系没有揭穿他而已，现在，他是罪有应得。

顾军明悲观地说，你为我承担了这么多，我的良心上还是过意不去。海燕是个好孩子，她跟着你不会受苦的，这点我放心。你们要好好珍惜这份感情。其实，钱啊名啊都是身外之物，家庭才是最重要的。我在牢里经常梦见许多年前，每当我辛辛苦苦工作一天，拖着疲惫的身体打开家门，看见海燕在妈妈的陪伴下写家庭作业，或是看见她和妈妈头挨头睡在床上的情景。那是多么幸福温馨的画面啊！可是当时我不懂得好好珍惜，都被我亲手给毁了，我有罪，我确实有罪。我对不起海燕，对不起她妈。

王海燕也不说话，只在旁边无声地哭泣。杨梓修用手臂搂住王海燕抽动的双肩。人啊，也许只有经历过才更懂得珍惜。杨梓修默默告诫自己，一定要懂得珍惜。

杨梓修他们走后不长时间，叶如花也到了监狱。

叶如花看着顾军明说不出话来，她的手一直在发抖。

顾军明安慰她，说："自我就在这里清醒两年，时间会很快过去的。如果你愿意等，等我出去后就和你结婚。"

叶如花摇头说："不可能了。"

顾军明问："为什么？"

叶如花说："我打算出家去做尼姑。"

说着说着，接着，她的眼泪就流了下来。顾军明判断，她分明是有一肚子的委屈，想说又不敢说。顾军明突然有了一个不祥的预感。

顾军明问："是不是仲行长又找你麻烦了？"

叶如花点点头。

顾军明有问："他把你怎么样了？"

叶如花只顾流泪，不说话。

顾军明试探着问："他强迫你了？"

听到这话，叶如花哽咽起来，双肩抽动了一会，终于哭出了声音。有狱警过来制止，将叶如花带了出去，提前终止了这次探视。

看着叶如花的背影，顾军明强压住心中的怒火，从牙缝里吐出几个字来："仲志成，你等着！"

64

一天上午，王海燕突然接到监狱打来的电话，说她的父亲顾军明生病了，他们已经把他送到了医院，让亲属立即赶过去。她立刻打电话给杨梓修。这时的杨梓修正在健身房锻炼，听到这个消息后立即赶到王海燕跟前。

顾军明躺在医院抢救室的病床上，脸色发白，浑身抽筋似的，见人一句话也不说，眼睛一直盯着天花板看。狱警说，顾军明今天早上突然出现行为异常、口吐鲜血，情绪极不稳定，我们监狱医疗条件有限，所以就送到了医院。

看着眼前的父亲成了这个样子，王海燕一点主意都没有了。

杨梓修说："几天前我们还到监狱看过他，好好的一个人怎么突然就变成这个样子了？"

狱警说："我们也觉得奇怪，连个过程也没有。"

杨梓修问："最近是不是有人来看过他，或者是他在监狱和谁有过节？"

狱警说："监狱里的情况我已经问过他牢房的号头，没有和其他罪犯发生过争执。但他夜里经常说梦话，提到一个叫什么'花'的名字。"

杨梓修说："应该叫叶如花。你帮我查查，是不是叶如花前几天来探视过他。"

那个狱警立即打电话给监狱方面，很快就证实了杨梓修的猜测。杨梓修心想，坏了，顾军明很可能是听到叶如花向他诉苦，说仲行长对她不轨的事。顾军明受刺激了，又身在监狱无能为力，所以就被憋出了病。顾军明病成了这样，显然已经不适合在监狱里服刑了。考虑到顾军明在监狱表现良好，加之又是个轻犯，所以，监狱方面按照规定给他办理了监外就医手续，王海燕在有关文件上签了字。

狱警走后，杨梓修建议把这事告诉叶如花，反正她迟早会知道的。王海燕同意了。杨梓修给叶如花打了电话，她很快就到了医院。他们带顾军明在医院做进一步的检查，以便确定病因拿出治疗方案。

各种检查结束后，医生说检查结果要等到第二天才能出来。然后给他开了一些安眠药和止疼片。医生还要求家属24小时看护。叶如花现在被停职，在家也没有什么事，于是主动要求承担起在医院陪护的任务。

王海燕和杨梓修一整天都在医院。医生建议说，在顾军明发病时间最好把他用绳子捆起来，否则他会摔东西，还会伤到别人。听到这话，王海燕一口回绝，叶如花也表示坚决反对。看到父亲在房间里摔东西，还好几次吐出大口大口的血，王海燕头靠在杨梓修的怀里哭个不停。杨梓修安慰她说，你父亲有满肚子的委屈要发泄就让他发泄吧，否则会把他憋出更大的毛病。但是，当叶如花在场时，顾军明就显得安静了许多。他好像就听她的话，其实她也没有说一句话，只是把他推到的椅子扶起来，把他摔碎的碗片捡到纸篓里。然后，她就安安静静地坐在床边给他梳头，顾军明也变得很安静。

晚上，顾军明情绪慢慢稳定下来，叶如花就让杨梓修和王海燕回家休息。他们想也好，今晚就由叶如花陪护，明天来替她。

凌晨，王海燕突然接到叶如花的电话。叶如花说，顾总不见了，让她和杨梓修赶快到医院来找人。王海燕立即给杨梓修去了电话。等王海燕打车赶到医院时，杨梓修也紧跟着到了病房。

叶如花说，昨晚你们走后，我感觉很困，就趴在床边睡着了。大约凌晨四点的时候我醒来时，发现顾总不在床上，在这个楼层到处找也没见他的身影。于是，杨梓修让叶如花守在病房，他和王海燕又在医院里里往外找了一遍。他们满医院都找遍了，也没见顾军明的身影。

天刚麻麻亮，杨梓修接到段律师的电话。他说，顾总又被警察带进了监狱，现在正在录口供。怎么回事？杨梓修赶快起身，带着王海燕和叶如花去了监狱。

在鱼烂沟监狱，他们见到了段律师，问顾军明到底出了什么事？

段律师说，警方说，顾总把仲行长杀了。昨天早晨，顾总吞食了几块碎碗瓷片，造成胃部出血，骗得监外就医。昨天夜里，顾总将医生开给自己的安眠药放进叶如花的水杯里。等她睡着后，顾总就悄悄地出了医院。他在一个街头大排档偷了一把菜刀，就直接去了仲行长的家。他把仲行长从被窝里拖出来，二话没说就用菜刀将他砍死了。据说,他在仲行长的身上砍了三四十刀,最后还将仲行长的鸡巴割掉了。完事后,是顾总自己报的警。整个犯罪事实顾总都向警方交代了,看来,他只求一死。

叶如花说:"怎么会是这样?"

杨梓修说:"是不是你在上次探监时给顾总说了不该说的话?"

叶如花说:"你怎么知道的?"

果然被杨梓修言中了。他冲着叶如花大喊道:"是你害了顾总!"

段律师也知道内情,只有王海燕不懂。王海燕问,你们说的什么呀?叶阿姨和我爸说了些什么?我爸为什么要装病?为什么要杀人?她有太多的问题要问。杨梓修上前安慰她,让她冷静。她怎么能冷静下来?

叶如花低着头,并不为自己争辩。段律师把叶如花带到一边,和她谈了好长时间。谈完话后,段律师又将杨梓修单独拉到一边。

段律师说:"我刚才和叶如花谈过了,她说愿意在开庭的时候去作证,证明仲行长对自己的不轨行为。但是,仲行长已经死了,恐怕法庭很难采纳她的一面之词。"

杨梓修说:"我还有个证据,不知能不能有用。"

于是,杨梓修拿出仲行长丢的手机。段律师打开仔细看了一遍,然后说:"这是一个很好的证据,至少能证明顾总杀人是事出有因的。"

杨梓修问:"这么说,顾总可以免于死罪了?"

段律师说:"是的。死罪可以免了,但是,根据目前的法律,估计顾总将会在监狱里度过自己的余生。"

杨梓修说:"那也是不辛中的万幸。只是,王海燕不能接受这个事实。"

段律师说:"她的问题,就要靠你来解决了。"

一段时间里,杨梓修和王海燕在一起时谁都不去谈顾军明的事情。但在他们心里，每天都在等着开庭。其间，段律师和杨梓修去找过叶如花，看见她显得异常的平静。她面容憔悴，头发也好像在一夜之间白了许多。

"她也够难的了。"杨梓修说。

"真是个苦命的女人。"段律师说。

杨梓修知道了顾总开庭的日子，他问王海燕去不去？王海燕说不去。杨梓修也就没有勉强。等到开庭结束了，杨梓修打电话给王海燕。他说，顾总的判决结果下来了，正如段律师所料，是无期徒刑。杨梓修还说，从法庭上出来后，叶如花告诉我，她明天就要削发为尼，到城南锦屏山的紫竹庵当尼姑了。

王海燕一句话也没说，放下了电话。

65

生活还在继续。

杨梓修天天陪着王海燕，想尽办法让她从痛苦中解脱出来。王海燕也明白杨梓修的苦心。她每天除了睡觉，其他时间几乎都在咖啡店工作。她想以这种方式排解自己的苦恼。杨梓修经常亲自煮杯咖啡递给她，或是以自己的名义让厨房做几个小菜，他谎称自己吃不了，浪费了可惜，于是让王海燕过来和他一起吃。

马店长把辞职报告交到杨梓修的手中。她说，实在不好意思了，杨总，家里催得紧，我真的要回去了。杨梓修没有再挽留，他说，你在我的店里工作这么长时间了，罗马假日有今天的业绩离不开你的付出。这样吧，我另外给你五千块钱作为奖金。马店长连连摆手说，不要不要，你平时开给我的工资已经够多的了。杨梓修说，那就把这钱存在罗马假日的贵宾卡上给你，以后，你就是我们咖啡店的贵宾了，希望你常来看看。

马店长和员工们一一道别。杨梓修看得出，虽然她和员工们有说有笑的，但眼睛里一直含着泪水。最后，马店长把王海燕拉到一个包间里，眼泪终于流了出来。她说，我干过好几家店，对罗马假日最有感情，从筹备到现在，我对这家店的感情就像对我家里的孩子一样，有种割舍不断的爱。这里的一切我都很喜欢，老板人也好，员工心也齐。杨总常和我们开玩笑说，罗马假日可能是秦东门最好的咖啡店。其实，不是可能，罗马假日已经是最好的店了，至少我这么认为。我这一回去，可能就再也不出来打工了，在家带孩子，照顾家，也许还要为他家再生个男孩，这恐怕就是我的命吧。但是，我会一直惦记着罗马假日的，我会想你们的。

王海燕被她说的也动了情，没想到一个农村出来打工的人，对一家店会有这么深的感情。不知是杨梓修施了什么魔法，让员工们死心塌地地在这里工作，让员工们留恋这家店。杨梓修曾经说过，罗马假日咖啡店是有生命的。她当时听到这话不以为然，觉得他是故弄玄虚。现在想想，他说的是有道理的。他为这家店倾注了太多的心血，员工们也在他的潜移默化中对罗马假日产生了情感。员工们对客人说"喜欢您来罗马假日"，都是发自内心的。她对杨梓修油然而生一种崇拜之心。

马店长问："我已经向杨总推荐你来做店长了。你还走吗？"

王海燕说："我不走了，我觉得当店长对我也是个锻炼，我要向你学习。"

马店长说："你是大学生，人又聪明，按杨总的话说，你很有灵性。"

王海燕问："我有灵性？他是这么说的吗？"

马店长说："我还会骗你不成。杨总最喜欢有灵性的服务员，说这样的女孩子眼皮带水，眼勤腿勤手也勤。"

送走了马店长，王海燕看到杨梓修又坐到大厅靠窗的台位上喝咖啡，若有所思的样子。杨梓修以前也和她说过让她当店长的事，但她当时觉得人家马店长干得好好的，不要因为自己而把马店长挤走。其实，她在心里早已经做好了接替马店长的准备。现在，就等杨梓修和她谈话了。

第二天上午，杨梓修提出让王海燕陪他去健身房，这有点出乎她的预料。估计到他或许要和她谈工作的事，于是她就一口答应下来。坐上他的那辆桑塔纳轿车，他们来到了金仕堡健身会所。杨梓修把她安排在休息区，又买了瓶饮料给她，然后就去跑步了。她正好能看见他的身影。

看着他满头大汗地从跑步机上下来，然后就跟着教练到器械跟前。今天先练的是股四头肌。他坐在一个器械上用力将脚背上的铁块反复上扬了十二次，下器械时两腿发软，差点磕倒。教练让他走动走动，稍微调整一下，接着就做了第二组，然后是第三、第四组。完成了第一个动作训练，教练又把他带到另一个器械跟前，让他用胸口紧贴着一个软垫，单脚用劲向后蹬一个踏板十二次，然后换脚，又是四组。看得出，杨梓修已经是精疲力竭了。腿上练完了，接着是肱二头肌的训练。只见杨梓修拿着两个哑铃反复练习，直到手臂抬不起来。此时的杨梓修已经是汗流浃背了。

教练好像还不放过杨梓修，把他带到一个房间里。王海燕起身跟了进去。原来是要做腹部训练。教练先是做了个示范动作，仰躺在一个垫子上双腿上举。

王海燕跑过来说："这不是瑜伽上的动作嘛。"

教练说："对的，你也会？"

王海燕说："我看过，很简单的动作。"

于是，杨梓修叫她试试，她也没拒绝。躺在垫子上举了几次还行，可是过了六次后双腿就再也抬不起来了。然后她就停了下来，躺在那里看着杨梓修。杨梓修躺下，做着同样的动作，前五个还行，第六个开始就看他已经咬牙了，头上的汗珠也开始冒出来了。教练在一旁说，坚持，十二个。只见杨梓修大口吸气，然后举腿，脸都憋红了。教练说，坚持。就这样，一次比一次艰难，杨梓修也没有停止。虽然到最后三个时动作都变形了，但他还是坚持完成了教练给的任务。做完后，杨梓修爬都爬不起来了。王海燕看得有点心疼了，上前扶他一把才站起来。

王海燕拿过来毛巾给他擦擦汗，问他："还做吗？"

杨梓修笑笑说："当然。"

王海燕说："要不不做了吧。"

杨梓修说："那怎么行。教练说，越是到最后，锻炼的效果就越好。"然后，用挑逗的口气对她说，"你不是老说我太胖了吗？"

做完了仰卧起坐，就到了今天的最后一个训练动作。很简单，是平板支撑。王海燕给杨梓修看表，一分钟的时间。教练说这个做一组就行了。王海燕看着他咬牙坚持着，给他看秒表。时间终于到了，王海燕大喊一声，停！杨梓修立即瘫倒在垫子上。王海燕赶忙上去为他擦汗。

冲完澡出来，杨梓修和王海燕坐在休息区说话。

她说："我本来还以为健身和跳广场舞一样轻松呢，不知道还这么苦。"

他说："苦不苦，想想红军两万五。累不累，想想革命老前辈。"

她说："这好像是我妈常对我说的一句话。"

他说："这是毛主席说的。他老人家还说，锻炼身体，保卫老婆。"

她说："不对，是保卫祖国。"

他说："反正差不多吧。所以，为了我有个健康的身体，必须要坚持锻炼。我现在首要任务就是健身，所以，店里的事以后就交给你了，你就是王店长了。"

她歪着头说："我还没答应留下来呢。"

他肯定地说："你会答应的。"

她撇着嘴问："为什么？"

他亮了一下二头肌说："因为我会成为肌肉男。"

她打了他一拳，说："我希望你有个健康的身体，不是什么肌肉男。"

66

王海燕当了店长后，每天在店里的时间更多了。上午九点钟一开门，就看到王海燕在店里给员工们检查仪容，布置每个人的工作。然后，她就在咖啡店里巡视着，发现问题就掏出口袋里的小本本记录下来。这是杨梓修交给她的法子，将店里的一切工作划分成若干个细节，然后分工到人。只有分工还不够，还要不停地检查，发现问题及时解决。服务行业的管理工作很细，而且注重现场管理。

她琢磨着将店里的图书、花木、许愿墙、电脑、钢琴、摩托车和高尔夫果岭练习场确定具体的责任人。这些都是每天需要整理维护的东西，分别设立管理员，让她们一有空就关注自己分管的项目。这个提议得到杨梓修的赞赏，说她离一名金牌店长已经不远了。一个金牌店长，不仅要自己具备良好的形象和较强的能力，还必须是一名好的教练。

有一天，杨梓修问："你知道我为什么把罗马假日的问候语设计成'喜欢您来罗马假日'吗？"

王海燕说："当然知道，是你别出心裁呗。"

杨梓修说："不全对。我希望店里的每一位员工对罗马假日都有一种自豪感，首先自己发自内心地喜欢在罗马假日工作。如果做到这一点，那他们的微笑就是真诚的，发自内心的。还有，让每一位到店的客人对罗马假日都有认同感,有种回家的感觉。"

王海燕问:"我要做到你说的,容易吗?"

杨梓修说:"很容易。"

王海燕又问:"我该怎么去做?"

杨梓修说:"只要你用心去做就可以了。"

王海燕仔细体会着杨梓修的话。记得她第一次来罗马假日打工时,听到别的服务员对客人说"喜欢您来罗马假日"时,有种暧昧的感觉,只想偷偷地笑。她经过好几天的思想斗争,鼓足了勇气才喊出第一声。说完这句话,她都能感觉到自己的脸是红红的,火辣辣的。真正体会到这句话的功力还是在她第二次来咖啡店。当时,杨梓修和她谈话后说了一句"喜欢您来罗马假日",她真是很感动,以至于到现在她还记得杨梓修的真诚微笑。她想不到,一个小小的咖啡店,要想经营得好,也需要用心去做的,这和那些海尔、格力、阿里巴巴等等大公司成功的秘诀一样。

很快,王海燕就谈妥了两件事。

一件是将《雨花》杂志的读书社牌匾落户罗马假日。这是她从一个客人的闲谈中,偶尔听说秦东门作家协会正在物色挂牌地点。本来,罗马假日就有六个大书架,有两千多本藏书。王海燕抱着试试看的态度去了市作协,巧的是,那个作协张主席是罗马假日的常客,也很喜欢这里的氛围。但张主席说,要想放读书社这块牌子,现有的书架和书都还不够。王海燕说,张主席,一个星期后您再来罗马假日看看,我保证让你满意。回来后,王海燕把这个事情告诉了杨梓修。他说,这好办,我负责书架,你负责买书。一星期后,当张主席来店里验收时,两个一面墙的大书架,外加几个小书架充满眼帘,每个座位和房间都可以随手拿起一本书来。

张主席用手摸着老船木制成的书架,很有感触地说:"你们真行啊!我一直想在家里的书房搞一个老船木的书架,没想到,你们赶在我前头了。明天我就把读书社的牌匾送过来，我还要在我们作家网上把这个消息公布出去。到时候，作家协会的会员来罗马假日，你们可要给我们打个消费折扣哦？"

王海燕和杨梓修异口同声地回答说："没问题。"

还有一件事情王海燕干得也很漂亮。本市有名的山山林儿童美术馆在苏宁广场举办了一届画展，都上了电视新闻。王海燕看完电视报道后，主动给郭馆长打了电话，邀请她们到罗马假日续展一段时间。没想到，郭馆长早有这个想法。没几天，儿童画布满了整个罗马假日的店堂。为了表示对小朋友们的鼓励，王海燕还主动提出评奖方案，给获奖的小朋友发一些消费卡。虽然是花了点代价，但还是值得的。

郭馆长还告诉王海燕一件事。她说，其实，我和我男朋友第一次约会就是在你们咖啡店。楼梯边的许愿墙上，至今还保留着我们当时的留言。听了这话，王海燕很感动，一定要送一张 VIP 打折卡给郭馆长。

王海燕见到杨梓修后，把郭馆长的一席话讲给他听。

杨梓修说："顾客的认同，是对罗马假日咖啡最好的褒奖。你要相信，以后会有很多人的生活经历和罗马假日联系在一起。"

王海燕说："我现在感觉到，经营好罗马假日咖啡店是一件很有意义的事。"

杨梓修说："是的。将来等我们老了，我要把罗马假日的故事，还有我们的爱情故事，写成一本书。"

67

王海燕神神秘秘地把杨梓修拉到一个包间里关上门。她说："那个叫糜真真的服务员怀孕了。她的男朋友就是那个小厨师，邵兵。"

杨梓修大吃一惊："他们才多大点人啊？"

王海燕说："邵兵19，她18。听真真的口气是想把孩子生下来。"

几个月前，店里的男生都去二手车市场买摩托车，邵兵也买了一辆。后来他们下班后一有空就带着店里的女生出去兜风，估计真真就是那个时候和邵兵好上的。未婚先孕，而且都没到适婚年龄，这问题就严重了。

杨梓修可以立即把他们一起辞退，以后发生什么事情就都和店里无关了。但他不忍心这么做。他们都还太年轻，生理和心理都还不够成熟，一时的冲动可能影响到他们一生的幸福。他叫王海燕去做真真的思想工作，让真真去做人工流产，但真真不听劝。杨梓修只好自己去和邵兵谈谈。

杨梓修问邵兵："你知道真真怀孕的事吗？"

邵兵回答说："知道。"

杨梓修又问："听说真真想把孩子生下来，是你们商量好的吗？"

邵兵说："她要生就生呗。"

杨梓修急了："生孩子和养孩子都是很不容易的事。你家里人和她家里人都知道吗？"

邵兵说："我们还没告诉家里人。"

杨梓修说："你把你家的地址和电话写给我，我要找你父亲谈谈。"邵兵顺从地写下来交给了杨梓修。

杨梓修开车带着王海燕来到郊区一个叫罗阳的地方。这里是全国闻名的泥鳅养殖基地，农田都改成了鱼塘，家家户户从事着这个传统的行业。经老乡指点，杨梓修来到了一个鱼塘边，看到一位中年男子正在给鱼塘撒食料。

杨梓修大声问："你是老邵大哥吗？"

那人回话说："你是那个一大早打电话来的杨老板吧？什么事，电话里不说还大老远地跑来。"

杨梓修说："还是见面谈的好，是关于你儿子邵兵的事，很重要。"

邵大哥说："你们先等等，等我把这点食料撒完的。"

鱼塘边有几个小板凳，杨梓修和王海燕就坐了下来。等了一会儿，邵大哥上来了。杨梓修给他递上一根烟，他接了过去。

杨梓修说，是这样的，你家邵兵和我们店里的一个女服务员谈对象，那女孩怀孕了，要把孩子生下来。邵大哥不以为然地说，生下来就抱来家吧，让他妈带。杨梓修说，他们都还小。邵大哥说，那你说咋办？杨梓修说，我们正在做他们两人的思想工作，让那女孩把肚里的孩子打掉。请你们家长配合教育好邵兵。邵大哥稍微思考一下说，我看也行，等我把小兵叫回家好好教训教训他。

邵大哥好像突然想起了什么，他看看杨梓修说："我看你这个老板心眼还挺善的，你今年多大了？"

杨梓修被问的有点莫名其妙，他反问说："老哥你多大了？"

邵大哥说："我三十八了，属兔的。"

杨梓修："那比我大八岁，我属猪的。"然后突然说，"不对呀邵大哥，那你在十九岁的时候就生下邵兵的了，难道你十八岁就结婚了？"

邵大哥哈哈大笑起来："什么结婚不结婚的，先生下孩子，结婚证和喜宴都是后办的，我们这儿都这样。"杨梓修明白了，原来这也有遗传的。

邵大哥接着说："我看你对俺家小兵挺关心的，要不你就当他干爸吧，要打要骂随你便。"

杨梓修有点不好意思了，没想到整出个干儿子来。

杨梓修开玩笑说："那将来等我们俩都老了，让他先孝敬谁呀？"

邵大哥说："随便。"

聊了半天，挺开心的。邵大哥要留他们吃饭，说泥鳅和草鸡都是现成的，哥俩好好喝二两。杨梓修还真想留下来和他好好喝几杯。王海燕拽拽他的衣袖，小声说店里还有事，周六中午会比较忙的。于是，杨梓修推辞说，现在我们已经是亲戚了，以后喝酒的机会多了。将来，邵兵的喜酒我是一定要喝的呀。

回到店里，杨梓修立即把邵兵叫到跟前。他说，邵兵你听好了，你爸把你托付给我管了，一定要我认你当干儿子，我答应了。干爸的话你必须要听。我命令你，尽快做好糜真真的思想工作，她肚里的孩子不能留的。我说你也真是的，两人睡在一起时怎么就没有个防范措施。天天上网看那些内容，你头脑都用哪里去了，男人要有责任心，懂吗？邵兵站在那里咧着嘴巴一个劲地傻笑。

邵兵问："那我以后喊你什么？"

杨梓修说："就喊干爸。"

真真的工作真难做，王海燕和邵兵都分别和她谈了也没起作用，她硬是要把孩子生下来。没办法，杨梓修要和她直接谈话。孤男寡女谈这事，杨梓修觉得不妥，何况自己也是个未婚的大男人，于是叫王海燕一定要站在旁边。经过了解才知道，真真是怕邵兵以后会变心不要她了，所以要把孩子生下来好牵着邵兵。小女孩心很铁，看上邵兵了，死心塌地要和邵兵好下去，脾气真倔。

杨梓修想起《三国演义》上的糜夫人，她是秦东门人。糜夫人是刘备的夫人，当她和阿斗被曹操的大军围困时，赵子龙赶来救他们。可是只有一匹马，赵子龙只能抱着阿斗骑马逃离。糜夫人考虑到当时的情况，为了不给赵子龙为难，她就自杀身亡了。眼前的这个真真，可能是糜夫人家族的后裔，身上也有敢爱敢恨还敢死的勇气，这让杨梓修有点刮目相看了。想到这里，杨梓修放弃了劝说她，并安排她休长假,等孩子生下来再来上班。就这样,縻真真高高兴兴地去了邵兵家。

杨梓修想为邵兵的将来做个打算。他给开大酒店的朋友打了电话,帮邵兵安排去学习中餐厨艺。咖啡店里的中餐越来越重要,邵兵一直在咖啡店工作,接触中餐很少。要想将来委以重任,必须有中餐厅工作经验。

杨梓修把邵兵叫到跟前说:"你要好好学,争口气。如果学好了,我让你当罗马假日的厨师长。"

邵兵说:"干爸,我一定好好学,好好干。"

68

王海燕给杨梓修制定了严格的作息时间和饮食计划,特别是要求他每天都要到健身房运动三个小时。王海燕每天都要给杨梓修称体重,看有没有下降,下降了多少,有没有达到教练所说的指标。按王海燕的话说,你杨梓修现在的头等大事就是健身减肥,如果达不到180斤就别想和我结婚。

有一天,杨梓修开玩笑说:"你比我妈管我还严。"

王海燕很认真地回他说:"这就对了,你妈管你才三十年,我要管你六十年的,也许更长久,你得有个思想准备。"

咖啡店的日常管理都由王海燕打理着。也许咖啡店本来就适合女性打理。营业额在一天天地增长,杨梓修的体重也在一天天地下降。他们都很是开心。杨梓修基本都不到店里去了,每天,王海燕都要把店里发生的事情讲给他听。

连续两周,杨梓修的体重维持在190斤下不来。王海燕有点着急,于是又跟着他一起去了趟健身房看他训练。教练照例先让杨梓修在跑步机上进行半个小时的热身,走五分钟、跑二十分钟、再走五分钟，等到他满头大汗时结束。然后是练器械，一个一个器械过。王海燕默默地跟在后边，心里记下每个器械的动作和所锻炼的身体部位，什么肱二头肌、肱三头肌、腹肌、胸肌、背阔肌等等，然后到了瑜伽房，在垫子上还要完成一系列动作。最后，教练给杨梓修肌肉拉伸。拉伸结束后又让杨梓修到跑步机上再运动三十分钟。看到杨梓修大汗淋漓的样子，王海燕真有点心疼，但她努力克制自己不要表现出来，更不能说泄气的话，她在一旁总是鼓励他坚持坚持再坚持。

王海燕去健身房是有目的的，她是想给他开小灶，增加点训练课程。她觉得杨梓修的最大问题是肚子，光肚子里的脂肪也可以减掉十几斤。于是，她就在网上买了两块瑜伽垫，到他的公寓房里放在地上和他一起练习。练了几次后，杨梓修投降了，他说，你就饶了我吧，我都快被你折腾死了。每到这时王海燕就说，再坚持一下，教练不是说了嘛，越是坚持不住的时候越要坚持，最后的几分钟也是效果最好的。趴着垫子上做平板支撑，杨梓修和王海燕本来都只能坚持一分钟，可是，他们俩比赛看谁坚持的时间长。几天下来，他们都能超过一分钟了，接着就可以坚持到了两分钟。

有一次刚做完两分钟他们都累的趴在垫子上。王海燕说，明年春节前，你要是还减不到180斤，我就不理你了。我可不想成为"剩女"，我就去找个小帅哥嫁了算了。杨梓修说，你敢？谁说我减不到，我们再来比赛一次平板支撑，你要是输了，以后就别想什么小帅哥了。王海燕说，好，一言为定。他们又摆好架势开始计时。王海燕先累扒下来了，等杨梓修停下来时，王海燕简直不敢相信自己的眼睛，乖乖，三分四十秒！

王海燕扭着他的大耳朵，在他的脑门上亲了一口，然后说："奖励你一下。"

杨梓修说："不解渴。"

王海燕好像没听懂似的，问："你要喝水？"

杨梓修说："我是说，亲脑门不解渴，我要接吻。"

王海燕脸一下子红了。她说："别想歪心思吧你，等你减到180斤再说。"

杨梓修假装哀求地问："还再说？你要我等到什么时候啊！"

王海燕调皮地说："你不是说，酒是陈的香吗？"

又听到了这句话。在店里，他经常跟别人谈酿红酒的心得，其中就说过酿好的酒要存淀一段时间才更圆润更入口，广告上也说"酒是陈的香"，就是这个道理。这个女孩，也太可爱了吧？弄的杨梓修又是无言以对，哭笑不得。

有人说，这年头找对象容易找处女难。在外闯荡的那些年，他遇到过一夜情的女人，也有像倪敏这样的女人，还有叶如玉，她们都不是处女之身。其实，男人都有处女情结的。王海燕越是不和他上床，他越是觉得王海燕可爱。记得少年时曾读过一本前苏联的小说《红宝石》，书上说，每个女人身上都有一颗红宝石，好女人是不会轻易给人的，只有真正爱她的男人才能得到。

少女时期，王海燕以为女孩的手被男孩摸一下就会怀孕的，于是她经常把手放在自己的口袋里。后来，她知道性爱是怎么回事了，同时也看到父母在闹离婚。她知道，自己现在已经深深地爱上了杨梓修，她怕失去他，她怕父母的婚姻悲剧在她身上重演，所以就时刻提醒自己，婚前绝不发生性行为。她要坚守自己的阵地，坚持就是胜利。

看杨梓修一脸难过的样子，王海燕就很严肃地说："只要你减到180斤以内，明年春节我就和你结婚。"

杨梓修喜出望外，说："真的？"

王海燕说："真的！"

69

生活还在继续。

好多天没看到南京的王老板来咖啡店了。杨梓修只是经常在电话里向王老板汇报咖啡店的经营情况。王老板好像并不关心只是说他很忙,忙孔雀沟开发的事。这天没什么事,杨梓修想着去趟孔雀沟,一来是当面向王老板说说店里情况,二来他也想看看王老板忙的孔雀沟旅游开发的事情现在是什么情况。

?杨梓修开车来到孔雀沟。还没到山上就看到有不少工程车在上山的道路上穿梭。好不容易到了山门前,杨梓修看到一个大大的广告牌,上面写着"孔雀沟旅游度假区整体开发规划图",好漂亮的一幅画卷。刚到山门口,就看到了颜主任。

颜主任问:"你怎么认识王老板的?"

杨梓修说:"我们是朋友,早就认识了。"

颜主任说:"自从南京的王老板承包了孔雀沟后,我们原来的人员都留了下来。现在我是孔雀沟旅游度假村的办公室主任。"

杨梓修说:"告诉你吧,我们咖啡店现在也被这个王老板收购了。现在,我们都在为他打工。我们是一个公司的人了。"

颜主任惊喜地说:"是吗?"

颜主任要带杨梓修去找王老板,杨梓修说,你现在在岗位上,责任重大,就不麻烦你了,我知道路怎么走。

杨梓修沿着山路步行,穿过一片竹林后就看见湖边一排简易板房。他径直走了过去。远远看到王老板戴着安全帽,正在和几个工人对着湖面比划着。杨梓修也没急着上前喊他。等那几个工人从身边离去,王老板环顾四周时看见了杨梓修。王老板招招手表示一下,杨梓修这才快步向他走去。

　　王老板说，刚才我给几个负责人提要求，一定要保留湖面原有的自然生态环境。眼前的这一池水已经是很美了，我们只能锦上添花，不能做画蛇添足的蠢事。沿湖边的栈道要规避原有的植物，虽然弯弯曲曲会增加工程造价和施工难度，但是，也只有这样才可以和大自然融为一体。王老板用手指了指前边说，你看到那个亭子了吗？就是"罗马假日咖啡茶业基地"木牌的边上，我打算在那里建一个休闲区，再造一座栈桥向水面延伸三十米，让游客走上去有种漂浮在水面的感觉。原有的茶园和树林都会保留，它们承载着太多的历史记忆，它们本身就是很好的旅游资源。接着，王老板又对杨梓修讲，停车场、水上游乐园、狩猎园、采摘园、野生动物园、农家小院等等的规划设想。王老板越说越来劲、越说越有激情。杨梓修的思绪跟着他的讲解一路过去，一个美丽幽静的小九寨沟仿佛出现在眼前。王老板说，对，我就是要把孔雀沟打造成"江苏的九寨沟"，让这片美丽神奇的地方名扬天下。

　　杨梓修突然想起了顾军明，他对眼前的这片山水也早就情有独钟。于是说，曾经有个朋友和我说过，孔雀沟是个搞民俗酒店的好地方。这里自然环境好，是个天然的大氧吧。王老板一听，拍一下脑门说，对呀，这些天我总觉得可以把孔雀沟再往大里做，民俗就是个很好的卖点。不过，投资会很大的。杨梓修说，我的那个朋友说，可以搞众筹。王老板眼前一亮，说，你这朋友是谁？他是不是已经有了完整的思路？我可不可以见见他？杨梓修说，他现在出了点事，坐牢了。看杨梓修不想再往下说，王老板估计他有什么难言之隐，也就没有往下追问。

　　坐在湖边的一块大石头上，王老板说："不好意思，我只顾说我的事了，我都忘了问你，你今天来找我有什么事吗？"

　　杨梓修说："其实，我今天来主要是想看看你，看你在这里这些天都干了些什么。"

王老板说:"怎么没带王海燕一起来?"

杨梓修说:"她爸爸刚被判刑,她最近情绪不太好。"接着,杨梓修把顾军明案子的情况简单说了一遍。

王老板说:"我是相信因果报应的,他爸爸是罪有应得。你也尽心了,在这件事情上你不该有什么遗憾的。"

杨梓修说:"如果说我为她爸爸做了点什么,也是在你的帮助下完成的。你什么时候有空,我把咖啡店的产权过户给你。"

王老板摆摆手说:"不急不急,你就还是当成自己的店经营吧。有空我常去喝茶吃饭,你给我个VIP优待就可以了。"

杨梓修说:"现在你是老板了,你怎么说我就怎么办好了。"

王老板说:"明年的元旦节很快就要到了,我们的一期工程也可以完工了。到时候还要搞一个盛大的开园仪式,我还要请当年的老知青们都来看看。你和王海燕,还有你们店里的员工都一起来吧。"

杨梓修说:"那是一定的。"杨梓修接着说,"我还想搞个活动,在全城寻找长得像奥黛丽·赫本的女孩,到时候我把古城佳丽们带来,为你的开园增添点喜气。我也是前几天刚想到的主意,不知你看行不行?"

王老板一听立即拍手说:"好,太好了,我也正想搞定花样增添气氛。早就听说秦东门出美女。这样,你去和电视台联系一下让他们也参加进来,搞大点动作,费用我包了。"

杨梓修说:"如果你也同意,那我就回去好好策划一下。具体方案出来,再征求你的意见。"

王老板说:"你就放心大胆地干吧,我支持你。"

70

有了王老板的认可，杨梓修信心一下子就上来了。很长一段时间以来，杨梓修每天也没什么事情可做。自从顾军明出事以后，他承兑汇票生意就彻底停了。天天健身也很枯燥，现在要搞个这么有意义的活动，正好他可以大展身手。

他首先是找王海燕商量，她也觉得是个好主意。她说，罗马假日开业已经快一年时间了，也该搞点活动热闹热闹了。于是，就开始策划起来。两个人你一言我一语地商量了好长时间，才基本确定方案。等他们回过头来想想，还真是个大活动，可能会惊动全城。王海燕叹口气说，以我们的力量看来难度很大的，弄不好要砸锅。杨梓修说，我肉多，天塌下来有我顶着。

方案基本确定了，杨梓修和王海燕还做了分工。杨梓修负责和电视台联系。他们当然同意，还提出让《古城晚报》也成为一个协办单位。两大媒体参与活动，杨梓修当然是求之不得。

电视台的副台长和报社的副总编都被杨梓修找来了。于是，他们在咖啡店进行了一番激烈的商讨，对原先的方案也做了一些修改。没几天，古城各大媒体都打出了广告。王海燕拿着报纸给罗马假日的员工看，《全城大搜索——寻最像奥黛丽·赫本的古城佳丽》活动细则。

王海燕还宣布说："我们店的女孩个个漂亮，也可以报名参加的。"

杨梓修对她小声说："世界上几百年才出一个赫本，她是上帝的宠儿，落入人间的天使，是男人心目中的女神，不是到处都能找到的跳广场舞的大妈。"

王海燕表示反对，她说："正是因为难找，所以我要发动更多的人参加其中。你想想，谁不爱赫本？不光是你们男人，我们女人也喜欢赫本的。要是真有大妈报名参加，那我们的活动就火了。"

杨梓修想想也是。经王海燕这么一动员，店里的女孩还真有报名，连那个钢琴师惠丽丽也报了名。连续几天，咖啡店的电话都被打爆了。你还别说，还真有大妈报名的。还是大妈们说得好，赫本不仅年轻时漂亮，老年的她也很漂亮，你们活动细则也没说年龄限制呀。王海燕还真行，她很认真地把打来电话的每一个人都记录下来。再看咖啡店里的女服务员，个个都自觉地淡妆上岗了，不像以前需要一再强调注意形象。

按照活动安排，每个星期天下午要进行一场面试。王海燕负责接待，电视台和报社都派人来参加选拔，市文联也派来了专家当评委。

几场选拔下来，王海燕拿着照片，兴奋地问杨梓修："你看这些入围的美女怎么样？"

杨梓修拉着脸说："一般般。"

王海燕不让了："你的眼光是不是太高了？"

杨梓修说："赫本在我心中是无法超越的，她不仅五官美，其内心折射出来的真善美更加惹人爱。这些入围的美女顶多是外形有三分像。"

其实，杨梓修是觉得，赫本不会参加这样的选秀活动的。如果参加了，那她就不是他心中的赫本了。

杨梓修说，开玩笑归开玩笑，活动到目前为止还是成功的，至少场面上很热闹。其实，我们搞这样的活动，并非真要找个像奥黛丽·赫本的人出来，主要是唤起大家的爱美之心，这个美，包括外在美和心灵美两方面。我们每个人心目中都有一个属于自己的赫本，但并不影响我们去爱别人，欣赏别人。我会毫不掩饰地告诉任何人，我喜欢赫本，我也会发自内心地对你说，我喜欢你。现在，我心中装着两个女人，一个是赫本，一个是你王海燕，不多，不少，两个正好。

最后，杨梓修说："我心里装着两个女人，你没意见吧？"

王海燕忍住笑，说："其实，派克一直是我的偶像。现在我们扯平了。"

杨梓修说："那不行。"

王海燕说："为什么？"

杨梓修故意装作一本正经的样子，大声说："因为你是我的女人，不能再爱别的男人，包括派克。"

王海燕说："你也太自私了吧？"

71

南京的王老板偶尔会到罗马假日来吃顿饭，问问全城大搜索的活动进展情况，然后是约见客人谈生意上的事情。王老板也真够忙的，南京那边还有一个大摊子，十几家连锁酒店要管理。现在又一边忙着孔雀沟的开发，一边忙着扩大酒店连锁网点。也不知他哪来的那么多精力，不知疲惫、夜以继日，整个人像是一台永不停转的机器。

这天，送走了一批客人后，王老板把杨梓修叫到了包间。王老板说，刚才的那几个客人是上海的，和我有快捷酒店连锁方面的合作。我叫你来不是为了谈这个。他们都是见过世面的人，今天吃了你的牛排后他们说，你的牛肉不如上海几家咖啡店的肉质好。我向他们要了几个上海咖啡店的电话号码。你可以打听一下他们的牛肉供应商是哪家，如果合适你可以去采购一些。咖啡店主要卖的就是牛排，没有好的口感就没有好的口碑，没有了好口碑你的顾客会越来越少。这和做其他生意是一个道理。杨梓修说,最近确实有部分客人反映牛排质量下降了。我和本地其他咖啡店一样,都是从本市的一家供货商手里进的货,因此也就没太重视这个问题。我会尽快向上海那边了解情况,重新选择一家牛排原料供应商。如果有机会,我还想去一趟。

王老板还告诉杨梓修说,根据我的了解,最初到咖啡店喝咖啡吃西餐的人是图个新鲜,是体验。现在中国的咖啡店已经进入成熟期,逐步回归了中餐和茶。南京那边好多咖啡店挂起了中餐的招牌,在西餐环境里吃中餐,这是一种趋势,不知你了解过没有?

杨梓修说,我也注意到了这个问题。在大形势下,我也正考虑给罗马假日重新定位。像我们秦东门这样的小城市是跟着一二线城市走的。以前我们是西餐为主中餐为辅,以后可能会倒过来,中餐为主西餐为辅更能适应市场需求。我正打算调整我们的餐牌,只是还没考虑成熟。

王老板说:"餐牌改变要慎重。"

杨梓修说:"我记住了。"

王老板说:"我正抓紧一期工程的扫尾工作。现在已经安排专人在搞开园庆典方案。有件重要事情要你和王海燕出面。"

杨梓修问:"什么事?"

王老板说:"到时候再说吧,我马上还有约好的客人来,你先忙去吧。"

晚上,杨梓修和王海燕在一起闲谈。

杨梓修说:"那个南京的王老板今天和我见面了,他说有重要的事情要我和你帮忙,也没说是什么事。"

王海燕说:"我一直觉得这个王老板有点怪怪的。他帮我们这么大的忙也不图什么回报,天下哪有这种人?"

杨梓修说:"我也一直纳闷,我和他非亲非故的,他为什么帮我？还说信任我，对我一百个放心。他们一起分析起王老板这个人来，觉得他像一个谜，但有一点可以肯定的是，他是一个善良的商人。"

王海燕说："我妈也从报纸上看到孔雀沟在搞开发，她说到时候一定去看看。"

杨梓修说："行啊，她也是曾经在那块土地上生活过的人，当然对孔雀沟存有一份特殊的感情。到时候我开车带她去。"

王海燕调皮地说："我听起来怎么有点像在讨好未来丈母娘的意思？"

杨梓修说："不是像，我就是有这个'阴谋诡计'，结果还是被你识破了。看来真是道高一尺魔高一丈啊。"说完，杨梓修看着王海燕坏笑了一声。

王海燕感觉自己中计了，突然揪住杨梓修那双肥大的耳朵喊道："叫你贫嘴，看我怎么收拾你！"

杨梓修赶忙举起双手说："不敢了，真的不敢了。我疼，我疼。"

王海燕自从当了店长，每天她眼一睁就到店里来了，一待就是十几个小时。她回家就是睡觉，真够累的。杨梓修几次劝她不要这么拼命，她说，每天虽然累点，但睡一觉精神都回来了。她还说，我就喜欢店里客人多，就喜欢忙。什么将帅带什么兵，店里的员工也和她一样，越忙越开心。王海燕还真会笼络人心，奖金和小恩小惠不断，员工们都服她管。那些厨师们也没了脾气听她调遣，还在她的要求下，不断地推出新品。杨梓修本来以为自己的管理能力就够好的了，没想到王海燕才是高手，无师自通的行家。为此，杨梓修很开心，他觉得有朝一日一定会把咖啡店再买回来的。现在有了王海燕在身边，他的信心就更足了。

72

咖啡店的经营正常进行，选赫本的活动也开展得很顺利。

这段时间，杨梓修和王海燕都很忙，但他们都感到很充实，很快乐。前段时间经历了那么多不愉快，现在总算都过去了。人虽然累点，但精神很好。特别是王海燕，外表看起来柔弱些，但干起事情来却是有板有眼有条不紊。杨梓修也会讨好她，没事就给她做点小吃、煮杯咖啡哄她开心。每当这时，她又变成了一个小女人，变成了一个需要男人疼爱呵护的邻家小妹。

圣诞节，本来是西方人的节日，但在中国越来越多的人重视起来。他们会在这一天和亲朋好友聚会大餐一顿，因此，咖啡店就成了首选地点。这里有比较正宗的西餐，还有店堂布置也西式化。罗马假日当然不会错过这个绝佳的营销机会。杨梓修和王海燕提前做了分工，杨梓修负责店堂装饰和广告宣传，王海燕负责圣诞餐牌和餐品准备。两个人各负其责，一切准备工作都在有条不紊地推进着。

在确定餐牌时，杨梓修说了自己的意见。他说，我们店是照着百年老店打造的，因此不图一时的高额利润。餐牌价格和平时毛利率一样，质量还要比平时要求高。王海燕说，厨师长建议按行规走，把价格提高，一年就这一个圣诞节，一定要狠狠地赚它一笔。何况，顾客已经习惯了在这一天被宰。杨梓修说，顾客不傻，你别听他的。这是他们两人认识以来第一次发生争吵。

杨梓修稍微平静一下说，以后两个人在一起的日子长着了，难免会有不同意见，但一定要让对方把话说出来，要让对方充分表达自己的意见。只要是为了一个共同的目标，没有什么谈不拢的。你的店长，这件事情就由你决定吧。

王海燕说:"按事先分工,这件事情就应该由我做主。"

杨梓修说:"听你的意思,你还是也和厨师长的想法一样?"

王海燕说:"差不多。"

杨梓修说:"好,决定权在你。不过,希望你把我的意见好好想想。"

他们不再争辩下去。

杨梓修认真负责自己的事,他把店里店外都布置了一下,圣诞气氛浓厚。一楼大厅放着一个高高的圣诞老人,只要客人推门进入,《铃儿响叮当》的乐曲就奏响起来。他还和山山林的郭老师取得联系,让几个小朋友来到店里,穿上圣诞老人的服装,准备给客人送平安果。钢琴师小惠老师也早早地来到咖啡店,她还穿上了演出服,把自己精心打扮了一番。收银台也传来消息说,包间已经被预定一空。各部门都进入一种临战状态。

开餐前,杨梓修巡视了一下前场,看都已经准备完毕。他有到后厨去看看,王海燕正在和厨师长交代这什么。他没多问,因为这是她的地盘。回到前场,杨梓修还是忍不住拿过了圣诞餐牌看看,发现餐品价格还是按照他的意见确定的。他在心里松了口气,于是就放心地做到窗口位置,听小惠老师弹钢琴。

杨梓修发现小惠老师的眼光时不时地朝一个角落里瞟一眼。顺着她看的方向寻找,杨梓修发现蒋总一个人坐在那里。怎么回事?蒋总什么时候进来的?他和小惠老师是什么关系?杨梓修本来就很讨厌蒋总,当然不好上去问他了。当然,他也不好去问小惠老师,因为她正在工作岗位上。杨梓修心里感到有些不快。

夜幕降临,平安夜的钟声响起,在欢快的圣诞歌曲中晚餐开始了。

店里的一切都在正常进行着,杨梓修看没什么事情可做,于是就进了办公室,打开电脑玩起了掼蛋游戏。他想,有王海燕在现场就够放心的了。

估计高峰期过了,杨梓修关上电脑,正要起身出门,就听到外面有争吵声传来。等他进了前厅,看见有个粗壮的男人正拉着小惠老师的衣袖。王海燕也在场,她说,先生,有话好好说,有话好好说。惠丽丽的脸上很委屈的样子。这时,就听那个男人大着嗓门说,我孩子要弹下钢琴都不让,你以为他不会弹,还怕他弄坏你的琴?我还告诉你,钢琴弄坏了,老子赔得起。有什么了不起的?他一边说着,还一边用手粗鲁地要将小惠老师拉下琴台。这时,王海燕也控制不了局面了。杨梓修立即要走上去阻止事态恶化。但,有一个人先了他一步,此人正是蒋总。

蒋总一把抓住那人男人的手,说:"老弟,你酒喝多了吧?"

那人被这突如其来的人怔了一下,松开了惠丽丽的手。他问蒋总:"你是什么人?"

蒋总将惠丽丽护到身后,说:"她是我女儿。我一直在旁边看着。她在工作,是你儿子一直在捣乱。"

那人说:"怎么叫捣乱?我儿子会弹钢琴,我告诉你,我儿子去年就考过十级了。"

蒋总说:"我没说你儿子不会弹钢琴,但是,他现在弹不是时候。"

那人不依不饶:"我儿子什么时候弹,还要经过你同意?"

看事态要进一步恶化,杨梓修示意王海燕将小惠老师带走。蒋总也跟着她们进了一个包间。事情平息下来,店堂内也慢慢恢复了正常。

半小时后,蒋总带着惠丽丽离开了咖啡店。

看王海燕还一个人坐在包间生气。

杨梓修进来说:"这事怨不得你。都过去了,消消气吧。"

王海燕说:"刚才可把我吓坏了。出这种事,会影响我们店的声誉。"

杨梓修说："这个蒋总，怎么每次他来都有不愉快的事情发生？"

王海燕说："他以前来过？"

杨梓修说："是的，开业的那天他也来的，还和你父亲发生了不愉快的事。"

王海燕记得杨梓修曾和她讲过这个人。

杨梓修说："小惠老师怎么成了蒋总的女儿了？是真的吗？"

王海燕说："听小惠老师说过，她最近认了个有钱的干爹。我估计就是蒋总。"

杨梓修说："哦，还有这回事？难怪好长时间没看到那个老外了。"

73

元旦节到了，新的一年又开始了。杨梓修决定要带王海燕去见自己的父母。她听到这个决定后心情一下子紧张起来。她从没经历过这种事，有点不知所措。杨梓修倒是很轻松地说，没什么大不了的，就像平时逛街一样，自然些就行。不过，王海燕还是精心打扮了一番，并按照她妈妈的吩咐带了四串糖葫芦和四串米糕去见杨梓修的父母，说这是秦东门的风俗。杨梓修还是平时的衣着，王海燕好像才发现他一年四季就那几身衣服。王海燕提出带他买一套西装，他说穿西装别扭。其实，杨梓修并不注重服装打扮，最让他开心的是，有钱没钱，将要带个媳妇回家过年了。

见到了王海燕，杨梓修的爸爸妈妈都夸她好，都说她是个懂事的好女孩。他妈妈还拿出来杨梓修小时候的照片给王海燕看。照片上的他，简直像个野孩子，手拿弹弓骑在树上，调皮得很。他爸爸更是拿出做好的木头玩具给她看，大刀长矛，步枪手枪，还有小推车，像是展示一批宝贝。王海燕对那个没有轮子的小车莫名其妙，也不知道怎么玩的。杨爸爸就耐心地告诉她，这个是在冰面和雪地上玩的小推车，还做示范给她看。

之前，杨梓修没有告诉二老叶如玉去世的事，只是轻描淡写地说叶如玉到外地工作了，异地恋，感情也就慢慢淡下来了。他妈妈说，我看你就是叫人不省心。我管不了你，但是，这回一定要赶快结婚，结了婚你的心就能定下来了。当爸爸的一般不会去议论未来儿媳的事情，但叶如玉给他留下的印象确实不怎么样，爱虚荣，不会顾家过日子。在老人心中，会过日子是找媳妇的首要标准。现在，儿子领了个王海燕进门，他一眼就看中了，是个好女孩，将来也会是个好媳妇好妈妈。

父母这一关，在不知不觉中通过了。

那天晚上，吃完饭回到咖啡店已经很晚了，客人差不多走光了。杨梓修就煮两杯咖啡和王海燕一起享用。他们在一起有说有笑。杨梓修为了逗王海燕开心，给她说了个听来的小段子笑话。王海燕曾经和他说过，特喜欢听他讲故事。

杨梓修说，有位老大爷去银行取钱，直接走到窗口。保安过来说，大爷，按号。大爷问，你说啥？保安又说了一遍，按号。大爷这回好像听明白了，心想，不愧是大银行，取个钱还要暗号。于是低声对保安说，天王盖地虎。保安先是吓了一跳，然后无奈地摇摇头，他帮大爷取了个号来。大爷心想：真是悬，居然被我蒙对了。

王海燕听后都笑出了眼泪，不仅这段子好笑，还有杨梓修那绘声绘色的表演和语气，真是让她憋不住要笑，他不仅会讲还会演。

杨梓修逗她："还想听一个吗？"

王海燕说："你讲，我保证不笑了。"

杨梓修说："你要是笑了就算输。要认罚。"

王海燕说:"好。"

杨梓修说:"有一个漂亮的女同事,她老公给她送午饭,没说话放下就走了。新来的那个男同事以为是送外卖的,就问她,你怎么没给钱?那位女同事说,不用给,晚上我陪他睡一觉就行了。第二天,你猜出现了什么情况?"

王海燕问:"什么情况?"

杨梓修说:"那个男同事居然带了四菜一汤给那个女同事,整个办公室的人都哄然大笑起来。"

讲完后,杨梓修自己先大笑起来。再看看王海燕,她竟然没笑。

杨梓修不解地问:"你怎么不笑?"

王海燕撂下一句:"你讲完啦?"

她说完,没等杨梓修回答就走开了。杨梓修摸摸头,这时才意识到自己说荤段子,没考虑王海燕是属于淑女型。

其实,王海燕当时没笑,可是到家后,一个人躲在被窝里是笑个不停。她想,杨梓修用这种方式给她放松一下逗她开心开心,也没什么大不了的。相反,她觉得自己是有点小家子气了。杨梓修经常说自己是个接地气的粗糙男人,其实一点也不假,和他在一起,她也会觉得轻松自然。她觉得,那些伪装的东西只是给别人看的,自己的本色是什么就什么。谁都希望自己是个贵族绅士形象出现在众人面前,但如果你不是贵族,装也装不像。

74

孔雀沟要开园了,时间定在一月八号。

这天清晨,王海燕早早就带着选出来的前十位古城佳丽来到孔雀沟,小惠老师也在其中。早听王海燕说小惠老师很被评委们看好,杨梓修有点不相信。电视台、报社和多家媒体都派人到了现场,他们要在开园仪式上揭晓最终的评选结果。另外，王海燕还从店里挑选四名女孩穿上旗袍充当礼仪小姐。

十点钟，杨梓修开车带着王海燕的妈妈来到孔雀沟。大老远就听到锣鼓声，到了景区大门前才明白是一支农民秧歌舞团正在敲锣打鼓烘托气氛，一群大妈大爷在大门边的小广场上是载歌载舞。大门两旁挂着两个大大的标语，一个上面写着：热烈庆祝孔雀沟开园。另一边上面写着：热烈欢迎老知青回家。

门卫不让杨梓修的车进去，把他引导到旁边的大停车场上。颜主任看到了杨梓修就跑过来说，不好意思，今天开园典礼车多都不让进去。我那边还有事也不好陪你了。杨梓修说，你忙你的去吧。然后，他带着王妈妈步行进了园区。

进了园区，眼前看到的是重新规划的道路和绿化，远处还有新建的一排排小木屋。当然，最好看的还是孔雀湖，今天好像是一只打扮得花枝招展的花孔雀。湖边还真有十几只真孔雀，在围观人群的鼓励下有的还张开了美丽的翅膀。王妈妈说，孔雀是个通人性的动物，你越是赞美她，她越是展开双屏给你看。来到知青林，王妈妈对杨梓修说，你去忙吧，就把我放在这里就行了。于是，杨梓修就走了。他要找王老板，问问有什么重要的事情让他做。

等到他找到王老板的时候，开园庆典仪式已经快开始了。在孔雀湖边的广场上，王老板和一些嘉宾站在前排，他们胸前都佩戴着一小束鲜花，人人脸上洋溢着喜悦的笑容。王海燕带着十位佳丽站在后排，场面一下子亮起来。王老板也看到了杨梓修。他让身边的吉部长过来找到杨梓修，把他带到了台上戴上一小束鲜花，也成了嘉宾。

仪式开始，首先是王老板讲话，致欢迎词，然后是政府官员致贺词，最后安排的是曾经在这插队过的老知青代表讲话。这位老知青已经是年过花甲，说话有些激动，但声音铿锵有力，句句感人。

在场的老知青们和他们的后代都感动地留下了热泪。王老板的眼眶里也充满了泪水。他庆幸自己做了一件有意义的事情。

最后，电视台和报社的领导上台宣布最像奥黛丽·赫本的佳丽姓名。杨梓修仔细听，果然不是小惠老师。但接下来宣布最上镜奖获得者，是小惠老师。杨梓修听后，还是感觉有点吃惊。本来，举办这个活动是为选出最像赫本的佳丽，后来，评委们在最后选举时临时增添了最佳上镜、最佳服装和最佳身材三个奖项。听说，有个大老板对本次活动的评委私底下做了工作，还给每个评委一个大礼包。杨梓修的目光在台下搜寻，果然发现了蒋总也在其中，他正对着台上的小惠老师做着 OK 手势。

王老板大声宣布："孔雀沟开园啦！"一时间鞭炮齐鸣，一群和平鸽放飞天空。

安排好了嘉宾后，王老板和杨梓修、王海燕走到一起。

杨梓修迫不及待地问："王老板，你说有件重要的事情安排我做的，说吧，什么事？"

王老板说："你已经出色地完成了任务。"

杨梓修和王海燕都是一脸的诧异。王老板笑着指向知青林说："你们看那里。"只见，王妈妈正跪在一个轮椅边，握着坐在轮椅上一位老者的手。杨梓修和王海燕不知发生了什么情况，王老板也没解释，拉着他俩就快步走了过去。

走到跟前时杨梓修和王海燕都惊呆了。只见王妈妈跪在老人的轮椅边哭泣。她哭着说："妈，我对不起您！这些年来都没有在您身边好好照顾您老人家。"

轮椅上坐着的老人也流下了眼泪。她想起身搀扶起王妈妈，但是身体不听使唤。王老板急忙上前一步扶住老人，他说："妈，这下好了，我们一家人终于又团聚了。妈你看，你的外孙女也来看你了。"王妈妈回头看到王海燕，就拉她跪下给姥姥磕头。王海燕还没弄明白是怎么回事，就顺从地跪在了地上。

王老板退后几步走到杨梓修面前说，我一直瞒着你一件事情，海燕的妈妈是我的亲姐姐。当年知青返程，我母亲带着我离开孔雀沟回到南京，我的父亲带着我姐姐留在了秦东门。我姐一直认为我母亲是狠心不要她了，就怀恨在心，和我们断绝了来往。这一别就是四十年，这些年父亲在世的时候我们还能和他经常联系，后来他去世了，我姐姐就不再和我们联系了。前年，南京和苏州的知青要组织旅游团到孔雀沟探访，我母亲因为瘫痪来不了，但她要求我一定随团过来。一来看看父母亲曾经生活过的地方，二来是寻找我的姐姐。我在当地政府的帮助下找到了我姐姐。可是，我姐到这时还在记恨我母亲，死活不肯去南京和母亲见面。可能是这种积怨太久了，也可能是我姐不想再打开那段尘封多年的记忆。孔雀沟确实是个很美的地方，也可以说是我的故乡，回南京后我做了个决定，我要为家乡的人民做点实实在在的事情，我要把孔雀沟开发出来，让更多的人了解她爱上她，来这地方旅游观光。于是，去年我就来了。

杨梓修说："原来是这样。那么，你帮我时已经知道我的情况了？"

王老板说："我姐跟我说了你们当时的情况。"

杨梓修这下全明白了，原来王老板是连环计划，包括今天他带王妈妈来这里，也是王老板的计划之一，可见王老板的良苦用心。没什么可说的，也没什么可问的了。杨梓修慢慢走到王海燕的身边也跪了下来，给老人家磕头。

老人家问："这小伙子是谁？"

王海燕说："姥姥，他是我男朋友，他叫杨梓修。"

老人家说："好，好，听你舅舅说过，他是个好小伙子。"

杨梓修跟着喊了一声："姥姥好！"

这时，一群当年的知青和知青的后代们在颜主任的带领下都过来向王老板的妈妈问好。他们拥抱着，畅谈着，一个个脸上都挂满了泪珠，那是喜极而泣。

75

晚上，王老板去陪邀请来的嘉宾们到大酒店去了。杨梓修带着王妈妈和姥姥到咖啡店吃饭。姥姥的牙都快掉光了，但是仍然要求给她来一份煲仔饭。她要再吃一口当年在孔雀沟时天天吃的锅巴。

母女俩多年不见，当然有很多话要说。王海燕忙着给她们上菜上饭进进出出，也坐不下来。看姥姥吃锅巴费力，她就跑到厨房叫师傅做了份青菜蛋汤端过来，让姥姥把锅巴放汤里泡泡吃。姥姥直夸外孙女懂事，还说，当年你姥爷也是这样用菜汤泡锅巴给我吃的，一下子打动了我的心。王海燕头脑中想象着姥爷和姥姥年轻时在一起吃锅巴的样子，感觉好温馨好幸福。

晚饭过后，王老板过来了。他刚送走了客人就过来要接老人家去宾馆住宿。王海燕的妈妈说，到这里了还住宾馆干什么？走，去家里住。这个建议得到了大家的一致赞同。临走的时候，王老板抽个空隙把杨梓修叫到旁边说，现在你都知道我们这一大家的情况了。我要告诉你，你一定要照顾好海燕的妈妈，她一辈子受了太多的苦，你和海燕一起好好孝敬她吧。

杨梓修说："我会的。"

王老板又问："你和海燕打算什么时候结婚？"

杨梓修说："很快，就今年春节。"

王老板说："你要好好对她，她是个好姑娘。等你们结婚的时候记得一定要告诉我一声，我要送你们一份礼物。"

杨梓修说："那还用说，到时候一定请你喝喜酒。"

等送走了王老板他们，王海燕跟杨梓修说有话和他说。于是，他们坐到了大厅靠窗的位置。杨梓修不知道她要说什么，那么严肃的样子。

王海燕说："告诉你一件事。今天，小惠老师抽个空挡和我私底下谈了一次话。她说，干爹把北京的一家演艺公司的老总也请到了孔雀沟。在这之前他们已经接触过几次，干爹安排她和那家公司签约，到北京去发展。说好了，等颁奖结束后就带她去北京。"

杨梓修说："这是好事啊。"

王海燕说："小惠老师还告诉我，其实她暗恋过你。"

这话，杨梓修有点纳闷了。王海燕细细道来。原来，小惠老师从小就失去了父亲，所以心里一直希望找一个年龄大一些的男朋友。自从第一次和你见面，她对你就有了好感。她带的那个小黄毛你还记得吧？还有那个大鼻子外国人？她是故意带到店里的，以为你会吃醋。可是，你对人家一直没有感觉。再后来，她知道了我们两人的关系。她失望了，但这事她一直埋藏在心里，没对任何人说过。前不久，她认了蒋波当干爹。她还说，干爹对她很好，还要把她捧红，把她打造成中国的蒋雯丽，甚至是世界的奥黛丽。去北京前，她说一定要找个人把心里话说出来，否则会憋死的，于是就找到了我，说我最合适。她还说，你是个好人。

该说的话说完了，王海燕显得很轻松。

杨梓修倒是不轻松了。不是他对那个钢琴师有什么想法，是在他身边还有这么个人和这么个故事一直上演着。他曾说过，咖啡店是个出故事的地方，有的故事是在这里开始的，有的故事是在这里结束的，有的故事从头到尾都是在这里进行着。但让他没想到的是，还有这么个故事一直在上演而他全然不知，而在这个以小惠老师为女一号的故事里，自己无意中扮演了一回男一号。

听完王海燕的讲述，想到蒋总又和小惠老师掺和到一起，杨梓修真是一番滋味上心头。毕竟小惠老师还是个小女孩，将来的路还很长。

"她是个好女孩。"杨梓修说。

"小惠老师说她明天上午坐飞机去北京。你是不是去送送她？"王海燕问。

"我看就没有这个必要了吧。"

"真的？"

"真的。"

"我希望你再认真考虑考虑。"王海燕说。

"不用了。"杨梓修肯定地说道。

生活嘛，越简单越好，不能像电视剧那样错综复杂，到处留下伏笔好把剧情延续下去。这是杨梓修内心的真实想法。

76

眼看着，春节就要到了。

经过努力，杨梓修减肥成功，体重终于降到了180斤。配上他一米八三的身高，简直是个标准的帅哥。

王海燕说："你现在是高富帅了，我突然觉得没有安全感了，你会不会不要我了？"

杨梓修忍住笑说："有可能。"

王海燕说："你是不是要去找那个小惠老师？"

杨梓修说："你看，你吃醋了。"

王海燕走到一边假装生气了。杨梓修从她后边抱住她的小蛮腰说："别这么不自信，用奥黛丽·赫本来换你，我也不会答应的。"王海燕这才露出笑脸。

他们的婚期定在了大年初六。杨梓修坚决要带她去意大利的罗马度蜜月，可王海燕说咖啡店还需要她照看，不能去那么远的地方。

他们的意见一时没法统一。眼看着就要到春节了，王海燕的妈妈把这事告诉了她的舅舅。王老板一听，立马开车来到咖啡店，他要见见杨梓修和王海燕。

王老板开门见山地说，我是你们的长辈，我还是咖啡店的老板，我的话你们是不是一定要听？杨梓修和王海燕都点点头。王老板接着说，那好，舅舅我是过来人，对婚姻的态度我是这样的，人，一辈子要找一个对的人不容易，但是越是不容易越要努力去找，当找不到的时候不要灰心不要放弃，更不能随便抓一个人来就结婚。现在，你们两人在彼此的心目中都是对的人，所以要结婚。结婚不是目的不是终点，但结婚是一辈子的大事，也可以说是头等大事。你们两人今天走到了一起，不容易。既然这样，那还等什么呢？我给你们放一个月的假，去罗马，蜜月旅行的费用我也包了。你们给我好好地去玩吧，不要想着店里的事，没有你们在，地球都照转，何况一个小小的咖啡店。

杨梓修听到这些话首先表示赞同，他说："结婚是人生最大的一件事情，去罗马也是我早就有的想法，有舅舅的支持，我太高兴了。"

王海燕说："那好吧，不过你也不能看到什么好吃的就使劲吃，等一个月后回来又变成一个大胖子了。"

杨梓修说："吃什么东西听你的，玩什么地方听我的。我要带你重走当年奥黛丽·赫本走过的路线，我要骑着 VESPA 比亚乔带着你，去古罗马广场、角斗场、许愿墙、水上舞台，还要在街边的咖啡馆喝一杯正宗的意大利花色咖啡。"

王海燕说："有舅舅支持了，你就好好规划吧。看你得意忘形的样子，我要是再不答应，你就要疯了似的。"

看到两个年轻人幸福的样子，王老板很为他们高兴。接着，王老板从包里拿出一个档案袋，然后把杨梓修和王海燕两个人的手合到一起，把档案袋郑重地放在上边。

王老板说："我曾经说过等你们结婚的时候要送一份礼物的，现在我兑现承诺。"

杨梓修打开一看，是那份咖啡店《转让协议》，还有那 1200 万的收据。

王海燕瞪大眼睛问："舅舅，你这是？"

王老板说："在你们非常艰难的时候，我姐姐，也就是你们的妈妈把情况告诉了我。其实，我当初就没有打算要你们的咖啡店。现在物归原主，你们把它撕掉吧。"

杨梓修说："王老板，你的礼物也太重了。"

王老板说："怎么还叫我'王老板'啊，都是一家人了。好了，你们的事说完了，是不是可以给我上份牛排了，杨老板？王店长？"

王海燕和杨梓修齐声说："好的舅舅，请稍等。"

王海燕去给舅舅上牛排了。

杨梓修还愣在原地。他看着手中的那份合同和收据，简直不敢相信这一切都是真的。当初买的只是个房子，但他亲手把这房子装修成了咖啡店，起了名字。这一年来，他为了这个咖啡店用了太多的心血，他早已把这个店当成了自己的孩子，自己生命的一部分。当初要不是因为急着用钱，他是无论如何不会卖掉它的，就是卖血也不会卖咖啡店的。因为和王老板签订了这份转让合同，他曾经伤心难过了好长时间，他甚至没有告诉自己的父母，他独自承受了太多的痛楚。但他从来没有后悔过，因为他是为了王海燕，为了心爱的女人。也正是为了这个心爱的女人，他有信心挣钱，挣很多很多的钱，想着有朝一日把它重新买回来。没想到咖啡店现在就回到了他的手中，这一天这么快就来了，而且是以这种方式。他心中油然而生对王老板这个舅舅的敬重和感激。

想着想着，杨梓修的眼泪从眼眶里掉了下来。

去罗马之前，杨梓修和王海燕说好一定要去看看爸爸。他们要亲口把结婚的好消息告诉他，希望能得到他的祝福。

这是一个晴朗的早晨。杨梓修还是开车带着王海燕去鱼烂沟监狱。一路的颠簸，途中汽车的一个轮胎还泄了气。看着杨梓修很熟练地更换着轮胎，王海燕说："你这么爱车，等我们攒到钱就买辆新的。"

杨梓修说："没事，这辆车还能再开几年。"

王海燕说："要知道，现在我们是两个人在战斗。"

杨梓修擦擦汗说："是的，自从遇见你，我好像运气特好，身体也变得强壮了。我变成了一个更好的我，现在，女才男貌，多般配的一对呀。"

王海燕说："不对不对，是一男一女才貌双全。"

杨梓修开玩笑说："噢，我还以为你要说，一对狗男女呢。"

王海燕一听，抡起拳头就朝杨梓修打去。没打着，她假装生气地走到一边，等着杨梓修过来哄她，抱她上车。

其实，杨梓修说他并不想急着买新车，王海燕心里还是很高兴的，觉得他不像其他的年轻人爱显摆，好虚荣。汽车本来就是代步的工具，能开就行，为什么非得奥迪奔驰宝马，有的还要花几万块钱上个好车牌。在她看来，过分追求这些虚的东西，反而会害了自己。她还听说，那些挂888、999的车主，没有几个能发财长久的，绝大多数到最后不是破产就是坐牢。有人说，文如其人，其实，车也如其人。在这一点上，她觉得杨梓修就做得很好，是个成熟的人、可以信赖的人。

车子开到监狱大门口，他们一下子安静下来。

顾军明显得异常的平静，一身的轻松。

杨梓修先是简单地和他说了关于南京舅舅的事，然后重点讲了关于孔雀沟搞民俗酒店的设想，并说，舅舅很感兴趣，并要求见见他。顾军明听完后低下头，说，那曾经是我的一个梦。这样，我在这里抽空写一份完整的计划书，到时候你交给你们的舅舅。

王海燕说，爸，我和杨梓修过几天就要结婚了，我们打算去罗马度蜜月，意大利的罗马，《罗马假日》电影里的那个地方，意大利的罗马。爸，你一定要好起来，我、杨梓修、叶阿姨，还有我妈妈、舅舅，我们都希望你能回到我们的生活中。爸，你一定要好好的。

望着洋溢着一脸幸福的女儿，顾军明的面部肌肉抖动了几下。王海燕读懂了，那是爸爸在为她高兴，给她祝福。

王海燕接着说，爸，还有件事我要告诉你。我打算把名字改过来，还姓顾，用'顾海燕'这个名字登记结婚。以前都是女儿不懂事才改了姓，其实我妈当时是坚决反对的。我妈说，我注定是顾军明的女儿，这一点从我出生的那一天开始就注定了的。爸，你能原谅女儿的过错吗？

顾军明使劲地点点头。他的脸上露出一丝笑容，眼睛有些湿润。

她最后说，妈妈一直对姥姥记恨这么多年，现在这个疙瘩解开了，对妈妈也是个解脱。爸，其实，你和我妈的恩恩怨怨都过去这么多年了，我发现我妈也慢慢释怀了，她只是一心过好自己的日子，不记恨任何人了，包括你。我们都希望你快点出来。

顾军明到最后才说话，他说："希望我的女儿幸福。一定会幸福。"

77

离开监狱后，杨梓修从此开始改称她叫"顾海燕"了。

杨梓修在积极准备去罗马度蜜月的事，他花了好大的精力做旅游计划，甚至还学习起简单的意大利语。他知道顾海燕的英语水平不错，去意大利应该能和当地人沟通。但他还想在顾海燕跟前露两手,也可以调节一下气氛。

这天下午刚进店门,杨梓修接到一个包裹,看地址是九江的。杨梓修没有立即打开,直到晚上下班离开咖啡店,他才坐在车里打开包裹,里边还有一份信。

梓修:你好!

你接到我的这封信一定感到奇怪。请原谅,我无意打搅你现在的生活,只是有件事不得不告诉你,这是你的权利,我无权剥夺。

对不起,上次去看你,我是有目的的,因为那时我已经被查出得了不治之症。我取了你的头发带回来做了DNA,和东东的做了比对后让我又惊又喜:他是你的孩子。本来这件事情我可以永远隐瞒下去,或者等到我们都老了再告诉你。可是,前不久我又住进了医院。我知道我的日子不多了,于是就把这个DNA结果告诉了老洪,他一怒之下离开了我和孩子。我回到了九江老家,是妈妈天天陪护我。我提前写下了这封信放在我妈妈的手中。当你看到我的这封信时,证明我已经不在人世了。我和妈妈说好了,东东由她养着,等他长大了再告诉他的父亲是谁,见不见你,由他自己决定。

还有一件事情我要告诉你,小白早就死了,那条狗链子我一直保存着。现在,我该把她还给它的主人了。一并寄给你。

现在,我就心安了,可以上路了。

倪敏

看完这封简信,手里拿着那条狗链子,杨梓修神情恍惚。

他一个人来到路边的烧烤摊上喝闷酒,喝了整整一瓶白酒。好心的摊主把杨梓修送到了医院打了吊针。等他醒来时已经是第二天上午。他给顾海燕打了个电话,轻描淡写地说自己有点不舒服,今天不去店里了。顾海燕问严不严重，要不要她陪他上医院看看？他说小毛病，养一天就好了，不需要去医院。顾海燕说，那你就好好休息。

父母亲看出他有心事，问他，他如实告诉了一切。母亲很生气，问他下一步有何打算？杨梓修说，我想好了，我在和顾海燕正式结婚之前把这事如实告诉她，不管她同不同意，我都要去九江把孩子接过来养。父亲一句未发，听完杨梓修的叙说后，脸阴沉着，就一个人去了车库，摆弄起他的那些小木玩意了。

杨梓修不想和顾海燕当面谈这件事，于是在晚上十一点钟给她打了个电话。通常这个时间咖啡店最清闲。顾海燕仔细听完了杨梓修的叙说，中间没插一句话。杨梓修以为她没在听，几次问她"你在听吗？"顾海燕只是很平静地回答"在听。"

等杨梓修停下话来，顾海燕很平静地问了一句："你讲完了吗？"

杨梓修说："是的，我打算后天去九江接孩子。对不起，这件事情我不好征得你的同意我，必须这样做。"

顾海燕又问："需要我马上回答你吗？"

杨梓修说："不，你不要急着回答我。我知道这件事对你很不公平，也很难。你好好考虑一下，明天再给我个答复。"

顾海燕说："好——吧。"

杨梓修在父母家待了一天。他想了很多。虽然顾海燕没有表态，也看不到顾海燕听他叙说时的表情，但杨梓修还是能感觉到她不会放弃他，不会放弃他们的这份感情。但是，他必须给她一些时间考虑，对他有个重新了解和判断。爱一个人，需要明明白白，这样既对得起对方，也对得起自己。好在这件事发生在他们结婚前，否则，他可能会被误解自己有意隐瞒这事。孩子是一定要带到身边的，这是男人的责任，他必须这样做。他希望顾海燕能理解他，但他并不强求她接受。

第二天晚上,杨梓修怀着特忐忑的心情来到咖啡店。

刚到店里,就看到一个服务员神神秘秘地把他拉到一个角落处。

她说:"老板,不好了,有个叫陈武的帅哥来找顾店长,自称是顾店长老同学,他还带来一大抱玫瑰花。"

杨梓修问:"他们在哪里?"

她说:"他们现在在白羊座谈话呢。"

杨梓修立即走到白羊座包间门前,抬起手刚要敲门,就听到里面的男人大声说话。

那人说:"海燕,我对不起你,是我辜负了你,伤害了你。希望你能给我一个补过的机会,好吗?"

顾海燕没有回答。

那人又说:"海燕,我机票都订好了,你就跟我走吧。我知道,我不该在那四年里和别的女孩谈恋爱,但那都过去了。现在,我所在的这家世界500强企业,点名要我去罗马总部见习一段时间。他们要重用我,我的前途无量。我们会有个美好的未来,我向你保证。我还可以向你保证,从此以后一心一意只爱你一个人,我要把我全部的爱都给你,让你幸福快乐一辈子。答应我,跟我走吧。"

那人停顿了一会儿,顾海燕还是没有说话。

那人再说:"我不在乎前段时间你可能和别的男人来往,你可以不要告诉我,我也不想知道,我只希望我们从今以后永远在一起就好了。答应我吧,海燕,答应我吧。"

杨梓修一直想听到顾海燕的声音,但是,她好像一句话都没有。

杨梓修慢慢放下举在半空中的手,然后,默默地转身离开了。他走下楼去,出了咖啡店的大门,走在熙熙攘攘的大街上,走进乍暖还寒的冬夜。

78

　　回到家中，杨梓修踏踏实实地睡了个觉。

　　一大早睁开眼睛，他第一件事就是拿过手机打开来，看看有没有顾海燕的短信，有没有她的未接电话。没有，都没有。他放下手机，起床，整理行李。

　　妈妈已经准备好了早饭。杨梓修随便地吃了几口，然后就拿起行李出门了。他似乎感觉到身后父母的两双眼睛正在看着他的背影。他们没说一句话，但杨梓修心里明白，他们对眼前的这个儿子是又爱又气。

　　杨梓修将准备好的行李放到后备箱，下意识地又拿出手机看看，还是没有顾海燕的信息。然后，杨梓修把手机慢慢放进口袋。他坐到了车里，关上车门，点火，挂挡，准备松开离合器。杨梓修眼睛向前看，发现在车前面十几米的地方站着一个人。他用手迅速地擦擦挡风玻璃，是一个女孩，脚下有一个行李箱，她怀里还抱着一只小熊造型的毛绒玩具。

　　看清楚了，真的是顾海燕。

　　杨梓修并没有立刻下车，隔着挡风玻璃深情地看着顾海燕。他突然感觉到鼻子一酸，眼泪夺眶而出，转眼间已是泪流满面。

　　生活，还在继续……

2016 年 3 月
写于连云港罗马假日咖啡店